L'Éternel Contretemps

Henri Troyat
de l'Académie française

L'Éternel
Contretemps

NOUVELLES

Albin Michel

IL A ÉTÉ TIRÉ DE CET OUVRAGE
VINGT EXEMPLAIRES
SUR VÉLIN CHIFFON DES PAPETERIES DU MARAIS
DONT DIX EXEMPLAIRES NUMÉROTÉS DE 1 À 10
ET DIX EXEMPLAIRES HORS COMMERCE, NUMÉROTÉS DE I À X

© Éditions Albin Michel S.A., 2003
22, rue Huyghens, 75014 Paris
www.albin-michel.fr
ISBN broché 2-226-13880-3
ISBN luxe 2-226-13900-1

Le dernier bonheur
de Martin Crétois

1

Encore du poulet aux petits pois ! Sous prétexte que Martin Crétois lui en avait fait compliment à deux reprises, elle en servait invariablement tous les dimanches. Par charité, il n'osait dire à sa sœur qu'il eût préféré un autre menu, les jours fastes. Hortense était une piètre cuisinière. Quand il repensait aux plats succulents que lui mijotait Adeline, il regrettait doublement que sa femme fût morte, cinq ans plus tôt, d'une rupture d'anévrisme. Il se promit de lui rendre visite au cimetière du village, en sortant de table. Cela aussi était dans la tradition dominicale. Comme le poulet aux petits pois.

Martin était un homme à habitudes. Tout en pestant, à part soi, contre la monotonie de l'ordinaire, il aimait la répétition des gestes et des émotions dans la coulée des heures. Rien ne lui était plus désagréable qu'un événement imprévu. Fussent-elles heureuses, les surprises le laissaient toujours méfiant. D'autorité, Hortense fit glisser dans son assiette une deuxième portion de poulet, et, par politesse, il entama la cuisse après avoir dévoré l'aile. La chair qu'il mastiquait était pâle et fade, le jus manquait d'assaisonnement. Mais Hortense paraissait très contente d'elle.

– Tu te régales, hein ? dit-elle en observant son frère d'un œil attendri.

– Oui, bredouilla-t-il, la bouche étouffée par un lambeau de peau grasse.

– Dimanche prochain, j'essaierai de le faire aux navets. Mme Pestoux m'a donné l'idée, hier. Elle prétend que c'est très goûteux.

– A quoi bon ? Comme ça, c'est parfait...

– Tu as raison, reconnut-elle : dans la cuisine comme dans la vie, quand on a une recette qui vous convient, il ne faut pas chercher autre chose.

Ils continuèrent à manger, face à face, en silence. C'était après l'enterrement d'Adeline qu'Hortense s'était installée ici pour tenir le ménage. Aujourd'hui encore, Martin lui en était reconnaissant comme d'un sauvetage inespéré. Son veuvage l'avait plongé dans un tel désarroi que, sans elle, il se fût volontiers laissé aller à ne plus se raser, à oublier de changer de linge, et à boire. Par sa rigueur et son bon sens, elle l'obligeait à vivre parmi les autres, comme les autres. Avec le temps, il s'était accoutumé à cette discipline de célibataire appuyé sur une gouvernante inflexible. Il en arrivait presque à ne plus regretter l'époque où il était un mari robuste, actif, affectueux et chargé de toutes les responsabilités qui sont le revers de cet état. Maintenant, il n'avait plus à s'inquiéter de rien. Peu après la disparition de sa femme, il avait dû fermer sa petite entreprise de maçonnerie. Adeline en était la tête pensante. Elle tenait la comptabilité, tapait à la machine les devis, les factures, assurait la paye des ouvriers, répondait aux lettres des fournisseurs et des clients. Hortense était incapable de la remplacer dans ses fonctions administratives. Elle ne savait pas aligner trois mots sans fautes d'orthographe. Au vrai, il eût pu engager une secrétaire à temps partiel. Mais, depuis l'installation de la Tomeco sur la route de Vitreuil, à la sortie de Mesnard-le-Haut, personne ne s'adressait plus à lui pour les gros travaux. Il devait se contenter de rafistolages chez les gens du pays qui lui avaient gardé leur estime : quelques tuiles à remplacer après un orage, une canalisation envahie de racines à déboucher, un mur à replâtrer... Puis, même pour ces menues interventions, les Mesnardois avaient préféré s'adresser à la Tomeco, qui agissait vite et cassait les prix. Les quatre ouvriers de Martin l'avaient quitté, l'un après l'autre, pour rejoindre la nouvelle boîte. Il avait liquidé sa modeste affaire et bradé le matériel usagé, lequel avait du reste été repris par la Tomeco. A présent, il ne pouvait plus compter pour vivre que sur les revenus du maigre capital amassé pendant les belles années, une retraite dérisoire et l'apport régulier d'Hortense qui, elle, avait du bien : elle avait vendu sa maisonnette de Vitreuil, où elle vivait seule, pour venir habiter chez lui, à Mesnard-le-Haut.

Arrivé à cet état de grand désœuvrement et de petit confort, Martin ne se plaignait pas. Mais le travail lui manquait, au moins autant que lui manquait sa femme. Il se revoyait parfois grimpant sur un échafaudage, engueulant un maçon maladroit, lui arrachant la truelle des mains pour plâtrer ou jointoyer à sa place, discutant les cotes d'un plan avec M. Bobécourt, l'architecte de Vitreuil, qui lui avait toujours fait confiance. Privé de chantier, il avait été, au début, malade de nostalgie, comme un drogué sevré de son poison. Puis, l'accoutumance de l'oisiveté était venue. Il n'avait plus honte de ses mains inutiles. Tout au plus gardait-il le vague regret de ce temps de labeur, marqué par les horaires fixes, la saine fatigue en fin de journée, les soucis professionnels partagés avec Adeline, les rentrées d'argent intermittentes en échange d'une besogne dont il était fier. Pour se consoler, il se disait que, de toute façon, dans quelques années, il eût pris sa retraite. Il avait cinquante-neuf ans. Bien que d'esprit clair et de santé robuste, il savait déjà qu'il avait dépassé la ligne de faîte et qu'il dévalait, à petits pas, la pente descendante. Quand Hortense, l'hiver dernier, lui avait suggéré de « refaire sa vie » avec une autre femme, il avait haussé les épaules. Il n'avait nulle envie de remplacer Adeline, qu'il avait sincèrement et raisonnablement aimée, et l'idée d'accueillir une inconnue, toute chaude, dans son lit, l'effrayait. Sa fidélité à la défunte était due autant à la puissance du souvenir qu'au manque d'appétit. Par la force des choses, il s'acceptait assez bien tel qu'il était, sans épouse et sans travail, avec, comme seule compagne de route, sa sœur Hortense. Mastoc, mafflue et la face couperosée, elle n'avait rien pour séduire un homme. Elle ne s'était d'ailleurs jamais mariée, n'avait jamais eu d'enfant. Ses instincts de mère, elle les reportait sur Martin. De cinq ans plus âgée que lui, elle l'avait quasi élevé dans sa jeunesse, ne s'était effacée de sa vie qu'au moment où il avait connu Adeline et n'était revenue à ses côtés que pour prendre la relève de la disparue. Ce faisant, elle n'avait rien modifié dans le décor et les usages de la maison. Pas un meuble n'avait changé de place. En regardant autour de lui, dans la cuisine, Martin retrouvait avec bonheur la longue table en bois blanc, au plateau tendu d'une toile cirée à petits losanges rouges et verts, l'horloge à balancier qui retardait immanquablement d'une heure, la batterie de casseroles pendue au-dessus de la vieille cuisinière dont l'émail craquelé découvrait des plages de rouille, le calendrier des P.T.T. accroché au mur, le miroir oblique fixé au chambranle de la fenêtre, pour voir passer les gens dans la rue sans être obligé de mettre le nez au carreau. Tout cela était amical et rassurant comme un certificat de bonnes vie et mœurs.

Dès que Martin eut achevé son poulet, Hortense servit le fromage – un camembert crayeux –, puis le dessert – une pomme cuite, au goût brûlé –, dont il feignit de savourer chaque bouchée. Elle-même se privait de tout laitage, de tout farineux, de toute sucrerie... Ayant tendance à grossir, elle s'imposait ainsi des restrictions qui ne servaient à rien. Lui, en revanche, n'avait pas de ces inquiétudes pondérales. Petit et sec, tendineux et musclé, il ressemblait à une sauterelle grise. Adeline disait de son mari : « C'est fou ce qu'il brûle bien les graisses ! Il pourrait se nourrir de pâtisseries qu'il ne prendrait pas un gramme sur la balance ! »

– Veux-tu une autre pomme ? demanda Hortense.

Il secoua la tête négativement et se leva de table.

– Tu vas là-bas ? dit-elle encore, par habitude.

Et par habitude, il répondit :

– Oui. Puis, je passerai au café Canivot. Je ne rentrerai pas tard.

Un frais soleil de mai perçait difficilement la brume

au-dessus de cette tranquille et plate campagne du Loiret. Des pigeons tournoyaient autour du clocher de l'ancienne église désaffectée, dont on avait décidé la restauration dans les bureaux parisiens parce qu'elle datait du XIIIe siècle et était classée « monument historique ». La toiture de fines ardoises était entièrement à refaire. Une bâche verte la couvrait aux trois quarts. Les abat-son, aux lamelles disloquées, ressemblaient à des carrés de dentelle noire. D'énormes étais de bois soutenaient extérieurement les murs fissurés. Mais les travaux étaient suspendus, faute de crédits. Ils reprendraient, disait-on, au début du mois prochain. De toute manière, les rares fidèles de l'endroit avaient, depuis longtemps, l'habitude de faire leurs dévotions à l'église de Vitreuil. Il y avait une disproportion étrange entre l'imposante basilique de Mesnard-le-Haut et le misérable hameau qu'elle écrasait de sa masse médiévale. Elle donnait la mesure du dépeuplement qui avait frappé la région au fil des années.

La traversée du village était chaque fois, pour Martin, l'occasion d'un retour au passé. Il l'aimait, cet humble ramassis de maisons au sommet d'une colline avec, alentour, la mer immense des champs labourés. Du temps de sa jeunesse, on voyait encore des chevaux travaillant un peu partout dans la plaine. Leurs taches blanches, brunes, noires ponctuaient le paysage. L'homme et l'animal joignaient leurs efforts pour faire rendre à la terre ses fruits toujours renaissants. Maintenant, les machines agricoles avaient chassé les derniers percherons de leurs écuries. C'étaient des engins monstrueux, dont les cultivateurs actionnaient les boutons et les manettes avec la froide compétence de modernes commandants de bord. Ils fonctionnaient même la nuit, à la lueur des phares. Les parcelles avaient été remembrées pour la commodité de l'exploitation. Beaucoup de paysans, découragés, ayant revendu leur lopin, s'étaient installés ailleurs. Mesnard-le-Haut, qui s'enorgueillissait jadis de quatre cent trente habitants, n'en comptait plus que cent douze. Tour à tour, l'école, l'épicerie, le dépôt de pain avaient disparu. Comme lieu de rencontre, il n'existait plus que le café-tabac des époux Canivot. Tous les matins, un car de ramassage scolaire venait prendre livraison d'une dizaine de mômes pour les conduire à Vitreuil. Tous les matins aussi, le boucher et le boulanger faisaient leur tournée en camionnette : l'occasion pour les ménagères de se retrouver et de papoter autour des lourdes voitures de livraison dont le hayon relevé découvrait un magasin ambulant.

Mais, à cette heure-ci, un dimanche, Mesnard-le-Haut était comme frappé de léthargie. Personne dans les rues. Fenêtres fermées, volets clos. Malgré cet aspect inhabité, Martin se sentait devenu point de mire. Marchant d'un pas lent au milieu de la chaussée, il ne doutait pas que, derrière les rideaux, derrière les persiennes, il y eût, çà et là, un œil à l'affût. Cette curiosité ne le gênait guère. Les distractions étaient si rares dans le coin, qu'il était naturel, pensait-il, d'épier son voisin pour passer le temps. Lui-même ne se privait pas de le faire sans malice. Mais son principal plaisir était encore d'inspecter attentivement les façades, des deux côtés de la rue. Chaque maison de Mesnard-le-Haut lui rappelait quelque travail qu'il y avait effectué autrefois. Ici, il avait modifié une cheminée qui tirait mal, là, il avait relevé le bâtiment d'un étage, là encore, il avait ménagé des chiens-assis dans la toiture. Parce qu'il avait pénétré dans la plupart de ces intérieurs pour les restaurer, il avait l'impression que partout il était chez lui.

Ayant dépassé le café-tabac des Canivot, il descendit la côte qui menait au cimetière. L'enclos était désert. Les pierres qui habitaient ce lieu de recueillement se connaissaient toutes entre elles. Rien que des natifs du village, qui avaient l'habitude de se parler de porte à porte. La tombe d'Adeline était bien placée. Juste à côté de celle de l'ancien maire. Une dalle de granit noir, une croix, une inscription en lettres dorées, dont le texte avait été suggéré à Martin par son meilleur ami, Albert Dutilleul, ancien bibliothécaire municipal de Vitreuil : « Après toi, plus rien n'existe, si ce n'est ton cher souvenir. » Il relut la formule et convint qu'il n'eût jamais su exprimer aussi exactement le vide soudain qui s'était emparé de lui à la mort de sa femme. Albert Dutilleul était l'intellectuel du village. Comme il était féru de lecture et qu'il avait la plume facile, il n'avait pas hésité une seconde pour tracer sur le papier cette phrase qui résumait tout.

Bien que non pratiquant, Martin s'imposa de réciter un Pater devant les fleurs fanées qui décoraient la sépulture. Il se promit d'en acheter de fraîches à Vitreuil, dès demain : celles de son jardin n'étaient pas assez belles pour orner le repos d'Adeline. Depuis qu'elle n'était plus là pour s'occuper des pétunias, des roses et des marguerites, les mauvaises herbes avaient tout envahi. Seul le potager était encore présentable, grâce aux soins d'Hortense.

Après cinq minutes de station debout au-dessus de son épouse allongée sous terre, Martin jugea que sa visite avait assez duré, esquissa un signe de croix et tourna les talons, Ce bref tête-à-tête avec la mort avait suffi à raviver sa peine ; une peine à la fois sourde et agréable. Il se laissait bercer par elle comme par une musique triste, entendue à la radio. Un dimanche pareil aux autres. En règle avec sa conscience, il allait passer au bistrot du village. Histoire de voir d'autres têtes avant de se rasseoir seul, face à Hortense.

Evidemment, il aurait pu s'octroyer une virée à Paris : c'était à quatre-vingt-dix kilomètres de Mesnard-le-Haut, et sa voiture, une 4 CV Renault, tenait encore bien la route. Mais, chaque fois qu'il s'était aventuré dans la capitale, il en était ressorti abasourdi et inquiet. Le bruit, l'agitation, l'odeur des pots d'échappement, comment pouvait-on vivre dans cette fourmilière humaine ? Pourtant son fils unique, Lucien, s'en accommodait. Il venait, de loin en loin, pour un week-end, à Mesnard-le-Haut, et repartait sans regret vers la cohue. C'était un garçon aimable et déluré qui avait travaillé dans une agence immobilière avant de se retrouver au chômage, par suite, disait-il, d'un « licenciement économique ». Mais Martin le soupçonnait d'avoir été congédié parce qu'il n'en fichait pas une rame. Maintenant, Lucien cherchait à se replacer ailleurs. Il y arriverait sûrement, car il avait du bagout et une bonne présentation. Tout en l'aimant bien, Martin ne souffrait pas d'en être séparé. Dès qu'il le revoyait, il éprouvait un inexplicable malaise, comme devant un étranger qui lui eût volé son nom. A l'époque où les affaires tournaient rond, il avait envisagé de le prendre avec lui et de lui enseigner la maçonnerie. Il s'était même figuré pouvoir transformer un jour la raison sociale de son établissement en « Crétois, père et fils ». Mais Lucien n'avait aucune disposition pour le travail manuel. Sa mère l'avait encouragé à choisir plutôt un « emploi de col blanc », à Paris. Mauvais calcul, puisque aujourd'hui il en était réduit à éplucher les petites annonces et à traîner ses semelles dans les bureaux de l'A.N.P.E.

Assailli par ces idées moroses, Martin secoua la tête pour les chasser loin de lui et se répéta que, compte tenu du caractère et des dispositions de Lucien, il n'avait pas de souci à se faire. Quoi qu'il advînt, le bougre finirait par retomber sur ses pattes. Sa mère disait de lui amoureusement : « Avec ses yeux et son sourire, il mettrait n'importe qui dans sa poche ! »

La côte se raidissait. Avant d'atteindre les premières maisons, Martin respira un bon coup pour n'avoir pas l'air essoufflé en franchissant le seuil du café. Il repensait à Adeline, à Hortense, à Lucien, et s'étonnait de n'exister, en somme, que pour ces trois êtres, deux vivants et une morte, alors qu'il s'était pris si longtemps pour le centre du monde. Sans doute ce sentiment de dépendance à l'égard d'autrui était-il un effet de l'âge ?

Le brouhaha du bistrot l'arracha à sa méditation solitaire. La majorité des hommes valides de Mesnard-le-Haut était là, devant des verres pleins. L'entrechoquement des billes de billard coupait la rumeur épaisse des voix. Tous saluèrent Martin par des exclamations de bienvenue. Il commanda un Pernod et se mêla sans effort aux conversations. Les mêmes d'un jour à l'autre. Sirotant son apéritif, il avisa, dans un groupe aggluttiné au bout du comptoir, un de ses anciens ouvriers, un Portugais, Manuel Branco. Le gaillard, noiraud et trapu, avait été le dernier à le quitter pour aller chez Tomeco. Il apostropha Martin avec son accent rocailleux :

– Alors, patron, ça va toujours ?

Redressant la taille, Martin grommela :

– Mieux que jamais ! Je compte sur un gros chantier. Un de ces jours, je vais rouvrir...

Il ne voulait pas qu'on le plaignît d'être au bout du rouleau. C'était une question de dignité professionnelle. D'ailleurs, tout le monde, dans le village, feignait de le croire. Par amitié. Par commodité aussi, peut-être. Les embarras des voisins, s'ils sont étalés au grand jour, finissent par devenir les vôtres. Mieux vaut ne pas savoir qu'être obligé de compatir.

– Et à la Tomeco, tu es content ? demanda Martin en tapant sur l'épaule de Manuel.

– Peuh ! C'est du travail à la chaîne. Pas comme chez vous où on était en famille !

– Tu reviendrais ?

– Si vous recommenciez, pourquoi pas ?

– Très bien. Je prends note. Tu seras le premier sur ma liste ! dit Martin avec un rire qui sonna faux.

Et il commanda un deuxième Pernod. Autour de lui, maintenant, on commentait la prochaine ouverture d'une « grande surface » à l'entrée de Vitreuil. Les commerçants du bourg étaient, disait-on, pris à la gorge. Ces immenses bastringues qui vendaient de tout à vil prix, c'était la mort du petit négoce. On pérora longtemps sur la disparition des boutiques de proximité, la mécanisation à outrance et la désertification des campagnes. Echauffé par le débat, Martin eût volontiers avalé un troisième Pernod, mais il se retint. Sa dose était de deux verres, au maximum, le dimanche. En boire un de plus eût été transgresser la règle. Il ne le voulait pas. Par fidélité à lui-même. Et peut-être à Adeline. La patronne, Jacqueline Canivot, une forte brune, aux gestes vifs et à l'œil de braise, régnait sur le comptoir. Sa bonne humeur régulière en avait fait la confidente du village. Elle savait tout sur tout le monde et rendait service à chacun. On ne comptait plus les amis qu'elle avait réconciliés autour d'un pot, après une querelle. Son mari, le pâle Augustin, servait les six tables disposées autour du billard. Il était tuberculeux, ne se soignait pas et toussotait souvent avec une discrétion misérable. Dans la salle bondée, l'odeur de la vinasse et de la fumée, le vacarme des voix, le tintement de la vaisselle créaient une atmosphère d'épaisse et virile camaraderie qui montait vite à la tête. Ramolli et béat, Martin regarda machinalement sa montre et oublia aussitôt l'heure qu'il y avait lue. Ce fut seulement quand on eut épuisé tous les sujets de discussion, y compris ceux de la politique et du sport, qu'il paya et se dirigea vers la porte.

Sa journée s'achevait dans le vide, et pourtant il n'avait pas l'impression d'avoir perdu son temps. Parce qu'il avait rencontré les visages de tous les jours, il se sentait aussi solide, aussi nécessaire qu'à l'époque où il avait encore des ouvriers sous ses ordres. C'était cela, le miracle du village. La certitude que, même sans avoir rien fait, on était quelqu'un.

A la maison, Hortense, à son habitude, astiquait la cuisine. Cette rage de propreté, qui avait été aussi l'obsession d'Adeline, amusait Martin comme une bizarre caractéristique du génie féminin. Pour sa part, un peu de poussière ne l'eût pas dérangé. Il se laissa descendre sur une chaise, tandis que sa sœur s'acharnait à récurer, avec une éponge, l'évier en inox qu'il avait installé à sa demande, l'année dernière. Sans s'arrêter de frotter, elle dit, par-dessus son épaule :

– Lucien a téléphoné, en ton absence.

– Ah ! grommela-t-il. Quoi de neuf ? A-t-il trouvé un emploi ?

– Non. Il viendra dimanche prochain...

– Pour la journée ?

– Pour toujours.

Martin eut un haut-le-corps. Son cerveau, encore embrumé par les effluves du Pernod, s'éclaircit soudain. Il balbutia, incrédule :

– Ça veut dire quoi : pour toujours ?

– Eh bien, il quitte Paris où tout est bouché. Il s'installe ici. Et il cherche dans la région...

– Comment peut-il faire ça ? Il s'est inscrit sur place. Il a son dossier là-bas...

– Il dit qu'il n'y aura aucune difficulté avec l'A.N.P.E., qu'il s'est renseigné, que tout ira bien.

– S'il se figure qu'il trouvera plus de boulot en province qu'à Paris !

– On ne sait jamais ! répliqua Hortense, souriante. Moi, je crois qu'il a raison de revenir chez nous. Son loyer en ville lui coûte cher, il n'y fout rien, il use ses semelles sur le trottoir, il ne mange peut-être même pas à sa faim. A la maison, au moins, il ne dépensera pas un sou et nous serons là pour le conseiller. Quand ça va mal, il faut se serrer les coudes en famille...

Elle avait toujours eu un faible pour Lucien. Vieille fille résignée, elle reportait sur lui une tendresse sans emploi légitime. Martin aussi aimait son fils. Mais la perspective de l'avoir sur le dos à longueur de semaine le décourageait. Dès qu'on touchait à ses habitudes, il se rétractait, telle une tortue rentrant dans sa carapace. Sur le point de céder à la contrariété, il se maîtrisa. Après tout, Hortense avait raison. Puisque Lucien était désœuvré et en proie au doute, sa place était au foyer, entre son père et sa tante. La solitude ne vaut rien à une âme de vingt-cinq ans. A cet âge-là, les jeunes gens se figurent être déjà des hommes faits, et le moindre choc les jette à terre. Un vieux rêve repassa dans sa tête : « Crétois père et fils ». Il sourit à la vision de cet avenir merveilleux et absurde. Les yeux lui piquaient. Il se moucha.

– Bon ! marmonna-t-il. Qu'il vienne ! On lui fera une petite place ! D'ailleurs, il a sa chambre, là-haut...

Le lourd visage d'Hortense fut comme illuminé par un rayon de soleil. Elle s'essuya les mains à un torchon, ôta son tablier, arrangea une mèche de cheveux qui tire-bouchonnait sur sa nuque et demanda :

– Que penserais-tu d'un poulet aux petits pois, dimanche prochain ? C'est son plat préféré !

– C'est le mien aussi, dit Martin.

2

– Vous devriez lui montrer votre bibliothèque ! suggéra Martin.

Albert Dutilleul eut un sourire modeste. C'était un homme corpulent, au visage plein et rose, couronné d'une épaisse crinière d'argent, dont les mèches retombaient sur sa nuque et sur ses oreilles. Son regard bleu délavé avait la candeur de l'enfance.

– Oh oui, Albert, intervint sa femme : je suis sûre que cela intéressera monsieur.

Lucien eut une expression de surprise affectée.

– Appelez-moi Lucien, dit-il. Depuis le temps !...

– Alors, appelez-moi Mireille.

– Ce n'est pas la même chose... Je n'oserai jamais !

– J'insiste !

Elle minaudait. Elle paraissait quarante ans et avait dû être jolie. Il lui restait de sa jeunesse un œil vert effronté, une bouche pulpeuse et une grâce féline dans les mouvements. Albert Dutilleul, qui avait l'air d'être son père, la couvait d'un regard attendri. Lucien s'inclina et dit avec un effort comique :

– Bien, Mireille.

Tout le monde souriait. Martin était heureux de la bonne impression que son fils produisait sur les Dutilleul. Certes, ils connaissaient déjà Lucien, mais ils l'avaient un peu perdu de vue depuis son installation à Paris. Peut-être Albert Dutilleul trouverait-il, grâce à ses relations qui étaient nombreuses et influentes, du travail pour lui dans la région. Il avait promis de s'en occuper, tout en insistant sur la difficulté d'une telle démarche à une époque de récession économique. Tourné vers Lucien, il demanda :

– Vous aimez les livres ?

– Ah ! ça, oui, répondit Lucien avec aplomb.

– Vous lisez beaucoup ?

– Comme ci, comme ça...

– Quel genre d'ouvrages ?

– Toutes sortes...

Lucien mentait sans embarras, le visage ouvert, la voix suave, l'œil velouté.

– Eh bien ! dans ce cas, allons visiter mon antre, dit Albert Dutilleul.

On passa dans la pièce voisine. Chaque fois que Martin y pénétrait, il éprouvait un sentiment de honte à l'idée de sa propre ignorance et d'admiration devant la science de son ami qui avait tant de pages imprimées dans la tête. La vue de ces centaines de volumes, les uns brochés, les autres reliés, qui dormaient côte à côte sur les rayons, lui donnait envie de retenir son souffle et de marcher sur la pointe des pieds. Tout cela était classé, étiqueté, catalogué, comme des médicaments dans une pharmacie. L'air sentait le papier moisi et la poussière.

– Combien avez-vous de bouquins ? demanda Lucien.

– Je ne le sais pas au juste, dit Albert Dutilleul. Près de quatre mille, je pense.

– Et vous les avez tous lus ?

– En principe.

– Ils parlent de quoi ?

– Surtout d'histoire... J'apprécie moins les romans.

– Notre ami Albert Dutilleul est un passionné de l'époque napoléonienne, expliqua Martin. Il en sait plus sur l'Empereur et son entourage que sur n'importe quel homme politique d'aujourd'hui ! Les mémoires, les correspondances diplomatiques, les lettres intimes, il a tout avalé ! Et il se souvient de tout. Il a une mémoire d'éléphant !

– N'exagérez pas, dit Albert Dutilleul en branlant la tête.

– Martin n'exagère pas, renchérit Mireille. Parfois, à table, mon mari me parle des gens qui ont vécu en ce temps-là, comme si c'étaient des connaissances à nous... Ce n'est pas drôle tous les jours, je vous assure !

Il y eut des rires polis.

– C'est vrai, avoua Albert Dutilleul, dès que paraît un ouvrage sur cette période, je me précipite pour l'acheter.

– Même s'il vaut très cher, remarqua Mireille en le menaçant du doigt. Il nous ruinera, avec sa lubie ! Et voilà maintenant qu'il recherche des autographes.

– Oh ! bien prudemment, protesta Albert Dutilleul. Je n'ai pas les moyens de me payer de grandes signatures, mais parfois je tombe sur des pièces amusantes... Regardez.

Il ouvrit un tiroir et en sortit un feuillet jaunâtre barré de quelques lignes d'une écriture nerveuse.

– Un ordre de mission, signé du général-comte Bertrand, annonça-t-il fièrement.

– Formidable ! dit Lucien sans même lire le billet. Et vous avez payé ça combien ?

– C'est mon secret ! répliqua Albert Dutilleul en plissant des yeux de gros matou devant une jatte de lait.

– Même à moi, il ne le dit pas ! s'écria sa femme avec une mine d'indignation comique.

Martin se pencha sur le document, le déchiffra mot à mot et se laissa envahir par cette mélancolie respectueuse que lui procuraient toujours les vestiges du passé. Il songeait que ce bout de papier, qui n'était plus aujourd'hui qu'un objet de curiosité, avait eu jadis une signification capitale pour des hommes dont personne ne se souciait plus. Qui était ce général Bertrand ? Martin ne le savait pas et, bizarrement, cela augmentait sa déférence. Saisi d'un agréable tournis chronologique, il murmura :

– C'est émouvant ! Je pense à la main qui a tracé ces phrases, aux années qui ont défilé depuis...

Il regretta de ne pouvoir mieux exprimer son sentiment, claqua des doigts et ajouta à l'intention de Lucien :

– Notre ami Albert Dutilleul me prête parfois des livres. Il complète mon instruction... Un peu tardivement, bien sûr ! Mais c'est mieux que rien...

– Je me demande de quoi ils peuvent parler entre eux pendant des heures, dit Mireille en s'adressant à Lucien.

– De Napoléon sans doute, ironisa celui-ci.

– Sujet inépuisable ! affirma Albert Dutilleul. Mais nous ne nous bornons pas à cela, n'est-ce pas, Martin ? Tout y passe : la peinture, la musique, la politique...

On retourna dans le petit salon, où Mireille servit le thé dans des tasses dépareillées. Elle expliqua qu'elle trouvait dans cette disparité une note plus personnelle, plus chic que dans la régularité d'un service en porcelaine complet, de style classique. Lucien l'approuva bruyamment. Albert Dutilleul dit avec un accent d'orgueil conjugal :

– Mon épouse a toujours des initiatives à contre-courant.

Le thé était accompagné de petits gâteaux secs.

– Faits à la maison, précisa Mireille.

– Par vos blanches mains ? bouffonna Lucien.

– Non. Par les mains ridées d'Ernestine, notre vieille bonne. Elle est excellente cuisinière. Moi, je ne saurais pas cuire un œuf sur le plat.

Martin se dit que cette femme tirait bizarrement vanité de ses manques. Elle voulait plaire en dérangeant les idées reçues. Tout le contraire de feu Adeline. Comment Albert pouvait-il être amoureux de cette créature exubérante et remuante ? Il est vrai qu'elle avait vingt ans de moins que lui. Jamais elle n'avait paru à Martin plus artificielle ni plus écervelée. Elle était très maquillée et ses ongles étaient passés au vernis rouge sang. Ce n'était pas le genre de la campagne. Mais peut-être était-ce lui qui retardait ? Il mit la conversation sur les travaux de restauration de l'église. Mireille s'écria que le gouvernement était fou de dépenser tant d'argent pour relever une ruine.

– Si encore elle devait resservir, ajouta-t-elle. Mais on n'y dira jamais la messe ! Elle restera là, vide, inutile, alors qu'on aurait pu, avec tout ce fric, retaper les maisons du village, installer le tout-à-l'égout, ouvrir une école...

– Cette église date du XIIIᵉ siècle, dit Martin. C'est une

merveille d'architecture. On n'a pas le droit de laisser s'écrouler de tels chefs-d'œuvre !

– Martin a raison, approuva Albert Dutilleul. Il s'agit d'une pièce maîtresse du patrimoine national. Un spécimen parfait de la transition du roman au gothique...

– Oh ! vous deux, vous serez toujours d'accord sur tout ! plaisanta Mireille.

– Autrefois, il y avait un presbytère à côté de l'église, indiqua Albert Dutilleul. Il a été détruit sous la Révolution. C'est miracle que l'église ait échappé à cette furie destructrice. Le cimetière, lui, s'étendait un peu plus loin. Il n'en reste rien. Des maisons ont été bâties sur son emplacement. Celle-ci, entre autres. Et la vôtre aussi. Si les archéologues creusaient dans ce périmètre, ils trouveraient assez de vestiges pour garnir une salle de musée.

– Quelle horreur ! gémit Mireille. Je n'aime pas du tout l'idée que nous vivons sur un tas d'ossements.

– Moi, si ! dit Lucien effrontément. Au moins, on se sent chez soi, entre concitoyens d'hier et d'avant-hier.

Mireille l'éblouit d'un regard de gaieté juvénile :

– Vous ne préférez pas Paris ?

– Ça dépend pour quoi ! rétorqua Lucien en la dévisageant avec insistance.

– Pour tout... Pour le travail. Pour les distractions.

– Pour le travail, ce n'est folichon nulle part, pour les distractions, on peut en trouver dans la pire cambrousse.

– Mais le cinéma... Il n'y a même pas de cinéma à Vitreuil !

– Quand il n'y a pas de cinéma, j'en installe un dans ma tête ! dit Lucien.

Il était en verve. Martin estima que son fils en faisait trop. Il l'eût préféré plus timide... Mais sans doute était-ce l'esprit parisien qui lui déliait la langue. Ici, on était habitué à plus de réserve. En tout cas, Mireille paraissait ravie du tour que prenait le débat.

– C'est, ma foi, juste que chacun a son cinéma, ses petites manies, dit-elle. Vous ne devinerez jamais à quoi s'amuse mon mari pour se reposer de ses lectures : il construit un bateau.

– Un vrai bateau ? questionna Lucien, soudain admiratif.

– Non ! Un bateau en miniature... Avec des allumettes.

Albert Dutilleul sembla confus de cette révélation.

– Oui, dit-il avec un demi-sourire d'excuse. Je me suis mis en tête de fabriquer, avec des allumettes, un modèle réduit du *Bellerophon*, le bateau qui a emmené Napoléon à Sainte-Hélène... Cela m'occupe, cela me divertit.

Il n'en avait jamais parlé à Martin. Craignait-il que son ami fût incapable de partager son enthousiasme pour cette besogne de précision ? Martin regretta de n'avoir pas été mis dans la confidence.

– Et on peut le voir, ce bateau ? demanda Lucien.

Albert Dutilleul hésitait. Visiblement, il était pris entre le désir de faire admirer son œuvre et la crainte de paraître ridicule à des profanes.

– Il est loin d'être achevé, dit-il.

– Ça ne fait rien, susurra Mireille. Tel quel, il est déjà très bien. Montre-le-leur, Albert... D'ailleurs, tu en meurs d'envie !

– Eh bien, venez, soupira Albert Dutilleul.

Il emmena ses invités dans un appentis assez clair, qui

lui servait d'atelier. Là, sur une longue table, trônait la coque d'un navire en miniature. Les flancs renflés, les lourdes superstructures, les rambardes étaient constitués par des milliers d'allumettes collées l'une contre l'autre. L'ensemble donnait une impression irréelle d'exactitude et de fragilité. Un mât était déjà dressé avec ses vergues.

Saisi d'admiration devant cette minuscule réplique d'un vaisseau d'autrefois, Martin mesurait les trésors de persévérance et d'ingéniosité qu'il avait fallu à son ami pour assembler ces détails infimes. Il l'imaginait, tout seul, entouré d'allumettes, les soulevant avec des pinces à épiler, les plaçant, les collant, le souffle court, les doigts tremblants, aux endroits prévus sur le plan d'ensemble.

– C'est superbe ! balbutia-t-il. Combien d'heures de travail vous a-t-il fallu pour réaliser cela ?

– Je n'ai pas compté, dit Albert Dutilleul. Cela n'a aucune importance. Seul compte le plaisir qu'on trouve à cet exercice d'une formidable inutilité !

– Moi, je n'aurais jamais eu la patience ! déclara Lucien.

En sortant de l'appentis, on fit un tour dans le jardin qui s'étendait à flanc de colline. Il était envahi d'herbes folles et de fleurs des champs. Un simple grillage le séparait du potager de Martin. Les deux maisons étaient d'ailleurs semblables par l'aspect extérieur. Sans doute avaient-elles appartenu jadis à un même propriétaire. Mais, à l'intérieur, quelle différence ! A la réflexion, Martin devait convenir que tout était rudimentaire et laid chez lui, alors que, chez Albert Dutilleul, les meubles anciens, les livres précieux, les abat-jour de soie et les tableaux pendus aux murs contribuaient à créer une atmosphère de méditation paisible et de confort vieillot qui avait beaucoup de charme.

On parla encore jardinage, élagage des arbres, Mireille cueillit quelques roses trémières à l'intention d'Hortense qui était restée à la maison (c'était jour de lessive) et les deux Crétois prirent congé des deux Dutilleul. En raccompagnant ses hôtes jusqu'au portail, Albert Dutilleul promit encore de « voir autour de lui » ce qu'il pourrait faire pour caser Lucien. Et Lucien le remercia avec effusion.

Quand ils furent dans la rue, Martin demanda à son fils ce qu'il pensait de l'accueil qu'ils avaient reçu de leurs voisins.

– Ils sont bien gentils, grommela Lucien. Mais ça ne servira à rien. Il est hors du circuit, ton Albert. A tous les points de vue !

– Tu ne le connais pas, répliqua Martin, vexé. On l'estime beaucoup dans le pays.

– On l'estime, mais on ne l'écoute pas.

– C'est ce qui te trompe. Pas plus tard qu'hier, le maire, M. Blanchot, me disait...

– Je me fous de ce que te disait M. Blanchot ! Il n'y a qu'à regarder le père Dutilleul pour voir qu'il n'a plus sa tête. Son bateau en allumettes, c'est du gâtisme. Je plains sa femme !

Contrarié par la réaction négative de Lucien, Martin enfonça les poings dans ses poches, rentra le cou dans les épaules et se mura dans un silence rageur.

– Tu n'es pas d'accord ? demanda Lucien au bout d'un moment.

– Non. Pour moi, Albert Dutilleul est un grand honnête homme, un cerveau exceptionnel, un ami...

– Et pour moi, c'est un con, grogna Lucien.

Ils étaient arrivés à l'entrée de la maison. Un imposant portail en bois plein, de couleur caca d'oie. Martin tira une lourde clef de son gousset et l'introduisit dans la serrure. Lucien posa une main protectrice sur l'épaule de son père et éclata de rire :

– Ne fais pas cette gueule-là, papa ! Sois tranquille : s'il se débrouille pour me trouver un boulot, je saurai lui dire merci.

Quand ils franchirent le seuil de la cuisine, Hortense mettait le couvert.

– Tiens, voilà des fleurs pour toi, de la part de Mme Dutilleul, dit Martin en tendant les roses à sa sœur.

Elle s'écria : « Ça, c'est gentil ! » et planta le bouquet, tel quel, dans un vase en grès où elle conservait d'habitude le saindoux. Puis elle demanda :

– Alors, ça a été ?

– Très bien ! dit Lucien. Dutilleul a promis des tas de choses. Mais j'y crois autant que s'il m'avait embarqué sur sa maquette de voilier pour traverser l'Atlantique.

– Quelle maquette de voilier ? questionna Hortense.

– Je te raconterai, dit Martin. En attendant, Lucien, tu as tort de plaisanter. Albert est un homme de parole. J'ai confiance en lui.

– Tu ferais mieux d'avoir confiance en moi, trancha Lucien.

Et il ajouta :

– J'ai une faim de loup !

A ces mots, Hortense s'épanouit comme à la promesse d'un tour de valse et se précipita vers le fait-tout, où mijotait, à petit feu, un robuste bœuf miroton. Pendant qu'elle s'affairait autour du fourneau à gaz, Martin inspectait du regard la cuisine et s'étonnait de la trouver plus sale et plus vétuste qu'à l'ordinaire. Pour bien faire, il eût fallu la repeindre, changer le réfrigérateur... Il n'en aurait jamais le courage. Une évidence le frappa : la médiocrité de sa vie était le résultat de toutes ces petites démissions. Avec une brusque résolution, il se dirigea vers le mur du fond et décrocha le calendrier des P.T.T. dont l'image représentait deux chatons jouant avec une pelote de laine.

– Qu'est-ce que tu fais ? demanda Hortense.

– Ce n'est pas sa place ! dit-il.

Et il glissa le calendrier dans un tiroir. Puis il monta dans sa chambre. Une pièce nue, avec un lit, une chaise de paille, une table chargée de bouquins. Presque tous provenaient de la bibliothèque d'Albert Dutilleul. Martin avait hâte de se renseigner. Il ouvrit un vieux dictionnaire et lut : « Bertrand (Henri Gatien, comte), général français, né à Châteauroux (1773-1844). Fidèle à Napoléon Ier, il le suivit à l'île d'Elbe et à Sainte-Hélène, puis ramena ses restes en 1840. »

Le livre refermé, il rêva un instant au billet autographe dont son ami était si fier et se promit de l'interroger, à la première occasion, pour en savoir plus sur ce général qui avait été un compagnon de captivité de l'Empereur. Le gouffre de son ignorance lui donnait le vertige. La voix d'Hortense retentit dans l'escalier :

– Qu'est-ce que tu attends, Martin ? C'est servi ! Ça va être froid.

3

E<small>N SORTANT</small> du café, Martin fit un détour pour examiner, comme à l'accoutumée, les moyens d'étaiement du clocher. L'architecte n'avait pas regardé à la dépense. Les arcs-boutants de chêne étaient solides. Prise dans son berceau de bois, l'église ne risquait rien. On eût dit un navire sur sa cale de lancement. La restauration proprement dite pouvait attendre quelques semaines. Martin songea que si, par miracle, on l'avait chargé de ces travaux, sa vie entière en eût été illuminée.

Ayant inspecté l'édifice avec autant de soin que s'il en eût été responsable, il s'engagea dans la rue du Poirier. Le nouveau maire avait fait remplacer les accotements de terre par des trottoirs. Mais l'herbe poussait à travers les craquelures de l'asphalte. Tant mieux ! Il ne fallait pas que Mesnard-le-Haut perdît son cachet rustique pour singer les agglomérations nouvelles, vouées au béton et au bitume. C'était du moins l'opinion d'Albert Dutilleul, qui avait plus de goût que tous les habitants du village réunis. Un chien galeux passa en trottant mollement. Il tenait une pantoufle déchirée dans sa gueule. Son jouet favori, sans doute. Martin connaissait tous les cabots du pays. Celui-ci, bien qu'il fût blanc tacheté de roux, répondait au nom de Black. Il appartenait au cantonnier Popaul et Martin l'appela : « Black ! Black ! », mais le chien détala dans la direction opposée. En le suivant des yeux, Martin découvrit avec surprise, au bout de la rue, Lucien et Mireille qui venaient à sa rencontre, des cannes à pêche sur l'épaule. Que faisaient-ils ensemble ? Où était Albert Dutilleul ? Il eut à peine le temps de se le demander. Déjà Mireille lui tendait la main en souriant de toutes ses petites dents carnassières.

– Nous revenons de l'étang... Albert est à Nemours.

Interloqué, Martin bredouilla à tout hasard :

– Vous avez fait bonne pêche ?

– Le poisson ne manque pas, dit Lucien. Mais c'est du menu fretin. Des tanches, des ablettes minuscules... Nous les avons rejetées à l'eau au fur et à mesure.

– De toute façon, je n'aime pas le poisson, dit Mireille.

– Alors pourquoi pêchez-vous ? demanda Martin.

Lucien haussa les épaules.

– Pour nous amuser !

Il paraissait d'humeur gaillarde. Son œil étincelait de malice. Tout à coup, Martin s'avisa que Lucien ressemblait à sa mère. Cette constatation le troubla. Il retrouvait Adeline dans le regard vif et moqueur de son fils. Mais il n'y avait là, tout au plus, qu'une similitude d'expression. Le cœur ne suivait pas. Ni la tête. Lucien tenait Mireille par le bras. Cette familiarité déplut à Martin. Lui-même ne se fût jamais permis une telle privauté avec l'épouse de son ami.

– Voulez-vous prendre un verre à la maison ? lui demanda Mireille.

– Non, non, balbutia Martin, décontenancé.

– Alors, salut ! grommela Lucien. Je raccompagne Mireille chez elle. A tout à l'heure.

Et, tournant les talons, il s'éloigna avec la jeune femme qui ondulait des hanches en marchant. On eût dit un couple uni depuis des années et regagnant son domicile d'un pas régulier. Le malaise de Martin s'accentua. Il n'était plus sûr de rien et avait hâte soudain de rejoindre Hortense dans sa cuisine.

Pourtant, quand il la vit, il renonça à lui révéler sa rencontre avec Lucien et Mireille. A la réflexion, il jugeait que cet incident ne tirait pas à conséquence. Les jeunes avaient une liberté de manières qui était le reflet de l'époque. Ce qui choquait les gens de l'âge de Martin leur semblait, à eux, tout naturel.

Il était cinq heures de l'après-midi. Martin comptait que son fils ne tarderait pas à revenir après avoir reconduit Mireille. Or, Lucien ne rentra qu'à l'instant du dîner, l'air faraud et un peu ivre. A table, il ne se gêna pas pour parler des très agréables moments qu'il avait passés au bord de l'étang, puis chez Mireille.

– Albert était là ? demanda Martin d'un ton abrupt.

– Il est arrivé quand j'allais partir.

– Et vous avez pu causer un peu ?

– Juste un peu. Il était fatigué.

– Il n'a toujours rien en vue pour toi ?

– Toujours rien. Il cherche. Il est très sympa !

Comme le programme de la télévision s'annonçait décevant, ils montèrent se coucher tôt.

Les jours suivants, le temps se maintenant au beau, Lucien et Mireille retournèrent à la pêche. Toujours sans Albert, qui était retenu à la maison. Martin lui rendit visite en leur absence. Il le trouva occupé à fixer des allumettes sur le modèle réduit du *Bellerophon*. Au lieu de se réjouir de l'arrivée de son ami, Albert parut contrarié. Visiblement, on le dérangeait dans une besogne importante et méticuleuse. A plusieurs reprises, il regarda la montre à son poignet. Peut-être était-il impatient de voir revenir sa femme ? Absorbé et bougon, il répondit à peine aux questions de Martin et ne le retint pas quand celui-ci fit mine de partir.

Rentré chez lui, Martin s'avisa de faire un tour, avant le dîner, dans le hangar où il entreposait autrefois son matériel. Il avait encore sur place une bétonneuse à tambour basculant, qui, bien que très usagée, pouvait intéresser la Tomeco. La clef du hangar était habituellement pendue à un clou, près de la fenêtre de la cuisine. Il la chercha. Elle avait disparu.

– Où l'as-tu fourrée ? demanda-t-il à Hortense.

– Je n'y ai pas touché.

– Alors qui ?

– Je n'en sais rien.

– Lucien, peut-être ?

– Peut-être...

Martin ressortit, sans une parole de plus, dans la rue et se dirigea vers le hangar qui était une bâtisse croulante, à trois maisons de là. De gros panneaux de bois aveuglaient les deux fenêtres. La porte était fermée à clef de l'intérieur. Il colla son oreille au battant. Des soupirs, des gémissements rythmés. Pas de doute : on faisait l'amour, là-dedans. Il demeura immobile, les bras ballants, hébété, incrédule. Un rideau bougea à une croisée, dans le pavillon d'en face. On l'épiait. Demain, tout Mesnard-le-Haut serait au courant. Il tourna les talons, furieux, et rentra chez lui. Sa poitrine était oppressée comme si c'était lui qui venait de commettre une mauvaise action. Que faire ? Interroger Lucien ? Le sommer de rompre toute relation avec Mireille ? Il n'en avait pas le courage. La crainte des discussions orageuses le paralysait. En vingt ans de mariage, il n'avait pas eu un mot plus haut que l'autre avec Adeline. La conciliation était sa règle. Il s'en était toujours bien trouvé. Mais Hortense ?... Il jugea inutile de lui faire part de sa découverte. Après tout, cette histoire ne le concernait pas directement. Etait-il le gardien de la vertu de son fils, qui avait vingt-cinq ans bien sonnés ? Sans doute s'agissait-il d'une toquade passagère de ladite Mireille. D'ailleurs, ce ne devait pas être la première aventure de cette petite femme trop évaporée et qui s'ennuyait à Mesnard-le-Haut. L'essentiel était qu'Albert ne s'aperçût de rien.

Quand Lucien reparut pour le dîner, Martin lui opposa un visage de bois, sans donner les motifs de sa méchante humeur. Assis à côté de lui, son fils, en revanche, était toute gaieté et tout appétit. Manifestement, il était très content de sa journée. Le couteau et la fourchette en main, il était encore avec Mireille, occupé à la faire jouir. A la fin du repas, Martin, toisant son fils, osa demander :

– Tu as pris la clef du hangar ?

– Oui, je voulais voir ce qui te restait comme matériel, répliqua Lucien avec une paisible impudence.

Et il se leva de table. Pourtant il ne fit pas mine de raccrocher la clef à son clou. Elle restait enfouie dans sa poche. Il comptait donc s'en servir encore !

– Bonsoir, grogna-t-il. Je vais faire un saut au café.

Il sortit de la pièce en se dandinant comme un canard. Martin fut sur le point d'éclater. Mais il se retint. La paix dans la maison, avant tout. Que les autres s'enlacent ou se déchirent, lui demeurerait les bras croisés dans son coin !

Cette nuit-là, il dormit mal. Des cauchemars l'assaillaient, coupés de réveils anxieux. Il voyait Mireille nue, chevauchée par Lucien et râlant de volupté, pendant qu'Albert les observait tristement, ligoté sur une chaise. Tout le village, massé derrière eux, applaudissait à la performance. Et lui, Martin, au lieu de séparer les deux misérables qui s'accouplaient par terre comme des bêtes, riait à gorge déployée et invitait le mari à s'amuser, lui aussi, de cette fornication en public.

Il se leva tôt, le matin. Les autres dormaient encore. Vite un bol de café au lait, une tartine de pain bis et de confiture de groseille. Ce peu de nourriture le remit d'aplomb. Ragaillardi, il descendit dans le jardin. Les visions nocturnes se dissipèrent dans la fraîcheur de l'aube. L'herbe était humide, luisante, la terre exhalait une odeur noire et riche. Aux pieds de Martin, par-delà le grillage de clôture, s'étendait à perte de vue une plaine sage, quadrillée et vaporeuse. Personne dans les champs. Une seule voiture glissait au loin, sur la route de Nemours. Sa carrosserie luisait comme la carapace d'un insecte. Dans un silence de début du monde, des oiseaux s'agitaient parmi les arbres, avec des pépiements affairés. La vérité était là, dans cette campagne éternelle et tranquille et non dans les fantasmagories d'un cerveau enfiévré. Martin acheva de se rassurer. Bientôt, les volets claquèrent au-dessus de sa tête. La maison ouvrait les yeux. Hortense et Lucien apparurent. Ils avaient leurs visages de tous les jours.

Comme d'habitude, les appels de klaxon du boulanger avertirent les habitants qu'il arrivait dans sa camionnette chargée de pain frais. Puis ce fut le boucher qui s'annonça par des couacs d'avertisseur. Quatre coups brefs et un long. Martin alla acheter trois escalopes de veau comme Hortense le lui avait commandé. Les ménagères se pressaient autour de la voiture. Elles profitaient de ce rendez-vous quotidien pour faire causette. En apercevant Martin, elles se turent. Sans doute étaient-elles en train de commenter les amours de Lucien et de Mireille ? Il crut surprendre des regards ironiques quand il passa sa commande. Pourtant l'amabilité demeurait la règle :

– Hortense va bien ? Vous l'embrasserez pour moi... Avez-vous eu de la gelée blanche, cette nuit, par chez vous ?

À peine servi, il se dépêcha de fuir les commères. Il était sûr que, derrière son dos, elles avaient repris leurs clabauderies.

L'après-midi, en se rendant au café Canivot, il eut la même impression de curiosité malsaine, de fausse gentillesse. Devant la mine réjouie des habitués de l'endroit, il se persuada que tous ces gens, loin de s'indigner des frasques de Lucien et de Mireille, s'en divertissaient comme d'un bon tour joué au mari. On n'aimait guère Albert Dutilleul dans le village. On le jugeait fier et distant. Vu son instruction, il aurait pu être élu conseiller municipal, devenir maire de Mesnard-le-Haut. Il n'avait pas voulu. Il ne venait jamais au bistrot boire un coup avec les amis. Enfermé parmi ses livres comme dans une forteresse, il n'avait pas volé ce qui lui arrivait. Bien sûr, on ne le disait pas ouvertement, mais Martin lisait cette sentence dans le regard de ses voisins accoudés, comme lui, au comptoir. Il lui semblait même qu'ils étaient plus chaleureux avec lui qu'à l'accoutumée. On l'enviait d'avoir un fils qui était un fameux lapin. Si Lucien avait franchi à l'instant le seuil de la porte, il aurait été accueilli les bras ouverts. Martin fit deux parties de billard, perdit les deux fois, et paya deux tournées qui lui chauffèrent la tête.

En sortant du café, il repassa devant le hangar. Porte fermée à clef, volets clos, Lucien devait s'employer à contenter Mireille. Certes, le lieu était malpropre et inconfortable. Mais le couple y avait probablement aménagé une sorte de nid avec un vieux matelas, des oreillers éventrés, une couverture trouée, le tout pris dans le grenier. Pour le reste, les extases de l'amour faisaient oublier la crasse de cet ancien entrepôt, au milieu duquel trônait la bétonneuse immobile et muette. « Ils s'accouplent n'importe où, comme des chiens », se dit Martin avec un mélange de répugnance et d'envie. Puis il songea à Albert Dutilleul, qui assemblait des allumettes pendant que sa femme se faisait sauter. « C'est peut-être ça le sommet de la philosophie ! » conclut-il. Une fois pour toutes, il résolut de ne plus s'intéresser à ce qui se passait dans son hangar.

Cependant, rentré chez lui, il demanda à Hortense de lui tirer les cartes. Elle prétendait tenir de sa grand-mère le don de voyance. Sans être superstitieux, Martin aimait bien entendre parler, en termes énigmatiques, de son avenir. Après avoir étudié la combinaison des diverses figures du jeu, Hortense annonça à son frère une réussite dans les affaires et un voyage. Rien d'essentiel, en somme. Il en fut réconforté. Comme la veille, Lucien regagna le bercail pour le dîner. Il avait l'œil émerillonné et le ventre creux. Martin se garda de le provoquer par des observations sur sa conduite.

Le lendemain, il éprouva quelque gêne en recevant, vers quatre heures de l'après-midi, la visite d'Albert Dutilleul. Lucien était absent. De toute évidence, il devait se payer du bon temps avec Mireille, dans le hangar. Durant la visite de son voisin, Martin craignit qu'il ne fît allusion à l'infidélité de sa femme. Comment croire que le malheureux ne soupçonnait rien, alors que tout le village savait ? Albert Dutilleul avait apporté un livre ancien sur le *Bellerophon* : l'architecture du navire, son gréement, ses installations intérieures, son armement, l'état du personnel navigant... Il tournait les pages sous le regard inquiet de Martin et commentait paisiblement les gravures. « Un enfant ! jugea Martin. Un enfant avec toute la science du monde sous son crâne ! » Hortense servit le thé. Albert Dutilleul en but deux tasses coup sur coup, puis interrogea d'un air vague :

– Lucien n'est pas avec vous ?

– Non, dit Martin précipitamment, il vadrouille dans la région.

– Mais il va régulièrement à l'A.N.P.E. ?

– Oui, oui...

– Et il touche ses Assedic ?

– Oui, je crois...

– Malheureusement, je n'ai toujours rien pour lui.

– Ce n'est pas grave.

– Vous lui direz de ne pas perdre courage. Nous finirons par y arriver...

Martin n'osait regarder son ami en face. Baissant la tête, il bredouilla des remerciements confus et se hasarda, par politesse, à demander des nouvelles de Mireille.

– Elle va bien, dit Albert Dutilleul en se levant de table. Elle se promène beaucoup dans la campagne. Le grand air lui réussit. Passez donc nous voir, un de ces jours, avec Lucien et Hortense. Je vous montrerai encore quelques bouquins que j'ai dénichés à Fontainebleau...

Après avoir raccompagné son ami à la porte, Martin revint dans la cuisine où Hortense rinçait les tasses.

– Il a bien du mérite, le pauvre ! murmura-t-elle en hochant la tête.

– Pourquoi dis-tu « le pauvre » ?

– Tu n'es pas au courant ? questionna-t-elle avec un regard sceptique. C'est Mme Luchon qui m'en a parlé la première, « au pain ». Lucien et Mireille, tout le monde le sait, au village... Ah ! ils ne s'en font pas, tous les deux !

– Oui, avoua-t-il. Je n'ai pas voulu t'ennuyer avec cette histoire...

Il crut qu'elle allait donner libre cours à son indignation

devant la vilenie de son neveu. Mais elle se contenta de dire :

– Après tout, c'est de leur âge !

Martin en fut un peu soulagé. Ainsi, elle non plus ne voulait pas d'éclats. Que tout se passât sous le manteau, et on pardonnerait aux deux tourtereaux de berner un vieillard à demi consentant.

– Eh oui ! marmonna-t-il, c'est navrant. Mais nous n'y pouvons rien. Quand deux êtres s'aiment, au diable les préjugés ! Surtout à notre époque...

– C'est égal, ils ne doivent pas être à l'aise dans leur saleté de hangar ! observa Hortense, songeuse.

– Tu ne vas tout de même pas leur proposer de venir coucher ici, dans la chambre de Lucien ?

– Non, bien sûr !

Mais elle hésitait. A l'évidence, elle était prête à tout pardonner à son cher petit. Etait-ce sa faute, à ce garçon, si tant de femmes étaient folles de lui ?

– C'est Mireille qui s'est jetée à sa tête, reprit-elle. Lui, il n'a fait qu'obéir ! L'idée du hangar, je suis sûre que ça vient d'elle. Une vraie salope, sous des airs de sainte-nitouche ! Elle avait déjà trafiqué avec le fils Moreau. Et avec Martial, le facteur... Non, non, elle a le feu aux fesses. Si Lucien s'envoie en l'air avec elle, on ne peut pas le lui reprocher. Qu'il ait au moins ce plaisir à Mesnard-le-Haut !

Elle rit. Au fond, ça la flattait, Martin en était convaincu, que Lucien eût séduit une femme mariée. Elle jubilait à l'idée que son neveu fût devenu le coq du village. Une réaction vaniteuse de mère. Par lâcheté, Martin s'esclaffa, lui aussi, devant l'infortune de son ami. Cependant, un boulet pesait dans sa poitrine.

– Alors quoi ? soupira-t-il. On ne dit rien à Lucien ? On le laisse faire ?

– Ah ! ça oui. Ces histoires de cul ne nous regardent pas !

– Mais Albert Dutilleul ?

– Il n'a qu'à mieux surveiller sa femelle !

Martin se laissa convaincre sans protester davantage. La ronde vulgarité d'Hortense le réconciliait avec sa propre faiblesse. En ravalant l'aventure de Lucien à une banale suite de coucheries, elle l'incitait, lui, le père, à s'en laver les mains.

Lorsque son fils reparut, le soir, pour se mettre à table, Martin l'accueillit comme si de rien n'était. Hortense, de son côté, était aux petits soins pour le lascar. Elle insistait afin qu'il se servît largement de tous les plats. Sans doute estimait-elle qu'il avait besoin de reprendre des forces après ses exploits amoureux. Alors qu'il s'apprêtait à monter dans sa chambre, elle lui dit :

– Fais-moi penser à te donner une couverture de plus, demain.

– Mais je n'ai pas froid !

– Pas pour ici, répliqua-t-elle d'un air coquin. Pour là-bas...

Il rit et l'embrassa sur les deux joues. Martin détourna les yeux pour ne pas voir ce baiser de la honte.

4

– POURQUOI avez-vous fait ça ? demanda Martin stupéfait.

L'établi n'était qu'un cimetière d'allumettes. Le *Bellerophon* n'existait plus. Albert Dutilleul esquissa un sourire misérable et, plongeant la main dans les brins de bois, les éparpilla plus largement encore.

– J'en avais assez, dit-il. Il me semblait que je n'en verrais jamais la fin. De toute façon, ce n'est pas une grande perte !

– Mais si, balbutia Martin. Tout ce travail pour rien...

– Ce n'est pas pour rien, puisque cela m'a amusé pendant quelques mois.

– Qu'allez-vous faire maintenant ?

– M'inventer une autre manie. Une manie aussi dérisoire si possible ! Voyez-vous, Martin, à mon âge et dans ma situation, on ne vit plus que pour des passions inoffensives et absurdes. De quoi occuper son attention et ses mains pendant la journée. Aucun philosophe n'a étudié l'importance des gestes prétendument inutiles dans l'existence d'un homme. Tous ces messieurs s'acharnent à célébrer les vertus d'une grande idée, d'un vaste dessein pour donner un sens à nos destinées. Personne ne vante les mérites intemporels de la collection d'étiquettes de boîtes de camembert pour nous permettre d'atteindre, en toute sérénité, l'heure de notre mort.

– Vous allez collectionner des étiquettes de boîtes de camembert ? questionna Martin, incrédule.

– C'est une manière de parler, dit Albert Dutilleul en riant. Je vais m'intéresser à d'autres babioles : autographes, cartes postales anciennes... le choix est illimité. Ce qui compte, c'est la passion qu'on apporte à la chose, pas la chose en soi. La remarque est d'ailleurs également vraie pour les êtres qu'on aime. Certains ne méritent pas l'adoration qu'ils suscitent. Et cependant on se ferait hacher pour un sourire de l'objet élu, même si, d'après les voisins, il ne vaut pas tripette !

Martin se dit qu'Albert faisait allusion à sa femme et essaya de changer de conversation. Mais son ami revint à la charge :

– J'ai eu soixante-six ans, hier. Regardez ce que Mireille m'a offert pour mon anniversaire !

Il sortit d'un tiroir un lambeau de lettre aux bords déchirés.

– Un autographe d'Eugène de Beauharnais. Elle a déniché ça chez un libraire-antiquaire de Fontainebleau. Elle y est allée exprès, en cachette de moi ! C'est gentil, n'est-ce pas ?

Martin se rappela que Lucien lui avait emprunté sa voiture, quelques jours auparavant, pour « faire des courses ». Sans doute avait-il accompagné Mireille à Fontainebleau.

Ils avaient choisi le document ensemble. Il les imagina discutant devant le marchand pour déterminer quel cadeau ferait le plus plaisir à l'homme qu'ils trompaient sans scrupules. Cette comédie paraissait à Martin aussi minable que révoltante. Il avait envie de crier à Albert : « Tu devrais la jeter au feu, cette lettre ! Tu te salis les mains en la tripotant ! Ta femme se moque de toi ! » Et, en même temps, une pitié énorme, encombrante le contraignait au silence.

– Ce que je trouve amusant, reprit Albert, c'est que la lettre d'Eugène de Beauharnais est datée de décembre 1806 et qu'elle est signée Eugène Napoléon. C'est l'année même où Napoléon a adopté le fils de Joséphine... En somme, le brave Eugène étrennait là son nouveau patronyme.

– Oui, oui, c'est très curieux, reconnut Martin.

– Je suppose que le marchand l'a conseillée dans son choix. En tout cas, je suis ravi. Une belle pièce ! Elle va m'inciter à poursuivre ma collection.

Devant la mine faussement réjouie d'Albert, Martin ne pouvait s'empêcher de penser que son ami n'était pas dupe, mais qu'il acceptait tous les affronts par peur de perdre Mireille en lui reprochant sa chiennerie. Bercé d'illusions, le mari trahi espérait encore qu'en le voyant si conciliant, elle finirait par se lasser de son aventure et par lui revenir, pleine de gratitude et de câlinerie. La moindre dispute, la moindre mise au point eût risqué de compromettre cette chance de rafistolage. « Plutôt une femme infidèle que pas de femme du tout ! » devait-il se dire. Comme il l'aimait ! Une soumission de dévot ! Ou d'animal domestique ! Avait-elle des qualités cachées pour que deux hommes aussi différents qu'Albert Dutilleul et

Lucien fussent ensorcelés par elle ? Au regard de Martin, elle n'était qu'une petite femme à peine jolie, rigolote, aguicheuse, avec des cheveux châtains mousseux et une bouche rouge, large et bien meublée. Il se demanda quelle aurait été sa propre réaction s'il avait appris jadis qu'Adeline le trompait comme Mireille trompait Albert. Cette hypothèse lui parut d'abord sacrilège. Puis, peu à peu, il céda au vertige des suppositions les **plus** hasardeuses. Aucune épouse n'était au-dessus du soupçon d'adultère. Derrière chacune, le diable veillait avec un aiguillon à la main. « Qu'aurais-je dit ? Qu'aurais-je fait à sa place ! » Son esprit tournoyait dans le vide. Soudain, avec une surprise attristée, il convint que, lui aussi, par crainte d'une rupture, eût feint l'ignorance, encaissé les avanies et attendu que l'orage s'éloignât de la maison. Eviter les scènes, sauver les meubles, faire confiance au temps... A la seconde où il formulait cette pensée, Albert lui devint plus cher encore. Il écoutait d'une oreille distraite les commentaires sur la carrière glorieuse d'Eugène de Beauharnais et songeait à la chance de son interlocuteur qui bénéficiait de tout ce qu'il lisait dans les livres pour se consoler de tout ce qui le blessait dans la vie. Ainsi, pour quelques êtres privilégiés, la culture n'était pas seulement un outil de travail. Elle pouvait être aussi un refuge contre l'adversité. Lui, Martin, n'était pas de cette race. Sa pauvreté d'esprit l'accablait. Il avait beau mettre le nez dans les bouquins qu'Albert lui prêtait de temps en temps, il savait que jamais il ne parviendrait à accroître ses connaissances au point d'être l'égal de son grand ami.

Albert Dutilleul rangea la lettre dans le tiroir et conclut :

– Un type très bien, cet Eugène de Beauharnais, tant comme général que comme administrateur. La fin de sa vie fut assez triste. Comme toutes les fins de vie...

Il était redevenu pensif. D'un geste machinal, il remuait le fouillis des allumettes sur la table. Etait-ce le modèle réduit du *Bellerophon* ou son propre ménage dont il recensait les débris ? Soudain, relevant le front, il dit avec détermination :

– J'ai parlé à Mireille. Nous allons partir, elle et moi, chez ma sœur, dans la Sarthe.

– Ah ! murmura Martin. Et quand est-ce que... ?

– Après-demain. Nous l'avons décidé brusquement, ce matin, sur un coup de tête...

Martin resta interloqué, la bouche ouverte. Comment se faisait-il que Mireille eût accepté cette séparation, même provisoire, avec Lucien ? Avait-elle eu finalement pitié de son mari ? S'était-elle lassée de ses coucheries quasi quotidiennes ?

– Et... vous vous absenterez longtemps ? demanda Martin.

– Deux ou trois semaines environ. Ma sœur, Josiane, est souffrante. Je voulais partir seul. Mireille a insisté pour venir aussi... Elle adore ma sœur ! D'ailleurs, elle a besoin de changer d'air. Elle l'a reconnu elle-même !

Cette fois, Martin ne douta plus que Mireille, rassasiée de son amant, eût résolu de rompre leur liaison en douceur. Tout allait reprendre sa place dans les deux maisons. Lucien, à son tour, se résignerait. Au pire, il se chercherait une autre maîtresse dans la région.

– Vous avez raison de faire ce petit voyage, dit Martin.

Il faut savoir, de temps à autre, quitter son coin pour voir le monde...

Au même instant, il entendit le lourd portail qui retombait, dans le fond de la cour. L'œil d'Albert Dutilleul s'aiguisa. Mireille entra dans l'appentis. Elle paraissait échauffée et sémillante. A l'évidence, elle sortait des bras de Lucien. Quand elle s'approcha de Martin, la main tendue et le sourire aux lèvres, il crut respirer sur elle, mêlée à un parfum capiteux, l'odeur de l'amour. Puis elle s'avança vers Albert et l'embrassa tranquillement sur la bouche. Ce baiser conjugal choqua Martin comme un défi de plus à l'infortune de son ami.

– Vous avez vu ? lui dit Mireille en désignant les vestiges du *Bellerophon*. Il a tout cassé... Il en fera un autre. J'y veillerai... C'est si important pour lui !

Elle avait pris le bras d'Albert et, serrée contre son épaule, poursuivit gaiement :

– Vous a-t-il dit que nous étions sur le départ ?

– Oui, répondit Martin. C'est... une bonne chose.

Et il pensa à son fils. Comment Lucien avait-il réagi à l'annonce de cette séparation ? Impossible de poser la question ici. Ni ailleurs. Une phrase maladroite eût suffi à mettre le feu aux poudres. Il fallait attendre la suite des événements. Selon toute probabilité, les amants étaient d'accord pour s'imposer un délai de réflexion avant d'aller plus loin dans leur folie.

Mireille entraîna les deux hommes dehors. Ils prirent l'apéritif, servis par la vieille Ernestine, dans le jardin, sous la tonnelle à demi dégarnie de son feuillage. Devant eux, s'étalait le paysage immuable et reposant de la plaine. La même vue, exactement, que celle qui s'offrait à Martin du haut de sa terrasse. Ainsi avait-il l'impression d'être à la fois chez lui et chez un autre. Son regard se perdait dans l'infini des champs cultivés, blonds et verts, où le vent creusait des moires qui ressemblaient au frémissement des courants marins.

– C'est la plus belle époque, dit Martin. Le blé, l'orge, tout est dans sa vraie couleur. D'ici quelques jours, ils moissonneront, et la terre redeviendra rase et rêche comme un paillasson.

– Encore heureux s'il ne pleut pas avant ! observa Martin.

– Hier soir, j'ai entendu le merle chanter très fort, annonça Mireille. C'est signe d'eau dans les quarante-huit heures.

Martin reconnut un de ces dictons de science paysanne qu'Hortense aimait à citer, car elle était fière d'avoir toujours vécu à la campagne. Lucien répétait souvent la formule pour la taquiner, quand il était petit. C'était de lui certainement que Mireille l'avait entendue. Quoi qu'elle fît, quoi qu'elle dît, Martin devinait son fils debout derrière elle. Il aspira une large bouffée d'air et écarquilla les yeux pour ne plus rien voir que le ciel immense, bleu pommelé de blanc, et l'horizon d'or pâle et de brume mauve où, çà et là, peinait un tracteur. Le silence n'était rompu que par la pétarade rageuse de quelques Mobylette qui remontaient la côte. Les garnements de Mesnard-le-Haut avaient choisi ce circuit, au flanc de la colline, pour leurs exploits motorisés.

– Quel vacarme ! soupira Martin. On devrait leur interdire...

– Il ne faut jamais rien interdire, dit Mireille avec une douceur suspecte. Les gamins ont besoin de se dépenser. Un jour ou l'autre, ils se lasseront tout seuls, ou ils iront jouer ailleurs, et on n'en parlera plus.

Cette réflexion parut à Martin d'une sagesse prémonitoire. Elle ne visait pas seulement les chenapans du village. Toute la conduite de Mireille en était expliquée et comme justifiée. Albert avait allumé une cigarette et suivait du regard la fumée qui se dissipait, à peine sortie de sa bouche. « Après tout, il est peut-être heureux comme ça, pensa Martin. De quoi vais-je me tourmenter ? Je n'ai pas à être plus royaliste que le roi ! »

Le grondement des Mobylette s'était éloigné. La paix redescendit, du fond du ciel, sur la campagne. L'horloge de la mairie, au sec tintement métallique, sonna six heures. Tous les hameaux d'alentour en furent avertis. La bouteille à la main, Mireille remplit de nouveau les verres. C'était du vermouth blanc. Martin n'aimait pas beaucoup ce genre de vin fortement aromatisé. Pourtant il accepta d'en reprendre. Il avait hâte de s'étourdir, d'oublier. Certes, il reconnaissait qu'il n'y avait pas eu un mot de trop dans cette entrevue amicale. Mais tout ce qui avait été passé sous silence au cours de la conversation pesait plus lourd, dans son cœur, que le peu qui s'était dit à voix haute. Ayant vidé son verre il se leva, remercia, salua. En s'en allant, il se demanda ce qu'il laissait derrière lui : un couple réconcilié ou l'enfer d'une acceptation honteuse de l'inévitable ?

5

VOLETS clos, portail bouclé, la maison de Dutilleul était comme morte. Chaque fois qu'il passait devant la façade aveugle, Martin avait un pincement au cœur. A plusieurs reprises, il croisa son fils qui rôdait dans les parages. On eût dit que Lucien espérait, par ses allées et venues, hâter le retour de Mireille. Depuis quatre jours qu'elle était partie avec son mari, il avait un visage de haine et de désespoir. Ni Martin ni Hortense ne se hasardaient à l'interroger sur son emploi du temps. Ce qui était sûr, c'est qu'il ne fréquentait pas le café Canivot. Au lieu de noyer son impatience et sa colère dans le vin, il s'abstenait farouchement de boire. Peut-être pour garder la tête froide. Il se contentait de battre la campagne en promeneur furibond. Ou bien il s'enfermait dans sa chambre et criait, à travers le battant, qu'il ne fallait pas le déranger. Aux repas, on parlait de tout sauf du ménage Dutilleul, ce qui limitait beaucoup les sujets de conversation. Pendant ces longs silences de mastication, Martin observait son fils furtivement et tâchait d'imaginer le cours de ses pensées. Incontestablement, il ne s'agissait pas, pour Lucien, d'une liaison banale. Il souffrait de la séparation comme d'une maladie des entrailles. C'était toute sa chair qui se révoltait. Un poisson échoué sur un banc de sable. Pouvait-on lui en vouloir, alors qu'il était si sincère dans son désarroi ?

Devant son air malheureux, Martin en venait à souhaiter, lui aussi, que Mireille revînt vite au village, dans les plus tendres dispositions d'esprit, et que tout recommençât, fût-ce au détriment d'Albert Dutilleul. Hortense partageait son point de vue. En l'absence de Lucien, elle discutait ouvertement avec Martin de la situation et se moquait de ses scrupules. Entre le bonheur de son « gredin de neveu » et celui du « pauvre Albert », elle avait choisi, une fois pour toutes. Un soir, Lucien étant monté dans sa chambre, elle dit même à Martin, en desservant la table :

– J'espère que cette salope de Mireille n'aura pas changé d'avis entre-temps !

– Crois-tu qu'il faille vraiment l'espérer ? balbutia Martin.

– Bien sûr ! Tu supportes, toi, de voir dépérir ton fils à cause d'une moins-que-rien qui le fait droguer ?

– Mais Albert...

– Il s'accommode très bien de ce qui lui arrive. Ça ne m'étonnerait pas même que ça l'arrange.

– Comment peux-tu dire ça ?

– A son âge, il n'est pas désagréable d'avoir quelqu'un qui vous remplace auprès d'une épouse encore jeune et exigeante ! Tout le monde sait ça. Qu'est-ce qu'elle attend pour revenir, celle-là ? Tu devrais peut-être écrire un mot à Albert Dutilleul pour te rappeler à son bon souvenir et lui demander quand il compte retourner chez lui.

– Je ne ferai jamais ça ! s'écria Martin, indigné.

– Tu as bien tort de t'encombrer de sentiments. En amour, il n'y a rien d'autre que la loi de la jungle. On mord jusqu'au sang pour ne pas être mordu !

Hortense paraissait si sûre d'elle-même que Martin en fut ébranlé. D'où tenait-elle cette science des rapports entre les sexes, elle qui n'avait jamais été mariée ? Quand elle eut fini de ranger la vaisselle, il interrogea prudemment :

– Et si Mireille avait décidé de rompre avec Lucien pour revenir à son mari... ?

– Ce serait une catastrophe ! Il faut à tout prix éviter ça !

Ils se turent : Lucien avait ouvert la porte de sa chambre et descendait l'escalier d'un pas lourd. N'avait-il pas entendu la fin de la conversation ? Arrivé devant son père, il dit :

– J'aurais besoin de la voiture. Tu me donnes les clefs, les papiers ?

– Où veux-tu aller ? bredouilla Martin.

Il avait peur de son fils soudain. Peur d'Hortense. Et, bizarrement, de lui-même.

– A La Flèche, dit Lucien en le regardant droit dans les yeux avec une froide arrogance.

C'était là qu'habitait Josiane, la sœur d'Albert, chez qui le couple Dutilleul s'était réfugié. Estomaqué, Martin commença par protester mollement :

– Tu es fou ! Ce serait très maladroit ! Albert pourrait se fâcher...

– Qu'est-ce que tu racontes ? s'exclama Hortense. Moi,

je trouve que Lucien a raison. Il faut qu'il aille là-bas. Une petite visite clarifiera tout. Remets-lui les clefs, Martin !

Docile, Martin porta la main à sa poche.

– Je ne ferai que l'aller et le retour, dit Lucien comme pour s'excuser.

– Tu décideras une fois sur place ! corrigea Hortense. Pour ce que tu fiches ici ! C'est un très joli pays, la Sarthe...

Lucien prit les clefs, la carte grise que lui tendait son père. Ayant obéi à l'injonction d'Hortense, Martin se sentait complice d'une vilenie qu'il n'avait eu le courage ni de prévenir ni d'empêcher. Machinalement, il ajouta :

– Surtout, sois prudent !...

Mais ce n'était pas la crainte d'un accident de la circulation qui le préoccupait. Le danger était ailleurs que sur la route. De toutes ses forces, il espérait que Lucien retrouverait la raison en revoyant celle qui la lui avait fait perdre. Si Hortense ne rêvait que d'une reprise des relations coupables entre son neveu et Mireille, Martin, lui, s'acharnait à souhaiter une prompte guérison. Du moins se le répétait-il pour justifier son indulgence. Son attitude, estimait-il, était celle d'un homme déchiré entre son amitié et son amour paternel, alors qu'Hortense se conduisait en vulgaire entremetteuse. Lucien fit sauter les clefs dans le creux de sa main et annonça :

– Je filerai très tôt, demain matin. Ne vous occupez pas de moi.

– Tu penses bien que je ne te laisserai pas monter en voiture sans avoir veillé à ce que tu prennes ton petit déjeuner, dit Hortense, épanouie de sollicitude.

Martin décida qu'il éviterait d'assister au départ de son

fils. C'était, pensait-il, une question de dignité. Le lendemain matin, il entendit un remue-ménage dans la cuisine. Mais il ne bougea pas de son lit.

Lucien resta absent quarante-huit heures. A son retour, il avait une expression à la fois détendue et mystérieuse. Comme s'il venait de jouer une bonne farce à son entourage. Malgré l'insistance affectueuse et indiscrète d'Hortense, il refusa de donner le moindre détail sur son séjour à La Flèche. Où avait-il logé ? Avait-il revu Mireille ? Comment Albert s'était-il comporté à son égard ? Aux multiples questions de sa tante, il se contentait de répondre : « Tout va très bien ! » Martin, lui, s'interdisait d'interroger son fils pour ne pas avoir l'air de s'intéresser, de près ou de loin, à son aventure.

Quatre jours plus tard, la maison des Dutilleul rouvrit ses volets. Albert et Mireille étaient de nouveau dans leurs murs. Aussitôt, les rendez-vous clandestins reprirent. Chaque après-midi, Lucien retrouvait la jeune femme dans l'ancien entrepôt de son père. Il s'y rendait sur le coup de trois heures. Une demi-heure plus tard, Mireille traversait la rue pour le rejoindre. D'avoir été si longtemps sevrés l'un de l'autre leur avait chauffé le sang. Ils ne se cachaient même plus. Quand Martin allait au café, il entendait des allusions égrillardes au tempérament de son fils. On avait surnommé Lucien « le bouc de Mesnard-le-Haut ». C'était à la fois flatteur et désobligeant. De temps à autre, quelqu'un disait par plaisanterie :

– Eh, Martin, tu as des nouvelles de Mireille ?

Ou bien :

– Et le vieil Albert, il peut encore passer sous les portes avec sa paire de cornes ?

Martin haussait les épaules et marmonnait :

– Ne t'occupe donc pas de ça : ce sont des histoires de jeunes !

– N'empêche qu'il met les bouchées doubles, Lucien, grognait un autre. Quel gaillard ! Si ça continue, la Mireille ne lui suffira plus !

– Allons, faut pas parler comme ça ! protestait Jacqueline Canivot en essuyant le zinc d'un coup de torchon.

Martin vidait son verre et se dépêchait de quitter le bistrot, salué par les rires gras de la compagnie. En retrouvant Hortense, il se gardait de lui rapporter ces propos qui, sans doute, loin de l'offusquer, l'eussent amusée. Elle était si favorable aux amours de Lucien et de Mireille qu'elle leur prêtait tout ce dont ils avaient besoin pour améliorer le cocon de leur folie adultérine : draps propres, oreillers, carpette, table de nuit, lampe de chevet, pendulette... Grâce à elle, le hangar devenait presque habitable. Encore un peu, et elle eût fait visite aux « jeunes » pour s'assurer de leur bien-être.

Albert Dutilleul, en revanche, n'avait pas mis le nez dehors depuis qu'il était revenu à Mesnard-le-Haut. Terré dans sa maison, il devait cuver sa honte avec une délectation morose. Martin n'osait le déranger au milieu de sa solitude. Il craignait qu'Albert ne le reçût mal et ne lui reprochât d'être indirectement responsable de son infortune. Coupable à travers son fils, il était ainsi contraint de renoncer à une amitié qui avait été sa fierté et sa joie. Ce sacrifice lui coûtait. Il se disait parfois qu'il n'eût pas souffert davantage si c'était lui le cocu. Dans ces moments-là, il se sentait si proche d'Albert Dutilleul qu'il avait envie de pleurer en voyant son fils partir pour le maudit entrepôt.

Si seulement Lucien avait décroché un emploi qui l'occupât toute la journée et l'éloignât du village ! Mais, malgré ses visites régulières à l'A.N.P.E. de Pithiviers, il ne trouvait rien. On ne lui proposait, disait-il, que des « pannes ». A l'entendre, il manquait de « qualifications » pour être embauché. Peut-être était-il trop exigeant ? Mais peut-être aussi préférait-il rester indéfiniment au chômage ? Tant que Mireille le tiendrait, il ne serait bon qu'à faire l'amour avec elle. Heureusement qu'il avait son père et sa tante pour lui assurer le vivre et le couvert. Selon Hortense, cet état de coq en pâte était tout à fait normal pour un homme de vingt-cinq ans à la recherche d'un travail. Et Albert, pour avoir la paix, acquiesçait en maugréant.

De plus en plus souvent, il demandait à Hortense de tirer les cartes pour l'éclairer sur son avenir et celui de Lucien. Elle avait l'art de le calmer par des prédictions vagues et solennelles. Son visage épais et congestionné avait la majesté imperturbable d'un masque de sphinx. Sa voix grave traversait des espaces sidéraux avant de frapper les oreilles humaines :

– Je vois une grande lumière... Des rentrées d'argent... Une femme qui te veut du mal...

Un soir qu'elle avait étalé le jeu de cartes sur la table, on cogna violemment à la porte. Elle alla ouvrir. C'était

Jacqueline Canivot, la patronne du café. Elle avait un visage d'épouvante. Les yeux en billes, la mâchoire tremblante, elle articula dans un souffle :

– Venez vite ! Albert Dutilleul s'est pendu.

6

Tout le village était venu. Il n'y eut pas de cérémonie religieuse. Mais le maire, M. Charles Blanchot, prononça quelques phrases très simples, au cimetière, devant le cercueil. Il dit le respect et l'affection que les habitants de Mesnard-le-Haut portaient à ce défunt exceptionnel, dont le savoir, le civisme et la bonté étaient appréciés au-delà des limites du canton et même du département.

Pendant qu'il parlait, Martin, le cœur lourd, observait l'assistance. Hommes et femmes, groupés autour de la fosse, avaient, lui semblait-il, des figures de justiciers. Il avait longtemps hésité sur la conduite que devait suivre son fils en la circonstance. Hortense avait tranché : « Il faut qu'il y aille ! » Et Lucien était là, au dernier rang, tête basse. Pour tous ces gens, c'était lui le fautif. Il n'avait pas d'excuses. On évitait de poser les yeux sur lui. Mireille aussi était victime de cet ostracisme. De noir vêtue, un voile de crêpe rabattu sur le nez, elle affrontait vaillamment l'animosité silencieuse de la foule. Après le petit discours de Charles Blanchot, ce fut elle qui jeta les premières fleurs d'adieu sur la caisse où reposait son mari. Puis elle prit place, près de la grille du cimetière, pour le défilé de condoléances. Mais les gens passaient devant elle, les bras ballants, sans même esquisser le geste de lui serrer la main. Seuls Martin, Lucien, Hortense et le maire lui adressèrent quelques mots de sympathie. A côté de Mireille, se tenait Josiane, la sœur d'Albert Dutilleul, une petite vieille desséchée, à l'œil dur de volaille et aux lèvres blanches, venue exprès de La Flèche. Par contraste, elle eut droit, elle, à des accolades et à des murmures de regret. Elle repartit, oubliant d'embrasser Mireille. Quand ce fut fini, le fossoyeur, qui n'était autre que le cantonnier, Popaul, commença à combler le trou. Son chien, Black, était resté assis à la porte du cimetière. Il connaissait les usages.

L'assemblée se dispersa, sans un regard, sans une parole pour Martin, son fils, Hortense et la veuve. Ils étaient exclus de la communauté. Lucien raccompagna Mireille chez elle. En rentrant à la maison, Hortense eut une crise de larmes. Effondrée sur sa chaise, dans la cuisine, elle étouffait de rage et grondait :

– Les salauds ! Ils nous en veulent de cette mort, comme si nous y étions pour quelque chose !... Nous n'avons rien à nous reprocher, nous autres. Un homme jeune, c'est fait pour courir les femmes !... Mireille n'avait qu'à le rembarrer, il aurait compris. Mais elle l'a excité, elle l'a encouragé, la garce ! C'est elle seule qui devrait trinquer aujourd'hui... Avec ça, pendant qu'elle cocufiait son mari, tout le monde, à Mesnard-le-Haut, rigolait... Et maintenant, les mêmes se donnent bonne conscience, critiquent, condamnent ! Pour un peu, ils traiteraient notre Lucien d'assassin. Ce n'est pas juste !... Ce n'est pas juste !...

Le sang à la tête, elle fit une grimace, poussa un profond soupir et dégrafa le col de sa blouse violette au corsage plissé. Martin lui servit un verre d'eau fraîche, tirée au robinet de l'évier. Elle but à longs traits et poursuivit, d'une voix hachée :

– Tous des hypocrites ! Je t'assure que, si je pouvais, j'irais vivre ailleurs...

Il tenta de la calmer :

– Les esprits sont surchauffés... Dans quelques jours, personne n'y pensera plus. Ça se tassera.

Mais lui-même souffrait de cette vague d'hostilité qui battait les murs de la maison. On était dans une forteresse assiégée. Jamais encore il n'avait mesuré l'importance, dans sa vie, de la fraternité villageoise. Naguère, il lui semblait naturel de pouvoir compter sur l'amitié et l'estime de ses voisins. A présent qu'elles lui étaient retirées, il se découvrait vulnérable, seul et sale au point d'en être effrayé comme par l'approche de la mort.

– Le maire les raisonnera, dit-il encore. C'est un homme de bon sens. Il est de notre côté.

– Blanchot ne lèvera pas le petit doigt pour nous défendre, répliqua Hortense. C'est une lavette ! Dès qu'on hausse le ton, il fait dans sa culotte...

Et soudain, elle renversa la tête en arrière et porta une main à sa poitrine. Elle avait parfois de ces malaises qu'elle appelait ses « palpitations » et qui disparaissaient aussitôt survenus. Martin, qui en avait l'habitude, ne s'inquiéta pas outre mesure et se contenta de lui éventer le visage avec un journal. Déjà elle émergeait de son trouble avec un visage raffermi.

– C'est cette chaleur, murmura-t-elle. Tout le monde a les idées à l'envers... Pour bien faire, Lucien devrait éviter de voir Mireille pendant quelques jours. Ça apaiserait les ragots. Après, on verra...

– Tu as raison, approuva Martin. Je vais le lui dire...

– Non. C'est moi qui le lui dirai.

Elle tenait à reprendre la direction des opérations. Martin céda avec empressement. Rien ne l'ennuyait plus que de dicter sa volonté aux autres.

Revenu à la maison vers sept heures du soir, Lucien écouta Hortense avec une condescendance joviale. Martin assistait à l'entretien. Quand elle eut fini son petit sermon moralisateur, Lucien dit simplement :

– Inutile de te tracasser à chercher des solutions. Nous avons déjà tout arrangé avec Mireille. Mesnard-le-Haut nous sort par les trous de nez. Les gens y sont trop cons ! Nous allons foutre le camp...

– Pour aller où ? questionna Martin, abasourdi.

– A Paris. Ou plutôt dans la banlieue. Exactement à Boulogne-Billancourt. Mireille a une copine qui habite là-bas. Elle nous sous-loue son appartement parce qu'elle est obligée de s'installer à Chartres où elle a trouvé du travail. C'est un coup de veine. Elle nous l'a appris seulement avant-hier. On va se grouiller de déménager.

– Et de quoi vivrez-vous ?

– Mireille a quelques sous de côté. Et je finirai bien par décrocher un boulot convenable.

Bizarrement, l'idée du départ de Lucien soulagea Martin. Son fils absent de Mesnard-le-Haut, les calomnies et les menaces s'arrêteraient d'elles-mêmes. Après tout, quel mal y avait-il à ce que Lucien fît sa vie avec la veuve d'Albert ? Peut-être même finiraient-ils par se marier, ce qui couperait court aux dernières clabauderies. Cependant, il remarqua :

— Vous n'y connaîtrez personne, à Boulogne !

— C'est justement ce qui nous a décidés, répliqua Lucien en riant.

— Et la maison d'ici, qu'est-ce qu'elle en fera, Mireille ?

— Elle la vendra. Trois mois avant de mourir, Dutilleul avait eu la bonne idée de la mettre au nom de sa femme.

— Il avait tout prévu ! murmura Martin, accablé.

Au même instant, une pierre, lancée maladroitement, heurta la vitre. Des pas détalèrent dans la rue. Martin tressaillit :

— Ça, alors !

— Il fallait s'y attendre, dit Lucien. Ils vont essayer de nous intimider... Des trouillards et des faux jetons ! Ils n'osent pas me dire en face ce qu'ils pensent et ils envoient des cailloux dans les fenêtres et des lettres anonymes à la gendarmerie.

— Mon Dieu ! Mon Dieu ! gémit Martin.

— T'en fais pas : ils n'iront pas plus loin, dit Lucien en appliquant une tape sur l'épaule de son père. Ils sont trop foireux pour inventer autre chose.

Depuis un moment, Hortense ne participait plus à la conversation. Son front se couvrait de sueur, son menton tremblait. L'œil fixe, la respiration sifflante, elle semblait attentive à un phénomène qui se déroulait au-dedans d'elle-même. Soudain elle s'abattit, la face contre la table.

— Merde ! s'écria Lucien. Elle a une syncope.

Aussitôt, Martin se précipita sur sa sœur pour lui redresser le buste et lui bassiner le visage avec un linge trempé d'eau. Il répétait :

– Hortense ! Eh ! Hortense ! Ça ne va pas mieux ? Qu'est-ce que tu ressens ? Parle-moi... Hortense !

Mais elle restait inerte entre les bras de son frère qui l'étreignait et la secouait doucement.

– Appelle le docteur Legendre, ordonna Martin par-dessus son épaule.

Lucien décrocha le téléphone. Le docteur Legendre était absent. Il avait eu « une urgence ». Sa femme promit de l'avertir dès qu'il rentrerait. En raccrochant l'appareil, Lucien grommela :

– Pauvre Hortense ! Ils ont fini par lui tourner les sangs avec leurs dégueulasseries de bouseux !

De nouveau, le cimetière. Cette fois, un prêtre bénit le cercueil. Mais personne, dans le village, ne s'était dérangé, à l'exception du maire, pour accompagner Hortense jusqu'au tombeau. De part et d'autre de la caisse, gisaient deux couronnes de roses déjà à demi flétries : « A ma sœur », « A ma tante ». Debout devant le caveau familial, Martin, Mireille et Lucien étaient seuls dans leur peine. En quittant l'enclos après la cérémonie, ils longèrent une rue vide, dont l'air semblait épaissi par une réprobation unanime. Derrière chaque fenêtre, Martin devinait un ennemi à l'affût. D'abord secourue par le docteur Legendre, puis transportée à l'hôpital, Hortense était morte dans l'ambulance. Qu'elle eût succombé à un infarctus par suite d'une campagne de cancans et d'avanies ne désarmait pas les voisins malveillants. Inaccessibles à la pitié, ils l'étaient aussi au bon sens. Leur sentence sans appel englobait toute la famille. Martin les détestait en bloc après les avoir aimés en particulier. Qu'allait-il devenir sans sa sœur, sans son fils, au milieu d'une bande de loups ? Sa crainte de la solitude augmentait à mesure qu'il se rapprochait de son logis froid et vide. Sans le dire, il espérait que Lucien et Mireille entreraient avec lui pour prendre un verre. Mais, l'ayant accompagné jusqu'à la porte, ils invoquèrent les préparatifs de leur déménagement pour l'abandonner sur le seuil.

Il les regarda s'éloigner, bras dessus, bras dessous, vers l'autre maison. Celle du pendu. Ça ne les gênait pas de forniquer chez le mort. Dans son lit même, peut-être. Martin les envia pour leur inconscience ou leur cynisme triomphant. Dans le drame qu'ils vivaient, ils avaient une compensation de taille : leur amour. Lui n'en avait aucune.

Il tourna la clef dans la serrure et entra. Le bruit de son pas, au milieu de la vieille bâtisse déserte, retentit lugubrement jusque dans son crâne. La cuisine sentait encore le café au lait. Mais Hortense n'était plus là. Disparue à jamais. Comme Adeline, comme Albert, comme tous ceux qu'il avait aimés. Il repoussa la porte avec force. Le pêne claqua dans la gâche. Martin se laissa choir sur une chaise, devant le fourneau, et prit sa tête dans ses mains. Il se croyait encore en vie. Et pourtant, c'était sur lui qu'on avait refermé la dalle du tombeau.

7

Les travaux avaient repris sur le site de l'église. De nouveau, une équipe d'ouvriers, venus de Beaune-la-Rolande, s'affairait autour de l'imposante carcasse grise au clocher pointu. La toiture était entièrement réparée, les murs consolidés. On avait retiré les étais de bois qui enserraient la masse fissurée. Il ne restait plus qu'à jointoyer proprement les pierres extérieures. Une besogne délicate qui s'effectuait à la truelle. Martin appréciait en connaisseur la technique employée. Une fois la restauration achevée, la basilique pourrait repartir pour un règne séculaire sur le village qui, à ses pieds, continuerait à se décrépir et à se dépeupler. On ne dirait pas davantage la messe dans ce sanctuaire désaffecté que lorsqu'il était une ruine, mais on visiterait son immense nef déserte, sans croix, sans maître-autel, sans bancs, sans confessionnaux, sans tableaux pieux, sans vitraux historiés, sans statues, et on admirerait l'habileté des architectes d'autrefois. Il semblait à Martin que ce vaste effort de rénovation symbolisait l'inanité de toutes les entreprises humaines. Ce que les mortels bâtissent dure plus longtemps qu'eux et cependant ils ne peuvent s'empêcher de le faire. Pour qui ? Pour quoi ? Pour ceux de demain ? Or, c'est le présent seul qui compte pour les pauvres pantins que nous sommes. Quand il regardait ses mains dont les callosités avaient disparu, il avait l'impression de n'avoir jamais étreint que le vide. Et il en avait remué des briques et gâché du plâtre ! Mais, sa vie, il n'avait pas su la construire. A tout propos, il se disait : « Rien ne sert à rien. Qu'est-ce que je fais ici-bas, privé de femme, de fils, de métier et d'amis ? » Et il s'obstinait à mettre ses pas dans les traces des pas de la veille. Il allait même chaque jour au bistrot bien que, depuis la mort d'Albert Dutilleul, il y rencontrât beaucoup de visages fermés. Heureusement, les maçons du grand chantier venaient là, eux aussi, à l'heure de la pause. Ils n'étaient pas au courant de l'affaire ou s'en moquaient comme de l'an quarante. Martin bavardait avec eux, surtout avec le contremaître, pour le plaisir de se replonger dans le bain de la profession. Lucien, lui, ne se hasardait jamais dans le café. Trop de consommateurs lui auraient tourné le dos ou l'auraient pris à partie. Peut-être même Jacqueline Canivot aurait-elle refusé de le servir. Ou alors elle l'aurait fait d'un air si réprobateur que cela lui aurait gâché le goût de l'apéritif.

Vraiment, il était temps que Lucien et Mireille quittent le pays comme ils en avaient l'intention. Mais ils attendaient que l'appartement de leur amie, à Boulogne-Billancourt, fût enfin libéré. Cela risquait de durer encore des semaines. Dans l'expectative, Mireille se terrait chez elle et Lucien se tapait toutes les courses du ménage à sa place. Il les faisait à Vitreuil, dans l'ancienne voiture d'Albert.

C'était sans scrupules qu'il chaussait les pantoufles du mort. Mais était-il heureux dans son rôle de successeur ? De temps à autre, il passait voir son père. Martin le trouvait de plus en plus soucieux, irritable et impatient.

Une nuit, vers onze heures, un incendie se déclara dans les appentis d'Albert Dutilleul. Alertés par Lucien, les pompiers, tous volontaires, arrivèrent aussitôt et mirent leurs lances en batterie. Le feu avait pris dans le hangar où Albert, autrefois, construisait la maquette de son bateau. Déjà le brasier s'étendait, menaçant l'habitation principale. Tout le village s'était assemblé devant la maison, dans l'espoir de la voir brûler jusqu'aux fondations. Accouru l'un des premiers, Martin s'efforçait d'aider à la manœuvre en dirigeant de son mieux le jet d'un extincteur. Lucien se démenait, rageur, parmi la fumée. Mireille, les poings serrés devant la bouche, se retenait de pleurer. Les autres ne bougeaient pas. Ils étaient au spectacle. Certains, tirés de leur sommeil, étaient venus en robe de chambre, les pieds dans les savates. Le foyer éclairait par saccades ces figures de diables rustiques. L'incendiaire était sûrement parmi eux. Les flammes furent vite maîtrisées. Des dégâts insignifiants. L'assistance se dispersa, déçue.

D'après les gendarmes, le sinistre était d'origine accidentelle. Un court-circuit, disaient-ils. Ce n'était pas l'avis de Lucien. Mais il renonça à porter plainte. Il avait reçu la veille une lettre anonyme confectionnée à l'aide de mots découpés dans un journal : « Fous le camp ou on aura ta peau. » Il la montra à son père. Martin eut très peur. A qui se fier ? Dans Mesnard-le-Haut, désormais, il n'y avait plus de visages familiers : rien que des masques. Une population de justiciers qui se croyaient tout permis. De quel côté viendrait le prochain coup ?

La nuit suivante, Martin se leva à trois reprises, réveillé par des bruits suspects autour de la maison. Il y avait deux fenêtres dans la chambre. Une, au sud, donnait sur les champs, l'autre, au nord, sur la rue. Il ouvrit celle du nord, poussa les volets et inspecta les alentours. Un désert de ténèbres, de silence et d'immobilité. La lune haute éclairait le clocher tout neuf. L'église de Mesnard-le-Haut venait de sortir de la terre ancestrale. Le temps coulait à l'envers. On était au Moyen Age. En se recouchant, Martin fit le signe de la croix, par habitude, pour conjurer le mauvais sort.

Le lendemain, en revenant du bistrot, où il était allé bavarder avec les maçons, il monta dans sa chambre et y trouva son fils occupé à fouiller dans les tiroirs de la table. A l'arrivée de son père, Lucien redressa la taille, à la fois hilare et confus.

– Qu'est-ce que tu cherches ? questionna Martin d'un ton brusque.

Lucien haussa les épaules et ricana :

– Des sous !

– Tu aurais pu me les demander !

– Et tu me les aurais donnés ?

– Ça dépend pour quoi faire ! lança Martin avec reproche.

Depuis quelques instants, il avait le sentiment de dominer la situation. L'idée que Lucien n'eût pas hésité à lui faucher le peu d'argent qu'il conservait dans une cassette pour les dépenses courantes le stupéfiait et l'indignait. Il aurait voulu le gifler. Mais sa main était lourde. Son cœur flanchait. Il ouvrit lui-même la boîte en fer-blanc où reposaient trois coupures de cinq cents francs et jeta les billets sur la table.

– C'est ça que tu voulais ? interrogea-t-il d'une voix tremblante de colère, de mépris et de faiblesse.

Lucien se dandinait d'un pied sur l'autre sans répondre. Enfant, il avait déjà cette manie oscillatoire et muette dans les moments difficiles. Soudain, il ressembla au gamin qu'Adeline grondait en s'efforçant de ne pas rire parce qu'il avait chipé des prunes dans le jardin d'un voisin. Ce rappel d'un passé lointain émut Martin au point de lui faire perdre contenance. Il se radoucit.

– Tu as des ennuis ? dit-il timidement.

– Plutôt !

– Quel genre d'ennuis ? Des ennuis... financiers ?

– De toutes sortes. Mireille a de quoi se retourner, bien sûr. Mais je voudrais participer, tu comprends ? Même pour un peu... Ce serait normal, non ?

En somme, Lucien eût estimé « normal » de piquer les économies de son père pour aider sa maîtresse. Tout en jugeant cette position absurde et répréhensible, Martin se surprenait à mollir d'indulgence. Son fils avait l'air si innocent, si empêtré qu'à coup sûr Adeline aurait excusé son geste. Il devait donc l'excuser lui aussi. Malgré le suicide d'Albert, malgré les torts de Mireille, malgré le scandale qui bouleversait le village. Le silence se prolongeait. Lucien prévoyait assurément qu'il était en train de gagner la partie. Et Martin n'était pas malheureux de céder une fois de plus. A quoi n'eût-il pas souscrit pour éviter un éclat ? Surtout, jamais de remous, pensait-il, jamais de vagues ! Son idéal, c'était le lac, fût-il de boue. D'une main incertaine, il poussait les billets de banque, sur la table, vers son fils. Il grommela comme à regret :

– Bon, si tu as besoin de cet argent...

Lucien empocha les mille cinq cents francs et soupira :

– Je te les rendrai quand nous serons de nouveau à flot. Mais le déménagement coûtera cher !

– Quand comptez-vous partir ?

– Mireille a encore eu sa copine au téléphone, tout à l'heure. Ça se précise. Je pense que nous pourrons bouger au milieu de la semaine prochaine.

– Parfait, dit Martin. Espérons que tout se passera bien d'ici là !

– Que veux-tu qu'il nous arrive ? répliqua Lucien. Le pire est derrière nous. Je t'avoue que, lorsque nous aurons décanillé de ce sale bled, je serai rudement soulagé !

– Et moi donc ! avoua Martin.

– Tu devrais foutre le camp, toi aussi.

– Pour aller où ?

– Je ne sais pas, moi... N'importe où tu seras mieux qu'ici !

Martin tressaillit comme si une balle venait de siffler à son oreille.

– C'est... c'est impossible ! dit-il.

– Pourquoi ?

– Tout me retient au village, le passé, les amis, le cime-tière...

– Tu n'as plus d'amis ; le passé, moins tu y penseras mieux tu te porteras ; et le vrai cimetière, on l'a dans sa tête...

– Non, dit Martin avec force. Jamais... jamais je ne m'en irai.

Et, tirant de son portefeuille trois billets de cent francs, il les tendit à Lucien.

– Tiens... Prends ça encore... Tu en auras plus besoin que moi.

Lucien remercia, embrassa son père et repassa la porte.

La nuit fut agitée. Malgré l'heure tardive, des moissonneuses-batteuses travaillaient dans les champs, à la lueur des phares. De brusques sautes de vent faisaient tourner la girouette du clocher. Le chien de Mme Pestoux aboyait à la lune. Des fenêtres étaient éclairées, çà et là, dans le village. Comment ne pas croire que tous ces gens qui veillaient encore à Mesnard-le-Haut discutaient en famille, à voix basse, du meilleur moyen de se débarrasser du « bouc » ?

8

PEU APRÈS le départ de Lucien et de Mireille, le village recouvra un calme apparent. Comme si, le mal ayant été extirpé du corps de la population, une vie régulière pouvait reprendre. De nouveau, les voisins saluèrent Martin dans la rue. Quand il retrouvait les ménagères autour de la camionnette du boulanger ou du boucher, certaines lui adressaient la parole. Mme Pestoux s'avisa même, un jour, de lui demander des nouvelles de son fils. Décontenancé par la question, il bredouilla que Lucien allait bien, qu'il était content de son nouveau logis et qu'il cherchait toujours du travail.

– Et elle ? interrogea Mme Pestoux avec une amabilité nuancée d'insolence.

– Elle va bien aussi.

– Elle s'habitue à la ville ?

– Oui, oui...

– Boulogne-Billancourt, ça doit pourtant la changer de Mesnard-le-Haut !

– Certainement.

– Et elle ne s'en plaint pas ?

– Non.

– C'est vrai que, si le cœur est pris, on s'arrange du reste... Enfin, quand je dis le cœur, je me comprends. En tout cas, elle doit être sérieusement mordue. Dame, à son âge, c'est dur de garder un jeunet comme votre Lucien... Je suppose que vous vous téléphonez souvent ?

– Il m'appelle de temps en temps.

– Ça ne vaut pas une bonne conversation face à face.

– Non, évidemment.

– Pauvres de nous ! Chacun tricote sa vie comme il veut ou comme il peut... L'essentiel, c'est de ne pas embêter les autres. Et aussi de conserver la santé...

Agacé par ce bavardage indiscret, Martin se dépêcha de payer sa baguette de pain et de déguerpir. Certes, on ne l'attaquait pas de front, mais il se sentait toléré, tout au plus, par ceux qui, avant-hier, le tenaient pour un des leurs. En traversant le village, il lui sembla que les maisons avaient changé en même temps que les gens. Leurs façades étaient devenues revêches, leurs fenêtres malveillantes, leurs portes bouclées sur un stupide refus. Il n'y avait pas jusqu'à la basilique qui, avec son clocher solennel, historique et rafistolé, ne le narguât de toute sa hauteur.

Le plus pénible, pour lui, était de passer devant l'ancienne demeure d'Albert Dutilleul. Un grand écriteau, fixé au-dessus du portail, avertissait le public : « A vendre. S'adresser à l'agence Mascaret, 3, rue de la Poste, Vitreuil ». Personne ne s'était encore aventuré à visiter les lieux. Le seul fait que le propriétaire eût mis fin à ses jours en se pendant au milieu du salon suffisait à décourager les éventuels acheteurs. Un suicide désigne à jamais les murs d'une maison pour le malheur. Martin lui-même devait se battre les flancs pour se rappeler que cette bâtisse sinistre, aux volets fermés, avait abrité naguère un homme plein de lectures, de fantaisie et de tendresse. Plus le temps passait, mieux il prenait conscience de la perte qu'il avait subie au décès de son ami. Du vivant d'Albert, il appréciait, bien sûr, les quelques heures de conversation qu'il avait avec lui, dans la semaine, mais il n'éprouvait pas comme aujourd'hui la nécessité presque physique de sa présence. Sans le savoir, il était alors nourri, réchauffé par son voisin. Si l'éloignement de son fils ne le chagrinait guère, l'idée qu'Albert fût mort le vidait de sa substance. Il souffrait d'une famine sentimentale et intellectuelle. Il s'ennuyait dans son trou et n'avait même plus envie de lire, tandis qu'il était si fier autrefois lorsque Albert lui prêtait un livre. Le peu qu'il savait, il le devait à son ami. Tous les grands hommes qu'il avait appris à connaître, de Napoléon à Jules César, de Gengis Khan à Chateaubriand, avaient le doux regard d'Albert Dutilleul. En se suicidant, il avait tué, pour Martin, la mémoire du monde.

Un mois déjà qu'Albert et Hortense avaient disparu, le laissant plus seul qu'après son veuvage. Les champs de blé moissonnés étalaient jusqu'à l'horizon leur nudité brunâtre et rugueuse. Certaines parcelles avaient été précocement labourées. La saison s'avançait, avec ses alternances de soleil et de pluie. Albert songeait à l'indifférence de la nature qui, depuis des siècles, mourait pour renaître, alors que les hommes vieillissaient et allaient pourrir sous terre inexorablement. A cause de cette banale idée philosophique, il ne trouvait plus de réconfort dans le paysage qu'il aimait tant à contempler jadis du haut de son jardin. Une voisine, Mme Franqui, venait une heure ou deux par jour, aux environs de midi, lui faire son ménage. Heureusement, elle était muette comme une carpe. Il n'eût pas supporté le caquet d'une étrangère. Sans lui demander son avis, elle lui préparait une soupe. Toujours la même. Cette monotonie ne l'affligeait pas. Il avait perdu le goût de la nourriture comme celui du commerce des humains. Le dos rond, le regard perdu, il avala, une fois de plus, son repas insipide comme il eût satisfait à une obligation. Mme Franqui s'agitait encore derrière ses épaules.

Après le déjeuner, il voulut mettre le nez dans le dernier volume qu'Albert lui avait prêté et qu'il avait gardé en souvenir : une biographie de Sieyès. Mais, dès les premières lignes, il renonça à poursuivre. Le texte grisâtre dansait devant ses yeux. A quoi bon lire ce livre plutôt qu'un autre puisqu'il n'aurait pas l'occasion d'en parler avec son ami ? Il ne saurait rien de Sieyès : la belle affaire ! Est-ce que ce Sieyès, mort depuis des éternités, pouvait quelque chose pour lui ?

Désœuvré et fatigué, il monta s'allonger, tout habillé, sur son lit pour une sieste. Quand il était jeune et vaillant, il se moquait des retraités cacochymes qui éprouvaient le besoin de prendre du repos à la mi-journée. Tant qu'il faisait clair, l'homme, pensait-il alors, devait se tenir debout et travailler. A présent, il appréciait sans remords le plaisir de somnoler tandis que d'autres s'échinaient à leurs besognes quotidiennes. Couché sur le dos, le regard au plafond, il essaya de dormir. Mais les propos venimeux de Mme Pestoux lui revenaient à l'esprit et ne cessaient de le tourmenter. C'était vrai que Lucien et Mireille formaient un couple mal assorti. Elle avait quarante ans et lui vingt-cinq. Cette différence d'âge risquait de leur être fatale. Lucien se lasserait d'elle ou elle se lasserait de lui avant peu. Fallait-il le souhaiter ? Après tout, s'ils avaient trouvé leur bonheur, au début, dans la faute, ils pouvaient fort bien se racheter, à l'avenir, par une vie intelligente et harmonieuse. Albert Dutilleul s'était longtemps délecté d'avoir vingt-cinq ans de plus que son épouse ; elle en comptait quatorze de plus que son amant : l'équilibre, d'un sexe à l'autre, était rétabli à l'envers. Qui dira jamais les secrètes raisons d'une attirance amoureuse ? Sans doute Lucien retrouvait-il une mère dans cette maîtresse mûrissante et ardente, alors qu'elle était tout attendrie par la fraîcheur et la fougue d'un gaillard qui aurait pu être son fils. Les exigences de la chair devaient se combiner, chez eux, avec le sentiment fallacieux d'un inceste. Ils s'excitaient d'autant plus dans ces ébats qu'ils avaient conscience de la singularité et de la fragilité de leur union. Rien n'est précieux comme ce qui est condamné à bientôt disparaître ! En tout cas, Martin était résolu à ne pas intervenir dans l'existence de ces deux êtres qui avaient inconsidérément brisé la sienne. Plus il pensait à eux, moins il avait envie de les revoir. Et cependant une curiosité lancinante le poussait à essayer d'imaginer ce que pouvaient être leurs journées et leurs nuits à Boulogne-Billancourt.

Au bout d'un long moment, il comprit qu'il n'arriverait pas à dormir et se leva. Pour quoi faire ? Posté à la fenêtre du sud, il regarda, une fois de plus, la plaine beauceronne. Seul le ciel avait changé. Au-dessus des champs nus du mois d'août, couraient des nuages de pluie. Les cultivateurs avaient pu rentrer leur moisson à temps. La terre se reposait. Des hirondelles voletaient autour de l'étang, à gauche, où se déversaient les eaux de la commune. Martin ouvrit la croisée et le chant des oiseaux entra dans sa chambre. L'air sentait la paille chaude et la fumée. Comment pouvait-on vivre ailleurs qu'à la campagne ? « Mais non, je ne suis pas malheureux ! » se répétait-il, cependant que sa poitrine était écrasée sous le poids d'une mélancolie qu'il ne savait ni définir ni secouer. Il referma la croisée et pesta contre l'espagnolette qui se coinçait. Il faudrait songer à y mettre une goutte d'huile. Sa paresse était telle qu'il décida de s'en occuper plus tard : rien ne presse...

Alors qu'il s'apprêtait pour aller au café Canivot, lieu consacré des rencontres viriles, le téléphone sonna. Il tressaillit : qui se souciait encore de lui ? Il espéra que ce serait son fils et dévala l'escalier au risque de se rompre le cou. C'était Lucien, en effet, la voix étonnamment proche. Martin fut content de l'entendre. D'autant que Lucien avait une fameuse nouvelle à lui annoncer : il venait d'être engagé comme magasinier dans un grand garage parisien, les établissements Fragson.

– C'est boulevard Murat, à deux pas de chez nous, précisa-t-il. Je commence la semaine prochaine !

Il exultait. Martin le félicita, tout en songeant que, décidément, la chance souriait à ceux qui la méritaient le moins. Lucien poursuivit d'un ton enthousiaste :

– Et puis, tu sais, nous sommes très bien installés maintenant. L'appartement est vraiment chouette ! Au troisième étage. Nous avons même une terrasse. Mireille y a déjà pris des bains de soleil. On est près de Paris et ce n'est pas Paris. Et toi, qu'est-ce que tu deviens ?

– Rien, avoua-t-il piteusement.

– Tu t'emmerdes ?

– Plutôt.

– Tu devrais nous faire une visite. Ça te changerait les idées !

Stupéfait de la proposition, Martin ne sut d'abord que répondre. D'une part, il était ému que son fils eût songé à l'inviter mais, d'autre part, il lui répugnait de se mêler à la vie de ce faux ménage, qui semblait si heureux bien qu'il eût beaucoup à se reprocher.

– Ce... ce n'est pas possible, balbutia-t-il.

– Pourquoi ?

– Partir d'ici ? Fermer la maison ?

– Pour quelques jours.

– Et où logerais-je ?

– Chez nous, évidemment ! Nous avons une chambre en plus, à côté de la nôtre. Pour l'instant, c'est un débarras. Mais on l'aménagerait. Tu ne manquerais de rien. Et Mireille serait ravie !...

En entendant prononcer le nom de Mireille, Martin se raidit dans la méfiance. A l'idée d'affronter celle qui avait fait le malheur d'Albert Dutilleul, il se sentait perclus de rancœur et de honte. Sur le point de refuser, il se raisonna. Il n'allait tout de même pas se montrer aussi borné que les commères de Mesnard-le-Haut ! Vu l'actuelle évolution des mœurs, il fallait avoir l'esprit large. Le mariage durable, la famille unie, la fidélité, l'accord des âges et des milieux sociaux, autant de notions périmées. Sous peine de passer pour un esprit rétrograde, on devait accepter toutes les étrangetés des amours modernes.

– C'est gentil de me proposer ça, dit Martin après une seconde de réflexion. Mais je suis de plus en plus difficile à bouger...

– Paris est à une heure et quart en voiture. Ta 4 CV marche encore très bien.

– Oui, pour de petites distances.

– Ne fais donc pas d'histoires ! Arrive ! On t'attend.

– Je vais y penser, dit Martin. Je te téléphonerai. Oui, oui, c'est ça, je te téléphonerai...

En raccrochant l'appareil, il s'étonna de l'extraordinaire jubilation qui, tout à coup, s'était emparée de lui. A croire qu'il venait de recevoir un cadeau pour son anniversaire. Comme il faisait sombre dans cette cuisine ! Et dehors, le soleil flambait, la vie remuait. Le balancier de la vieille horloge avait un mouvement régulier qui donnait le vertige. Une odeur d'encaustique et de poireau imprégnait les murs. Mme Franqui avait mis le couvert pour le soir avant de se retirer. Une seule assiette, un seul verre, pour lui seul. Un prisonnier dans sa cellule. Il ne tenait plus en place. Résolument, il sortit de la maison et se dirigea vers le café Canivot.

Il y avait grand monde dans la salle obscure et enfumée. Jacqueline Canivot officiait avec son amabilité coutumière, remplissant les verres, disant un mot, riant, tandis que son mari, chlorotique et muet, se traînait entre les tables. Le brouhaha des conversations masculines était ravigotant. Quelques grognements d'amitié accueillirent Martin à son entrée. Des habitués se poussèrent pour lui réserver une place au comptoir. A l'évidence, on ne lui en voulait plus d'avoir un fils qui était connu comme le bouc de Mesnard-le-Haut. Le temps nivelait tout, effaçait tout, regrets et reproches. Martin commanda son Pernod traditionnel avec l'assurance d'un homme qui n'a rien à se faire pardonner. Comme chaque soir, Jacqueline Canivot demanda en le servant :

– Alors, Martin, ça va toujours ?

– Mieux que jamais ! dit-il assez haut pour être entendu de tous. Je dois faire un petit voyage, ces jours-ci...

– Tu vas où ?

Martin prépara son effet par un long silence. Tout le bistrot le dévisageait. Enfin il but, clappa de la langue et répondit avec une fierté tranquille :

– Voir mon fils. Il m'a invité chez lui !

9

L A RUE de l'Est était aussi impersonnelle que son nom. Dans l'alignement des façades banales et usées, l'immeuble neuf où logeaient Lucien et Mireille détonnait par son modernisme agressif. Sept étages, avec plus de verre que de pierre dans l'architecture. Un assemblage de baies reflétant le ciel. Une large porte d'entrée, translucide, qui coulissait automatiquement. Un ascenseur rapide comme l'éclair. Quatre appartements par palier. Et, à l'intérieur, des pièces si exiguës qu'on pouvait à peine s'y mouvoir à trois personnes et des cloisons si minces qu'on entendait tout à travers. Du bas en haut de la maison, les familles échangeaient leurs tintements de casseroles, leurs vagissements de bébés, leurs disputes conjugales, leurs musiquettes radiophoniques et leurs bruits de chasses d'eau. Martin avait immédiatement jugé, en homme de métier, que cette construction orgueilleuse avait été faite au rabais, à grand renfort de parpaings, de Placoplâtre, de menuiserie préfabriquée et de Plexiglas. Mais il n'en avait rien dit à son fils pour ne pas le vexer.

La décoration des lieux était l'œuvre de la précédente

locataire. Des teintes claires où dominaient le bleu pastel et le rose crevette. Toutefois, Mireille avait apporté quelques meubles de la maison de Mesnard-le-Haut. Dans ce cadre aux élégances de bonbonnière, Martin avait reconnu, avec un serrement de cœur, telle commode, tel fauteuil, telle potiche ayant appartenu à Albert. Ces objets étaient là, insolites et accusateurs, comme les produits d'un larcin dans la cachette d'un receleur maladroit. Ils parlaient en silence du mort qui les avait jadis choisis et chéris. Mais où était le reste du mobilier ? Quand Martin avait demandé à Mireille ce qu'étaient devenus les livres de son mari, elle lui avait répondu sans sourciller : « Je les ai tous vendus à un libraire de Fontainebleau. » Cet aveu cynique l'avait laissé sans voix. Après l'homme, les bouquins. Place nette. Une autre vie commence. Il n'y a pas de guérison sans oubli. Mireille souriait, triomphante ou inconsciente. Martin avait l'impression qu'on venait de disperser sa propre bibliothèque. Ruiné, humilié, il s'efforçait de comprendre la mentalité de ces deux êtres si différents de lui : Mireille et Lucien. A l'évidence, ils ne s'embarrassaient pas de scrupules. Rien d'autre ne comptait pour eux que la jouissance immédiate et facile. Malgré leur différence d'âge, ils étaient faits pour s'entendre, lui, le bouc lubrique, et elle, la chèvre en chaleur. Martin le pressentait au début de leur aventure à Mesnard-le-Haut ; il en était convaincu ici. La vie, brutale et impitoyable, leur donnait raison, pensait-il, contre toute justice, contre toute morale. D'ailleurs, il devait reconnaître qu'ils se montraient d'une vraie gentillesse à son égard. Ils lui avaient installé un lit dans la chambre contiguë à la leur. La nuit, il les entendait causer, rire et faire l'amour. L'écho de leurs balbutiements passionnés et de leurs halètements de plaisir le poursuivait longtemps dans son sommeil.

Lucien partait tôt, le matin, pour son travail, et ne rentrait que le soir. Il emportait son casse-croûte au garage. Martin restait seul au long de la journée, avec Mireille. Elle se prélassait dans son lit, puis sous la douche jusqu'à midi. Après quoi, elle apparaissait toute maquillée, toute pimpante dans un déshabillé de dentelle aux transparences suggestives. Quand Martin pénétrait à sa suite dans la salle de bains, il y respirait, au milieu d'une atmosphère moite et chaude, le parfum poivré dont elle usait abondamment. Sur une chaise pendait une petite culotte, aux bords festonnés, si légère qu'on l'eût déplacée d'un souffle, sur la manette de réglage du radiateur un soutien-gorge aux douces cavités jumelles, ailleurs un bas souple et arachnéen qui avait conservé le galbe de la jambe. Cent détails évoquaient, çà et là, une vie intime et provocante. Mireille n'avait aucune notion de l'ordre. Ni, semblait-il, aucune pudeur. Ce laisser-aller, qui devait enchanter Lucien, agaçait Martin pour lequel la principale mission d'une femme était de ranger tout ce qui traînait dans le logis. Mireille était servie par une petite Portugaise brune et plissée comme un pruneau, qui venait deux heures par jour pour retaper les lits, passer l'aspirateur et faire la vaisselle de la veille. Pendant ce temps, Mireille écoutait la radio ou lisait des magazines.

Dès le premier jour, elle avait demandé à Martin s'il voulait bien se charger pour elle de quelques courses dans le quartier. Il avait accepté d'emblée, trop heureux de se familiariser avec le mouvement de la ville. Mais il avait été vite déçu. La circulation bruyante des voitures, l'odeur des pots d'échappement, le coudoiement d'une foule anonyme, tout, ici, le dépaysait et l'effrayait. Qu'il s'agît d'acheter du pain, des légumes ou un paquet de lessive, c'étaient des commerçants pressés qui le servaient après qu'il eut fait la queue. La gardienne de l'immeuble était plus causante. Mais elle s'obstinait à appeler Mireille Mme Crétois, comme si Lucien et sa maîtresse avaient été mari et femme. Cette circonstance irritait Martin sans qu'il sût pourquoi. Il s'était également rendu, à plusieurs reprises, dans un bistrot du coin, espérant y retrouver l'atmosphère bon enfant du café de Jacqueline Canivot. Là aussi, il n'avait rencontré que des robots aux visages interchangeables. Au zinc, il avait écouté des conversations qui ne le concernaient pas et bu un Pernod qui lui avait paru moins roboratif que celui du village. En somme, tout dans cette banlieue parisienne était artificiel, à commencer par les maisons et à finir par les gens. Lucien et Mireille n'échappaient pas à la règle. Ils étaient des produits de la ville. Leur place était à Boulogne, et non à Mesnard-le-Haut, qui, d'ailleurs, ne voulait plus d'eux.

Et pourtant, Martin n'était pas pressé de retourner chez lui. Seul le cimetière l'attirait encore là-bas. Il se promettait d'y aller un jour prochain pour s'incliner devant « ses » tombes. Et puis il n'y pensait plus. Parfois, il se demandait ce qui le retenait dans cette maison de la rue de l'Est, alors qu'il souffrait de la louche promiscuité du couple et que l'agitation de la rue lui donnait mal à la tête. N'y avait-il pas un charme maléfique dans cette existence citadine à laquelle, bien qu'il fût arrivé depuis plus de deux semaines, il n'arrivait pas à s'accoutumer ?

Chaque jour, Lucien étant retenu au garage, Martin déjeunait en tête à tête avec Mireille, servi par la femme de ménage qui s'éclipsait aussitôt après. Pendant le repas, Mireille babillait avec une gaieté primesautière, commentant ce qu'elle avait lu dans les journaux, ce qu'elle avait vu à la télévision, ce que lui avait dit une voisine de palier ou ce qu'elle avait rêvé la nuit précédente. Mais elle ne parlait jamais du passé. La mort d'Albert était un sujet tabou. On eût juré qu'elle n'avait pas eu de mari, qu'elle n'était pas veuve et que Lucien était son premier amour. Par prudence, Martin évitait, lui aussi, toute allusion aux événements de Mesnard-le-Haut. En revanche, Mireille était intarissable sur les qualités de Lucien : sa séduction, son intelligence, sa tendresse, ses attentions... Elle n'avouait pas ouvertement qu'il avait surtout l'art de la contenter au lit, mais cela se devinait à travers le flot des compliments accessoires. Martin ne reconnaissait pas son fils dans ce parangon de toutes les vertus. Mireille allait même jusqu'à vanter le « courage » de son amant, qui avait accepté de travailler dans un garage, alors qu'ils avaient les moyens de vivre décemment des revenus d'un petit capital qu'elle avait mis de côté. En songeant que ce « petit capital » providentiel était sûrement dû à la générosité d'Albert Dutilleul, Martin avait du mal à se retenir d'éclater. Il supportait d'autant moins ces conversations à bâtons rompus que Mireille les accompagnait de mines et de sourires dignes d'une comédienne. La coquetterie était sa seconde nature. Même devant sa femme de ménage ou le facteur, elle essayait de plaire.

Après le déjeuner, elle invitait Martin à regarder, avec elle, la télévision. Le poste était installé dans le « living ». Elle prononçait ce mot anglais sur un ton important et avec un joli mouvement des lèvres. En sortant de table, elle se remaquillait toujours la bouche d'une main légère. Cette tache rouge au milieu d'un visage pâle fascinait Martin, telle une blessure. Assis à côté d'elle dans un fauteuil, il détournait parfois les yeux de l'écran pour observer à la dérobée son profil délicat, crispé par l'attention. Elle avait l'air d'une fillette défraîchie qui se passionnerait pour un spectacle de Guignol. La moindre ineptie l'amusait. Mais, au bout d'un moment, elle se disait fatiguée par le défilé des images et s'occupait à vernir ses ongles des pieds ou à se fixer des bigoudis chauffants dans les cheveux. La présence de Martin ne la gênait pas. Manifestement, elle était trop sûre d'elle-même pour imaginer que ces soins intimes pouvaient déplaire à un étranger. Et, de fait, Martin reconnaissait que, même avec ses bigoudis, elle était agréable à regarder. « Agréable et détestable à la fois », se disait-il. A travers ses quarante ans, elle rayonnait d'un restant de jeunesse et d'un appétit de vivre qu'il jugeait hors de saison. Sans doute était-ce parce qu'elle n'avait rien à faire dans la journée qu'elle accordait tant d'importance à son corps. Elle se plaignait constamment du mauvais temps qui l'empêchait de prendre des bains de soleil sur la terrasse. Cette terrasse était, en réalité, un balcon assez large, entouré de canisses pour l'isoler des voisins. L'averse crépitait sur le ciment du sol. « Quel dommage, cette pluie !

soupirait Mireille. Si ça continue, je vais perdre mon bronzage de l'été ! »

Lucien revenait de son travail vers sept heures du soir. En le revoyant, Mireille lui sautait au cou, telle une affamée. Ils s'embrassaient à pleine bouche devant Martin, qui dissimulait sa gêne derrière un sourire d'indulgence paternelle. Tout le temps que durait ce baiser-ventouse, elle se frottait contre le ventre de Lucien pour mieux l'exciter. Et les mains de Lucien la palpaient, aux bons endroits, à travers la robe.

Enfin ils se décollaient l'un de l'autre, et on prenait l'apéritif. La bouteille de whisky, les verres et les glaçons étaient servis par Mireille sur une table roulante. Martin n'aimait pas cet alcool fruité et amer, mais il feignait de l'apprécier pour ne pas « détruire l'ambiance », selon l'expression de la jeune femme. A plusieurs reprises, il avait émis, devant son fils et elle, le souhait de retourner à Mesnard-le-Haut. Chaque fois, ils l'avaient rabroué de verte façon :

– Tu n'es pas bien ici... ? Vous avez le temps... Tu ne nous gênes pas du tout... Vous n'êtes même pas encore allé à Paris ! Il y a tant de choses à voir ! Je vous piloterai...

Il cédait, sans pouvoir déterminer s'il était heureux ou fâché de sa capitulation devant l'insistance de ces amoureux insatiables. Tous deux paraissaient véritablement désireux qu'il prolongeât son séjour. Devait-il les décevoir par son obstination à regagner, vite, vite, sa tanière campagnarde ?

Tout en buvant sec, Lucien racontait sa journée. Il était content. Ses camarades d'atelier l'avaient « à la bonne ». La patronne, Mme Fragson, était favorablement disposée à son égard. Elle lui confiait des tâches administratives de plus en plus ardues. Le chef magasinier était sur le point de prendre sa retraite. Avec un peu de chance, Lucien pourrait être appelé à le remplacer. Ces projets d'avenir étaient si éloignés des préoccupations de Martin qu'il se forçait pour paraître s'en réjouir. Il souriait, il approuvait, et, au-dedans de lui-même, l'ombre d'Albert, secrète et inconsolable, se désolait que tout allât si bien pour sa garce de femme. Pourtant, Martin devait convenir que, si elle avait trompé son mari, elle exerçait sur Lucien la meilleure influence. Elle l'avait incité à travailler, à se « ranger »... Que souhaiter de plus ? On juge toujours les gens trop vite. Quand on est père, il faut savoir reconnaître ses erreurs !

Sur le coup de huit heures, on passait à table. C'était Mireille qui avait préparé le dîner. Viande froide et salade, elle ne s'était pas foulée. Mais Lucien trouvait tout excellent. Il mangeait comme quatre et prenait souvent la main de Mireille pour lui pétrir les doigts avec sentiment.

Puis venait l'instant que Martin redoutait le plus. Après une dernière séance de télévision, on se séparait, le couple se retirait dans sa chambre et Martin regagnait la sienne. Couché dans son lit, la lampe éteinte, il entendait, de l'autre côté de la cloison, l'habituel concert des doux chuchotements, des soupirs préparatoires, des craquements de sommier et des roucoulements d'extase. Les yeux écarquillés dans les ténèbres, il suivait ainsi toutes les étapes de cette gymnastique voluptueuse. Il lui semblait même respirer l'odeur de l'amour des autres. Ne se doutaient-ils pas qu'il était à l'écoute ? Ou bien étaient-ils stimulés à l'idée

de sa présence toute proche ? Attentif et révolté, il attendait patiemment l'explosion de l'orgasme. Longtemps
après que Lucien et Mireille s'étaient calmés, il restait
éveillé, dans son lit, sans rallumer la lampe, en proie à des
images d'une hallucinante précision.

10

AU DÉBUT du mois de septembre, le beau temps revint. Mireille salua le retour du soleil par un délire de joie. Aussitôt après le déjeuner, elle s'isola sur le balcon pour « brunir ». Resté seul dans le living, Martin regardait la télévision sans parvenir à s'intéresser aux exploits de deux gangsters qui écumaient New York à la recherche d'un Chinois multimillionnaire, lui-même chef de bande et gros fournisseur de drogue. Il faisait chaud. Une lumière crue baignait la pièce, malgré les stores vénitiens à demi baissés. La sourde rumeur de la ville pénétrait par la baie ouverte. Depuis qu'il vivait chez son fils, Martin avait perdu l'habitude du silence. Enfermé dans une boîte en carton, il songeait avec nostalgie à Mesnard-le-Haut, à ses bicoques lépreuses, à sa noble basilique désaffectée et à l'immensité muette de la plaine, qui étendait le rapiéçage des champs cultivés jusqu'à l'horizon de brume. Un des gangsters avait découvert par hasard le repaire du Chinois. Il pénétrait, la mitraillette au poing, dans une fumerie d'opium. Au moment où il arrosait de balles les clients ahuris, Mireille appela :

– Oh ! Martin, pouvez-vous m'apporter les illustrés que j'ai laissés sur la table basse ?

Il s'extirpa à contrecœur de son fauteuil, prit les magazines et franchit le seuil du balcon. Mireille était là, allongée sur un transat de toile bleue. Elle était entièrement nue. Sans se troubler, elle ramassa une serviette éponge pour se couvrir. Mais son geste fut si lent que Martin eut le temps d'apercevoir les seins un peu lourds aux pointes bistre, le nombril moelleux et le pubis avec son triangle de poils bruns et frisés. Stupéfait, il feignit de n'avoir rien vu et tendit les journaux à la jeune femme qui lui souriait avec effronterie, les lunettes de soleil levées au milieu du front. Le visage démaquillé de Mireille était moite. Des gouttelettes de sueur marquaient les plis de son cou. Ses yeux brillaient de malice. Il voulut partir, mais elle le retint par la main.

– Asseyez-vous donc ! Vous craignez le soleil ?

– Non.

– Alors, c'est moi qui vous fais fuir ?

– Pas du tout !

Il s'assit sur un petit tabouret de rotin assez inconfortable, à côté de la chaise longue où elle se prélassait. Le siège craquait sous le poids de Martin. Elle poursuivit d'une voix alanguie :

– C'est si bon de se faire dorer sur toutes les coutures ! A mon avis, une femme doit être hâlée de la tête aux pieds ou pas du tout ! Il n'y a rien de plus laid que les zones blanches laissées sur le corps par les maillots deux-pièces ! Vous ne trouvez pas ?

– Si... Non... Peut-être..., bredouilla-t-il.

– En tout cas, moi, je ne le supporte pas !

– Vous avez raison...

– Quand je pense à ce pauvre Lucien qui trime là-bas, sur des paperasses, dans une puanteur d'essence et d'huile de vidange, alors que nous, ici, nous nous laissons vivre ! Il a beaucoup de mérite.

– Beaucoup, oui.

– Savez-vous qu'il éprouve une grande affection pour vous ?

– J'en suis sûr.

– Et moi ? Que pensez-vous de moi, Martin ? Sincèrement. Là, entre nous...

Tous en parlant, elle bougeait imperceptiblement les fesses sur le transat et le linge dont elle s'était d'abord partiellement voilée dénudait, en glissant, une épaule, le haut de sa poitrine.

– Vous êtes charmante ! dit-il avec effort.

Mireille fit une moue ironique. Il y eut un long silence. Et soudain elle prononça, du bout de ses lèvres peintes, la phrase qu'il redoutait :

– Vous m'en voulez à cause d'Albert ?

Il se contraignit à mentir, par politesse ou par lâcheté :

– Mais non, je vous assure.

– Je ne suis pas responsable de ce qui s'est passé. Albert et moi, c'était fini depuis longtemps. Votre fils est arrivé. Et voilà, c'est la vie...

– C'est la vie, répéta-t-il en écho.

Il était au supplice. Assis sur son tabouret, il respirait l'odeur de peau chaude et de cosmétique qui montait de ce corps étendu devant lui. Son regard ne quittait pas la serviette éponge froissée qui cachait encore les seins de Mireille. Jamais, depuis la mort d'Adeline, il ne s'était trouvé si proche d'une femme à demi dévêtue. Sans remuer d'une ligne, il sentait un trouble étrange qui le gagnait par en bas. Son sexe qui, ces derniers temps, ne le préoccupait guère se raidissait dans son pantalon. Une exigence fourmillante se communiquait de son ventre à ses mains, à sa bouche, à sa langue. Toute sa chair appelait le contact sauvage, la pénétration humide et profonde, la fulmination libératrice du plaisir. Et, tandis qu'il haletait de faim et de soif, Mireille le dévisageait avec intérêt, un sourire narquois aux lèvres. Lentement, elle avança la main. Il tressaillit de bonheur et de crainte. Des doigts légers effleuraient sa braguette. Il crut éjaculer sous cette caresse papillonnante. De l'autre côté de la baie, les gangsters de la télévision continuaient de s'expliquer à coups de mitraillettes. La pétarade devenait assourdissante. Mireille accentua son attouchement et dit dans un souffle :

– Laisse-toi faire ! Ça m'amuse... Albert aussi aimait ça ! Et Lucien n'en saura rien !...

A cet instant, il éprouva comme le choc d'un dédoublement dans son crâne. Un autre avait pris sa place. Il n'était plus Martin, mais Albert. C'était le pendu qui, en lui, criait vengeance. D'une main, Mireille continuait à flatter le pénis turgescent à travers l'étoffe, de l'autre elle écartait doucement la serviette éponge qui masquait ses seins. Ils apparurent, orgueilleux et tendres, soulevés par une respiration égale. La peau en était luisante d'huile solaire. Une brusque envie de lécher, de mordre le saisit aux mâchoires. Les nerfs crispés à se rompre, il détourna les yeux. Son regard descendit vers les pieds nus de Mireille. Les ongles de ses orteils étaient peints en rouge. Ce détail, il ne sut pourquoi, acheva de lui brouiller les idées. Il se leva, se pencha sur elle comme pour la couvrir de baisers. Mais subitement, son cerveau se vida, il eut le sentiment que les murs se rapprochaient pour l'écraser, tandis que le plancher s'envolait sous son poids. Etait-il sur le point de quitter le monde des vivants ? Mais pour aller où ? Tandis qu'il se posait la question, il perdit connaissance.

11

EN ROUVRANT les yeux, Martin s'étonna de flotter dans un univers de froide blancheur et d'odeurs pharmaceutiques. Une aiguille, plantée dans son poignet, le reliait à une grosse ampoule pleine d'un liquide transparent qui descendait goutte à goutte. L'esprit embrumé par les médicaments, il pouvait à peine mettre quatre idées bout à bout. Une infirmière était assise à son chevet.

Saisi d'angoisse, il demanda si la police était déjà venue l'interroger.

– Quelle police ? dit l'infirmière. Pourquoi ?

– Mireille... Mireille..., bredouilla-t-il.

– Vous voulez dire Mme Crétois ? Elle est passée vous voir, ce matin, avec votre fils.

– Elle... elle n'est pas morte ?

– Mais non ! En voilà une idée...

Martin comprit qu'au moment où il se penchait sur Mireille pour l'étreindre, il s'était imaginé, au paroxysme de la passion, qu'il allait l'étrangler. Un malaise cardiaque l'avait empêché de le faire. Il en fut à la fois soulagé et déçu.

Lucien et Mireille revinrent dans l'après-midi. Elle avait son visage habituel, souriant et maquillé, et portait, autour du cou, une écharpe très seyante. Au cours de la conversation, Lucien déplora que son père eût perdu la tête pour des vétilles au point de tomber malade. Il mettait son état sur le compte du désarroi où se trouvait Martin depuis la mort de sa sœur. Mireille renchérissait. Ne se sentant plus coupable, Martin espéra guérir.

Mais le pronostic des médecins était réservé. Tout en l'assurant qu'il serait autorisé à rentrer bientôt chez lui, ils ne lui dissimulèrent pas qu'il ne pourrait plus jamais marcher ni se servir de ses bras. Une paraplégie complète.

Ce fut en ambulance qu'il retourna rue de l'Est. Condamné au fauteuil roulant, il était tombé sous la dépendance entière de Mireille. Elle le lavait, le rasait, le torchait, lui donnait la becquée, le véhiculait d'une pièce à l'autre. Cette sujétion lui sembla d'abord humiliante. Puis il y prit goût. Déchargé de tout souci, il avait l'impression de savourer enfin un repos bien gagné, au sein d'une famille unie.

Au bout de quelques semaines, Lucien et Mireille lui expliquèrent qu'il ne serait nulle part aussi bien que chez eux et qu'il devait se séparer de sa maison de Mesnard-le-Haut. Il commença par gémir, invoquant les souvenirs qui le rattachaient à cette vieille demeure : les amitiés de voisinage, la proximité du cimetière où reposaient sa femme et sa sœur. Mais, très vite, il se laissa convaincre. De toute évidence, il ne pouvait, dans son état, habiter seul. Reviendrait-il un jour au village ? Sûrement pas ! Alors à quoi bon conserver là-bas un logis vide et chargé de vestiges mélancoliques ? L'agence immobilière Mascaret, qui s'occupait de vendre la maison d'Albert Dutilleul, fut chargée de vendre aussi celle de Martin Crétois, si possible avec les meubles. Par chance, un acheteur se présenta presque immédiatement. Il voulait acquérir les deux propriétés mitoyennes et les réunir pour y installer un home d'enfants. Le prix proposé était raisonnable et le règlement serait effectué comptant. Lucien affirmait que c'était une aubaine et qu'il fallait « sauter dessus à pieds joints ». Martin en était moins sûr. Mais il n'avait pas le courage de contredire son fils. Les actes authentiques furent passés à Paris. Heureusement, l'étude notariale, située au rez-de-chaussée, était d'un accès facile pour le fauteuil roulant. Lucien guida la main de son père pour lui permettre de signer, tant bien que mal, le contrat. Le notaire ferma les yeux sur ce procédé peu orthodoxe. En sortant de chez le tabellion, Martin ne savait plus s'il devait se réjouir ou se désoler. Il se sentait à la fois floué et soulagé, triste à en mourir et fier d'avoir donné satisfaction à son fils.

L'avenir lui prouva qu'il n'avait pas eu tort de couper ses derniers liens avec le passé. Grâce à cette rentrée d'argent, la vie du trio devint encore plus agréable. Par souci de commodité, Lucien avait suggéré de verser le produit des deux ventes sur un même compte courant : le sien. Il gérait au mieux ce capital commun et, de temps à autre, présentait à son père des relevés bancaires auxquels Martin ne comprenait rien. Mais il faisait confiance à la jeunesse.

Au début de l'année suivante, Lucien et Mireille décidèrent de se marier. A la mairie de Boulogne et, ensuite, à l'église comme il se doit. Martin exigea d'assister, de son fauteuil roulant, aux deux cérémonies. Un banquet clôtura la journée, auquel Lucien avait invité ses camarades de travail du garage Fragson et quelques colocataires de l'immeuble. Il avait choisi un restaurant italien du quartier. De l'avis unanime, son épouse et lui formaient un ménage exemplaire. Mme Fragson, qui présidait le repas, fit un petit discours pour dire que la seule vue de ce couple ravivait sa foi en la génération de la relève.

Assis à côté de sa bru, Martin rayonnait de contentement. Il avait oublié Albert et les cancans de Mesnard-le-Haut. Le parfum de Mireille lui montait à la tête. Comment avait-il osé la détester ? Elle était sans reproche, et Lucien le meilleur des fils. Martin se demandait même si, en obligeant Mireille à s'occuper de lui, il n'avait pas réveillé son instinct maternel. Sans doute était-il devenu, sur ses vieux jours, l'enfant qu'elle n'avait jamais pu avoir. Devant les autres convives attendris, elle lui découpait sa pizza en menus morceaux et les lui glissait délicatement, un à un, dans la bouche. Tout en mâchant, il se réjouissait, par avance, de la nuit qu'il allait passer à proximité de la chambre nuptiale, tandis que le couple ferait l'amour derrière la cloison. Demain peut-être, tandis que Lucien serait à son travail, Mireille se dévêtirait-elle devant son beau-père pour s'amuser. Cette taquinerie était son péché mignon. Il lui arrivait même de le toucher, comme par mégarde. Mais elle n'allait jamais jusqu'au bout, le laissant sur sa faim et riant de son air égaré. A ces moments-là, rivé à son fauteuil, il se revoyait basculant sur elle et lui serrant le cou dans un accès de folie lubrique. Dire qu'il avait failli ne pas connaître l'existence honnête et divertissante qui l'attendait en famille, ce dernier bonheur...

Les pinceaux du diable

1

A VAIT-IL eu raison d'accepter ? Il hésitait à répondre. En quittant Milan par cette matinée radieuse de mars 1567, il se demandait encore s'il avait bien rempli les commissions dont l'illustre Arcimboldo l'avait chargé dans la lettre qui l'invitait à le rejoindre, toutes affaires cessantes, à Prague. Une liste d'achats interminable : ingrédients picturaux à l'état brut, pigments divers, huile de noix, vernis à retoucher, pinceaux de toutes tailles en poil de blaireau ou de martre, toiles préalablement encollées... Sans doute le maître ne trouvait-il pas ces articles sur place. Pourtant, il occupait, depuis cinq ans, le poste prestigieux de portraitiste officiel de Maximilien II, roi de Bohême, de Hongrie et de Germanie. A le lire, il s'agissait d'une sinécure, car toute la Cour était à ses pieds, les commandes pleuvaient et on ramassait l'argent à la pelle. En conviant son ancien élève, Vittorio Galbani, à partager ce superbe exil, Arcimboldo lui promettait, en outre, une célébrité grandissante dans le sillage de la sienne.

Secoué par les méchants cahots de la calèche de louage à quatre chevaux qui l'emportait vers les mirages de l'Est,

Vittorio tentait de se persuader qu'il n'était pas sur le point de lâcher la proie pour l'ombre. A vingt-cinq ans révolus, il avait conscience que c'était tout son avenir qui se jouait, en ce moment, à pile ou face. Jusqu'ici, il avait suivi la filière en usage dans les milieux artistiques italiens, se bornant à écouter l'enseignement de son mentor, balayant l'atelier, lavant les pinceaux, broyant les couleurs, préparant la palette. Puis, peu à peu, il avait grimpé les échelons de la hiérarchie des tâcherons et s'était vu associer à des travaux de haute importance en restaurant des fresques et en exécutant des cartons de vitraux. Et voici que cet homme, à qui il devait sa vocation et son savoir-faire, l'appelait de loin à la rescousse ! La seule perspective d'une reprise de la collaboration avec Arcimboldo rejetait dans l'ombre, pour Vittorio Galbani, le souvenir de ses amitiés milanaises, de ses bamboches sans joie avec quelques rapins et de son appétit pour les rondeurs d'une jolie femme, modèle de son état, dont il partageait les faveurs avec trois ou quatre élèves de l'atelier. De toute évidence, il n'y avait pas de commune mesure entre son passé minable et les brillants lendemains qu'on faisait miroiter à ses yeux. Seule difficulté, peut-être, l'obligation de s'habituer à la musique d'une langue étrangère et à la clarté d'un ciel qui n'était plus celui de la Lombardie. Mais, toujours selon Arcimboldo, le climat de ces contrées lointaines était délicieux et le souverain qui régnait sur elles se signalait par sa passion de l'art, son penchant pour l'astrologie et sa tolérance religieuse qui lui permettait de régler à l'amiable les querelles entre catholiques et protestants, dans la mosaïque d'Etats dont il avait hérité. Sa Majesté avait d'ailleurs la réputation de parler indifféremment le hongrois, le français, le latin et l'italien devant ses hôtes. Tout cela était d'excellent augure. Mais, au terme de ses réflexions divagantes, ce qu'il y avait de plus important pour Vittorio, c'était de savoir si, dans la vie fastueuse et aimable que lui promettait Arcimboldo, il aurait l'occasion de participer à une œuvre de qualité, comme ç'avait été le cas naguère. Emporté par une émotion rétrospective, il se rappelait le travail qu'il avait accompli avec lui et pour lui en améliorant les esquisses de la grande tapisserie destinée à la cathédrale de Côme. Elle représentait la Vierge Marie sur son lit de mort, entourée des douze apôtres et dominée par un décor à l'architecture fantastique, dont les ornements mariaient la pierre, les feuillages et les fruits. C'était Vittorio qui, après de nombreux essais, avait fixé sur le carton le visage apaisé de la Mère de Dieu, les yeux clos, les mains croisées à hauteur de la poitrine. Arcimboldo avait reproduit, trait pour trait, son dessin avant de le soumettre à la Guilde des tapissiers de Côme. Et, après l'acceptation du projet, il avait dit gravement à son élève : « Tu peux dormir tranquille ! A présent, je suis sûr que tu iras loin ! » Ces quelques mots, prononcés par le maître cinq ans auparavant, au moment de quitter Milan, Vittorio se les répétait chaque fois qu'il doutait de son avenir. Au vrai, il ne concevait pas la vie en dehors des délices de la rêverie et des affres de la création. L'art était pour lui une religion aussi violente, aussi exigeante que celle enseignée par les prêtres et s'incarnait dans quelques génies d'hier, tels Botticelli, Léonard de Vinci, Raphaël et, plus près de lui, tels le Titien et Arcimboldo. Peut-être du reste Arcimboldo les dépassait-il tous par l'audace de son inspiration et la rigueur de son exécution ? L'ambition secrète de son disciple était de lui ressembler un jour. Si d'autres artistes mettaient leur fierté dans l'affirmation d'une certaine originalité de facture, Vittorio, tout au contraire, s'enorgueillissait d'appartenir à une lignée, de suivre une tradition, d'être le descendant d'un passé glorieux. Dans son existence quotidienne comme dans ses songeries solitaires, il était attiré par le respect des Anciens. C'était avec le désir lancinant d'être derechef dominé et dirigé qu'il attendait le moment où il retomberait au pouvoir d'Arcimboldo. Sans se l'avouer vraiment, il avait hâte de se décharger sur quelqu'un de ses responsabilités d'artiste débutant et d'homme inexpérimenté. Que ce fût devant un maître du pinceau ou une jolie femme, il éprouvait le même besoin de leur donner sa confiance et de se soumettre à leur volonté. Cette idée le fit sourire dans le vide, car, en cette minute, il n'avait aucun amour à regretter et s'en trouvait bien ! Puis, fatigué par le brinquebalement de la calèche et de ses idées, il essaya de se distraire en contemplant, à travers la fenêtre, le défilé sautillant du paysage. Mais ce qu'il voyait derrière la vitre était d'une monotonie et d'une grisaille accablantes. La platitude de la plaine bavaroise l'ennuyait comme la répétition absurde d'une rengaine. En trois jours de voyage, il n'avait encore aperçu que des villes sages, des relais de poste interchangeables et des palefreniers obséquieux à qui il suffisait de graisser la patte pour obtenir des chevaux en priorité, ou pour faire réparer un essieu, ou pour remplacer au pied levé un cocher malade. A Augsbourg, il avait dû coucher au milieu d'une

chambrée bruyante et dans des draps douteux, mais il avait
réussi, en doublant la gratification du personnel de l'écu-
rie, à se faire attribuer un attelage vigoureux capable
de forcer son allure et de trotter à perdre haleine, même
pendant la nuit. Il put couvrir ainsi près de douze lieues
par heure. D'après ses calculs il serait à Prague le surlendemain.

Il avait mis un tel espoir dans sa découverte de la ville
qu'il fut déçu de retrouver, en y pénétrant, les mêmes
maisons proprettes et les mêmes habitants au maintien
réservé que dans les autres pays sous influence germanique. N'y avait-il aucune gaieté ni aucun pittoresque en
dehors de l'Italie ? Il changea d'avis en abordant l'inextricable fouillis du vieux Prague. Il lui sembla même y déceler
comme la revanche d'un univers magique sur la banalité
environnante. Le nez au vent, il subodorait des secrets
derrière chaque façade. Sur les ponts, aux carrefours, dans
les rues, les passants avaient tous l'air de chercher quelque
chose ou d'attendre la venue de quelqu'un. L'énorme château qui dominait l'agglomération ne pouvait être qu'une
demeure de légende inventée par un démiurge ivre de son
pouvoir. Et, en contrebas, la cité entière était hérissée de
tant de clochers, de tourelles, de chapelles, qu'il était
impossible de ne pas voir, dans cette invocation architec-
turale adressée aux puissances célestes, l'appel muet de
tout un peuple contre les pièges du mal.

Intrigué par ce contact initial avec le mystère de la
Bohême, Vittorio le fut davantage encore par l'accueil
qu'il reçut de Sa Majesté au château. Ce fut Arcimboldo
qui présenta son jeune protégé au souverain. Agé de qua-

rante ans, Maximilien se tenait très droit et ses yeux brillaient d'une autorité pénétrante, de part et d'autre d'un long nez renifleur. D'emblée, il mit son visiteur à l'aise en lui assignant une chambre à côté de celle d'Arcimboldo, au dernier étage de la demeure princière, et en lui enjoignant de se mettre immédiatement au service du maître, car il y avait, disait-il, de nombreuses commandes en souffrance.

– J'espère, reprit-il, que vous avez apporté dans vos bagages tout l'attirail que messire Arcimboldo vous a commandé !

– J'ai suivi très scrupuleusement la liste établie par le maître, balbutia Vittorio. Je pense qu'il approuvera les achats de fournitures que j'ai faits sur son ordre.

– S'il en était autrement, vous seriez à l'amende ! Vous savez ce que cela signifie, ici ?

– Non, Sire.

– Vous seriez obligé de faire mon portrait habillé en pape, avec une tiare sur la tête et une crosse à la main !

Il fronça les sourcils et poursuivit avec un contentement hilare :

– Soyez tranquille ! C'est une plaisanterie. J'aime plaisanter, même si je suis le seul à rire de mes saillies ! Mais il est un fait indéniable : chez nous, toutes les religions se côtoient et s'acceptent. Maintenant, allez vous changer. Arcimboldo vous montrera les domestiques attachés à votre personne.

Et, plantant là Arcimboldo et Vittorio, médusés de respect, Maximilien II se retira en boitant fortement et en s'appuyant sur une canne.

– A mon avis, il ne fera pas de vieux os, dit Arcimboldo après son départ. S'il disparaît demain, je le regretterai.

– Vous craignez pour votre avenir à Prague avec son successeur ? hasarda Vittorio.

– Nullement. De ce côté-là, je suis tranquille. Tu sais, l'ami, je suis ici depuis des années. C'est Ferdinand Ier, le père de Maximilien, qui m'a fait venir à la Cour. A la mort de Maximilien, son fils le remplacera sur le trône et je garderai dans ce merveilleux pays mon rang et mes avantages. Tout cela, tu pourras en profiter, toi aussi, si tu sais t'en montrer digne. En attendant, débarrasse-toi de tes affaires de voyage. Installe-toi, mets-toi à l'aise... J'espère que tu n'es pas trop fatigué par la route.

– Si, un peu...

– Eh bien, secoue-toi ! On récupère vite, à ton âge. J'ai hâte de te montrer mes dernières toiles.

Aidé d'Arcimboldo, Vittorio déballa rapidement ses bagages et emménagea, tant bien que mal, dans le local qui lui était réservé sous les combles. Ensuite, sans lui laisser le temps de souffler, Arcimboldo le mit à l'épreuve, afin de voir si son élève n'avait pas perdu la main au cours de leur longue séparation. Malgré son égarement et ses courbatures, Vittorio dut, à la demande du maître, exécuter une série de croquis représentant des natures mortes : fruits dans un compotier, ustensiles de cuisine, fleurs coupées dans un vase. Vittorio voulut lui montrer également son habileté dans la copie de visages humains, mais Arcimboldo l'arrêta net :

– Ce ne sera pas nécessaire. Du moins pas comme tu l'imagines. Je vois que tu as conservé le coup d'œil et le

coup de crayon, c'est tout ce que je demande ! A présent,
je vais te montrer quelques-unes de mes récentes créations.

Et il conduisit Vittorio dans la pièce voisine qui lui servait d'atelier. Toutes les toiles – une dizaine environ –
étaient tournées contre le mur. Arcimboldo alla les chercher une à une, dans un ordre qui semblait concerté, et
les plaça, à tour de rôle, sur un chevalet en pleine lumière.
Les trois premiers tableaux, qui représentaient respective-
ment Maximilien II, son fils Rodolphe et un proche de la
famille, parurent à Vittorio d'une facture classique et il en
fit compliment à l'auteur, plus par politesse que par conviction. Mais le quatrième tableau le stupéfia. Le souffle
coupé, il se demandait s'il avait sous les yeux un portrait
empreint d'une terrible insolence ou une nature morte à
la signification diabolique. Devant ce visage grotesque, fait
d'une accumulation de légumes astucieusement assemblés,
son premier mouvement fut de crier à la caricature iconoclaste ; puis il se ravisa et se laissa gagner par la fascination
d'une ressemblance étrange entre un concombre turgescent et un nez en pied de marmite, entre une poire juteuse
et un menton replet, entre une lippe grimaçante et un
croupion de poulet. Les autres tableaux, traités dans le
même style de quiproquo entre l'humain et le comestible,
accentuèrent en lui l'impression d'une métamorphose, où
la beauté esthétique était fonction de la qualité gustative
et où le végétal primait le charnel. N'y avait-il pas là un
terrible sacrilège, puisque cette interprétation de la nature
abolissait la séparation des êtres animés et des objets ina-
nimés telle que Dieu l'avait voulue dans la Genèse ? Vittorio était d'autant plus embarrassé par cette démarche

hybride qu'Arcimboldo semblait attendre avec impatience qu'il exprimât son opinion sur le résultat. Or, pour la première fois de sa vie, le jeune peintre ne savait que dire des tableaux qu'on soumettait à son jugement. Il avait aussi peur de les admirer que de les dénigrer. Comme il continuait à se taire après la présentation de la dernière toile, qui était l'effigie d'un personnage couvert de toutes sortes de gibiers à plumes et à poil, dont les pattes, les ailes, les griffes, les becs, les museaux entremêlés évoquaient les traits d'un amateur de chasse, Arcimboldo demanda carrément :

– Alors, ton impression ?

– C'est... C'est... surprenant ! marmonna Vittorio. J'avoue que je ne m'attendais pas à ça. Et comment vous viennent ces idées étranges ?

– La plupart du temps, c'est durant mon sommeil, ou au moment de m'endormir, que j'imagine mon futur tableau avec une précision déterminante. Lorsque je me réveille, j'ai la tête pleine de ces dons de la nuit ! Je n'ai plus qu'à peindre !...

– Et ces « dons de la nuit », comme vous dites, il ne vous arrive jamais de les remettre en question à la lumière du jour ?

– Jamais ! Les visions nées de l'ombre sont irrécusables. Elles ne sauraient tromper l'heureux élu qui en bénéficie.

– Mais quand avez-vous inauguré cette manière ?

– Tu ne t'en souviens pas ? A Milan déjà, il m'arrivait de griffonner des caricatures de personnages en forme de légumes ou de bestiaux !... Mais ce n'était qu'un amusement passager... C'est ici, à la cour de Maximilien, que j'ai perfectionné ma technique. Et le succès a été immédiat !

Feu Ferdinand Ier m'avait déjà encouragé. Et son fils a pris la relève. Maximilien a tellement aimé ce genre parodique qu'il me demande de ne rien peindre d'autre ! Tous ses proches, tous les ambassadeurs des pays étrangers ont eu droit à leur portrait déformé. C'est devenu pour eux une marque de confiance, un brevet royal ! J'aide Maximilien à récompenser des amis, à réconcilier des ennemis, à nouer des alliances. Je le seconde dans sa politique avec mon pinceau. On recherche ces pochades dans le monde entier. Je ne suffis plus à la tâche. Je compte sur toi pour m'aider !

— Maître, je ne saurai pas...

— Tu t'y mettras très bien ! Je t'apprendrai. Demain, je t'emmènerai au marché.

— Pour quoi faire ?

— Pour acheter des légumes, des fruits, du gibier, du poisson. N'oublie pas que c'est là notre matière première. C'est à partir de ça que j'invente des visages !... Tu veux voir ce que j'ai prévu, sinon pour le déjeuner, du moins pour le tableau de tout à l'heure ?

Arcimboldo conduisit Vittorio dans la cuisine dépendant de son appartement de fonction.

— Je te présente le menu de notre déjeuner, dit-il en désignant une table couverte d'un assortiment de légumes et de fruits.

Puis, se tournant vers la table voisine, chargée de poissons aux écailles luisantes, il annonça :

— Et voici le menu de notre prochain portrait.

— Que voulez-vous dire ? demanda Vittorio.

— C'est bien simple, mon cher, répliqua Arcimboldo avec un grand rire. Je dois exécuter, dans les plus brefs délais, le portrait de Mathias Richter, un ami d'enfance de Rodolphe, le fils de Maximilien. Il se trouve que ce Mathias Richter a la passion de la pêche : il passe toutes ses matinées à tremper un fil dans l'eau, au bord de la Vltava ! Et, tu vois, il lui arrive parfois de ne pas en revenir bredouille. C'était le cas ce matin. Un tel exploit mérite qu'on l'immortalise par un tableau !

– Mais ces poissons, s'ils viennent d'être pêchés, ne peuvent rester ainsi. Ils vont s'abîmer...

– Raison de plus pour les peindre immédiatement : dans leur première fraîcheur ! En ce qui concerne ledit Mathias Richter, je suis tranquille. Un visage humain ne pourrit pas aussi rapidement qu'une tête de brochet ! Je vais donc m'occuper des vrais poissons périssables avant de m'intéresser aux humains qui ont des années devant eux avant de se dégrader. Apporte ta boîte de peinture. J'ai déjà tout dégrossi. Tu m'aideras pour la finition !

Le ton était si péremptoire que Vittorio baissa la tête, à la fois ravi de retomber sous l'égide d'Arcimboldo et inquiet de la nouvelle activité qu'il allait assumer pour lui complaire.

Pourtant, une demi-heure plus tard, quand il se retrouva, les brosses et la palette à la main, devant la toile préparée par le maître, il eut, une fraction de seconde, l'impression d'être convié à l'élaboration d'un inquiétant chef-d'œuvre. Arcimboldo avait esquissé au fusain la silhouette altière d'un homme jeune, avenant, sûr de lui et heureux d'exister. Il ne restait plus qu'à donner de la couleur et de l'accent à cet aimable fantôme. Mais aussi, mais surtout, il fallait conférer, à ces banales notations véridiques, une

signification exclusivement piscicole. Cela faisait partie du
jeu. Ou peut-être de l'art ? Difficile de séparer l'un de
l'autre dans cette expérience hors du commun. Sur la table,
les poissons attendaient l'honneur de devenir humains.
Chacun d'entre eux avait ses caractéristiques, sa destinée
et sa nécessité. A côté du menu fretin rapporté par Mathias
Richter, il y avait un beau crabe de mer, à la cuirasse grise,
aux pinces menaçantes, acheté au marché par Arcimboldo
et qui devait servir, selon lui, à suggérer le menton très
volontaire du modèle. Dès l'abord, la vue du crustacé
encore vivant fascina Vittorio. Il s'appliqua à le peindre
par petites touches, en songeant qu'il passait insensible-
ment de la personnalité d'un décapode anonyme à celle
d'un jeune et brillant aristocrate de Bohême. La frontière
séparant les trois règnes, végétal, minéral et animal, étant
effacée, tout échange entre eux devenait possible, et même
souhaitable. Avec une certaine audace dans l'épaisseur des
rehauts, Vittorio précisa l'ossature du menton et lui attribua l'apparence d'une carapace dont les pattes articulées
se perdaient dans l'épaisseur d'une barbe naissante et rous-
sâtre. A chaque coup de pinceau, la physionomie humaine
de Mathias Richter se transformait en une amusante monstruosité, mi-terrestre, mi-aquatique. A mesure qu'il avançait dans son travail, Vittorio éprouvait la secrète jouissance de réussir une gageure. Transformer un visage en un
trophée de pêche, tromper son monde, n'était-ce pas le
but suprême de toute création ? A ce degré d'inspiration,
il n'y avait plus ni tradition, ni respect, ni vérité, ni mensonge. Devenu maître de son esprit et de sa main, l'artiste

était enfin libre d'inventer un monde qui ne devrait rien à personne.

Lorsque Vittorio eut fini de peindre le bas du visage de Mathias Richter, Arcimboldo contempla longuement le tableau, hocha la tête et déclara sentencieusement :

– C'est bien ! Tu peux t'attaquer aux oreilles maintenant. Pour les réussir, tu t'inspireras des champignons qui sont là, au bord de la table. Je les ai choisis exprès ! On les mangera ensuite. J'adore les champignons en ragoût. Pas toi ? Le reste du portrait, je m'en charge. Surtout les yeux. Très important, les yeux ! C'est ma spécialité. Nous présenterons la chose, demain, à Sa Majesté, à Rodolphe et à ce brave Mathias Richter. Je suis sûr qu'ils seront enchantés. Je leur dirai que tu m'as aidé, pour certains détails. Il est juste que tu aies, dès à présent, ta part de louanges !

A ces mots, il appliqua une grande tape sur les épaules de son disciple. Et Vittorio, abaissant les paupières, se félicita intérieurement d'avoir quitté Milan, où il commençait à s'ennuyer, pour débarquer à Prague où il avait tout à apprendre.

2

DÈS L'ABORD, la collaboration de Vittorio et d'Arcimboldo se révéla si efficace que l'afflux des commandes risqua de dépasser leurs possibilités de production. Chaque courtisan de quelque renom voulait se faire représenter par le maître à travers une symbolique animale, alimentaire ou végétale. Vittorio et Arcimboldo s'excitaient mutuellement à conférer une apparence humaine à un museau de singe, à une trompe d'éléphant, à un chou-fleur ou à une raie au ventre aplati et à la queue acérée. Plus cette transmutation des clients était extravagante et plus ceux-ci leur en savaient gré. On eût dit qu'en les déguisant et en les ridiculisant ainsi, le peintre leur donnait la chance d'une autre vie. Parfois, Vittorio, à bout d'invention, soupirait :

– Je n'en peux plus ! Qu'ont-ils tous à vouloir être défigurés ?

– La mode, mon cher ! répondait Arcimboldo. De nos jours, nul ne peut lutter contre la mode. Que tu le veuilles ou non, il faut suivre le mouvement. Et en profiter !

– Mais l'art, où donc est l'art dans cette parodie ?

– C'est la demande des amateurs qui crée l'art et non

l'art qui crée la demande des amateurs. N'oublie jamais ce précepte et tu feras une belle carrière.

– Je préférerais faire une belle œuvre.

– Les deux ne sont pas incompatibles. N'en suis-je pas la preuve ?

– Si, maître, reconnut Vittorio après une courte hésitation.

– Ne perdons pas de temps à discutailler, trancha Arcimboldo. Dépêche-toi plutôt de finir le portrait du sieur Hermann Vogt à base de citrouilles et de navets. Moi, je vais m'atteler à celui de la dame Veronica Stahl. Je la vois à travers un assemblage d'escargots et de sauterelles. Ce sera désopilant de ressemblance !

Ils travaillaient côte à côte, dans l'atelier, sur deux chevalets qui se faisaient vis-à-vis. De temps à autre, Arcimboldo venait jeter un coup d'œil sur le tableau de son disciple, renforçant une touche de couleur, corrigeant un effet de perspective, puis retournait à son ouvrage personnel. Quinze jours auparavant, constatant la recrudescence des affaires, il avait relevé d'un tiers le prix de chaque tableau. Mais cette hausse des tarifs n'avait eu pour conséquence que d'augmenter l'intérêt du public pour les toiles du maître. S'il les vendait si cher, c'était qu'elles valaient plus encore, se disait-on au palais.

D'ailleurs, Maximilien II ne se contentait plus de commander à Arcimboldo le portrait anecdotique des personnages qu'il voulait honorer de sa bienveillance ; il le chargeait aussi d'organiser les nombreuses cérémonies destinées à proclamer sa gloire. Durant les deux années qui suivirent l'arrivée de Vittorio à Prague, il aida Arcimboldo à dessiner les costumes des participants aux défilés commémoratifs et à régler le détail des tournois qui étaient traditionnellement le clou de ces réjouissances. Ce fut ainsi que, en 1570, après une parade somptueuse au cours de laquelle toute la noblesse du pays se pavana, masquée et déguisée selon la fantaisie d'Arcimboldo, il y eut un simulacre de combat à cheval, en champ clos, entre plusieurs champions armés de piques et séparés par une barrière latérale fleurie. Ce spectacle de choix était destiné à célébrer les noces d'Elisabeth d'Autriche, fille de Maximilien II, avec Charles IX, roi de France. L'année suivante, il y eut le même débordement de joie populaire et les mêmes joutes empanachées à l'occasion de l'anniversaire du fils de Maximilien II, l'archiduc Rodolphe, qui, élevé en Espagne, avait reçu, durant toute son adolescence, une stricte éducation catholique. Les fêtes se succédèrent à un rythme épuisant pour Arcimboldo et Vittorio qui devaient imaginer chaque fois des déguisements, des décors, des oriflammes, des banderoles aux inscriptions triomphales et des retraites aux flambeaux pour rehausser l'éclat de l'événement. Même les lointains échos du massacre de la Saint-Barthélemy, à Paris, ne troublèrent pas durablement la conduite de Maximilien II, qui était pourtant devenu le beau-père de Charles IX, probable instigateur de cet assassinat collectif. Redoutant d'être accusé par ses sujets protestants de complicité avec les affreux catholiques, il eut l'habileté de calmer les indignations et les revendications des uns et des autres.

Cependant, après cette alerte, il avoua que, à quarante-cinq ans, il était las du pouvoir et qu'il lui tardait de s'en décharger sur les épaules de son fils. En se rapprochant du terme de sa vie, il éprouvait le besoin de pénétrer l'insondable mystère de la mort, et ce fut à Arcimboldo qu'il confia le soin de l'initier aux arcanes de l'au-delà. Peu à peu, parallèlement à son rôle de peintre officiel et d'inventeur de cérémonies à grand spectacle, il fut appelé à dénicher des objets singuliers pour le cabinet d'art et de curiosités du souverain et à consulter les grimoires des Anciens afin d'y rechercher des lumières sur ce qui attendait tout un chacun après le dernier soupir. Sans doute se fiait-il déjà davantage aux influences occultes qu'à la Bible, à l'irrationnel qu'à l'intelligence, et à Arcimboldo qu'à tous ses ministres. Tout en feignant de régner encore, il attendit que Rodolphe eût atteint vingt-trois ans pour lui céder officiellement le trône. Ainsi, du vivant même de Maximilien II, Arcimboldo et Vittorio assistèrent-ils au couronnement de Rodolphe II comme roi de Bohême à Prague, puis comme empereur germanique à Ratisbonne. Appartenant à la même génération que le nouveau souverain, Vittorio se sentit d'emblée plus proche de lui qu'il ne l'avait été de Maximilien II. D'ailleurs, Arcimboldo encourageait son disciple à entretenir une secrète complicité avec le jeune prince. Tous trois communiaient dans une apparente déférence envers le monarque à l'agonie. Entouré de leur sollicitude, Maximilien II s'éteignit sereinement le 25 juin 1576 et, le 25 octobre de la même année, Rodolphe II lui succéda dans tous les titres et tous les pouvoirs qu'il détenait encore personnellement. Les mêmes cloches qui avaient sonné le glas pour la disparition de Maximilien II retentirent gaiement pour annoncer le sacre de son fils Rodolphe II de Habsbourg comme empereur du Saint Empire romain germanique.

Ni Arcimboldo ni Vittorio n'eurent à pâtir de ce changement de règne. Bien au contraire, jamais leur importance parmi les familiers du château ne fut aussi évidente. Sitôt après le décès de son père, Rodolphe fut saisi par la fièvre des méditations ésotériques. Marchant sur les traces de Maximilien, il invita Arcimboldo à le familiariser avec les pratiques de l'astrologie et de l'« œuvre au noir » qui lui permettrait, à la fois, de déchiffrer l'avenir et de fabriquer de l'or. Aussi à l'aise dans les sciences occultes que dans la peinture drolatique, Arcimboldo l'entraîna dans les sous-sols du château, où il avait coutume de s'isoler avec le défunt pour interroger les astres et pour s'essayer à la transmutation des métaux. Vittorio l'accompagnait toujours dans ces exercices de sorcellerie. Au vrai, il assistait avec une incrédulité craintive aux efforts de son maître pour défier les puissances célestes ou pour exiger leur concours à l'aide de formules cabalistiques. Ces pratiques étaient si nouvelles pour lui qu'il se demandait si Arcimboldo était foncièrement convaincu de son pouvoir quand il murmurait, le regard au plafond, les mots du grand blasphème : « Lucifer Trismégiste, que ces gouttes de salive soient pour toi le gage de ma soumission et l'expression de ma gratitude pour les futures réussites dont je te serai redevable. » Après quoi, Arcimboldo procédait à la recherche d'une mystérieuse substance fournie par de la terre prise sous une potence au lendemain d'une pendaison et par de l'herbe cueillie au mois d'avril dernier, lorsque le soleil passait du signe du Bélier à celui du Taureau.

Mais, en dépit du bouillonnement des mélanges les plus savants dans les alambics, les vapeurs qui descendaient par un tube en spirale jusqu'à la cuve de condensation ne produisaient qu'une sorte de boue incolore sans la moindre vertu magique. Ces échecs répétés, loin de décourager Rodolphe, l'excitaient à quêter sans relâche la solution idéale qui comblerait à la fois sa bourse et son âme. Son principal souci, à l'heure actuelle, était l'obligation où il se trouvait, depuis son couronnement, de quitter Prague pour s'installer à Vienne, capitale du Saint Empire romain germanique. Or, il ne concevait pas de se déplacer sans son cher Arcimboldo et naturellement celui-ci exigeait que son élève et disciple fît partie de la suite impériale. Embarqué malgré lui dans la grande aventure dynastique, Vittorio se résigna à ce brusque dépaysement en espérant que, du moins, l'Autriche lui offrirait la possibilité de renouveler son inspiration artistique et d'approfondir sa connaissance des mœurs de la Cour.

Le jour du départ, assis dans le carrosse qui l'emportait, avec Arcimboldo, vers la cité célèbre pour ses savants, ses Ecoles et ses luttes d'influence entre catholiques et luthériens, Vittorio osa demander à son mentor :

– Au fond, qu'allons-nous chercher là-bas ?

– Ce que Rodolphe va y chercher lui-même.

– C'est-à-dire ?

– Un supplément de légitimité.

– Ne l'a-t-il pas dès à présent ?

– Pas tout à fait ! En se rendant à Vienne, il s'assure du respect indéfectible de ses sujets et, en quelque sorte, de Dieu lui-même.

– Vous croyez en Dieu ?

– De temps en temps. Quand ça m'arrange ; et quand ça l'arrange. Je t'apprendrai la façon de recourir à lui en certaines occasions et de l'ignorer en d'autres.

– Mais tout ça n'a rien à voir avec la peinture.

– Crois-tu ? C'est toute la vie, ça, mon cher ! Et la peinture sans la vie n'a aucune raison d'être. Si tu le comprends, tu t'en tireras toujours à ton avantage. Autrement, tu iras grossir le troupeau des artistes ratés. Que préfères-tu ? Être cousu d'or et comblé d'hommages de ton vivant, ou moisir dans l'anonymat et tirer le diable par la queue jusqu'à la fin de tes jours avec la perspective d'une gloire posthume dont tu ne pourras même pas respirer les fumées ?

– Je ne sais pas, balbutia Vittorio, j'hésite...

– Eh bien, fais-moi confiance : tant que tu m'écouteras, tu ne te tromperas pas de route.

Durant une seconde, Vittorio se demanda s'il s'agissait là d'une promesse en l'air ou d'une menace deguisée. Mais il avait pris l'habitude de donner toujours raison à Arcimboldo. Il s'entendit murmurer :

– Oui, oui... Je vous remercie...

Et, se tournant vers la fenêtre de la voiture, il feignit de s'intéresser au paysage tressautant et pluvieux pour échapper, fût-ce un court moment, au regard cynique du maître.

3

Quelques jours suffirent à Vittorio pour constater que, malgré le luxe des appartements réservés à la suite impériale, l'air de Vienne était irrespirable pour un homme de goût et de droiture. Arcimboldo éprouvait, lui aussi, une telle aversion pour cette ville qu'il ne peignait plus guère depuis qu'il y avait mis les pieds et qu'en matière d'alchimie il se bornait à triturer quelque mandragore dans l'espoir de capter les vertus de cette plante à la racine fourchue. Quant à Rodolphe, pris entre des discussions fastidieuses avec ses quatre frères autour du partage de la succession et avec sa mère, Maria, qui le suppliait de se marier afin d'assurer sa descendance, il donnait l'impression d'être tombé dans un traquenard familial et de chercher vainement une échappatoire qui ne blessât personne. Malgré les justifications circonstanciées de son fils, l'impératrice douairière, espagnole jusqu'au bout des ongles et fière d'être la fille du grand Charles Quint, n'admettait pas que son rejeton s'entêtât à rester célibataire, alors que tant d'alliances honorables et utiles lui étaient présentées sur un plateau. Elle le soupçonnait de s'être inféodé aux alchimistes, et notamment à cet Arcimboldo dont il était difficile de savoir s'il était un peintre, un sorcier ou un imposteur. Elle ne se gênait pas pour répéter ces accusations devant Rodolphe avec tant d'insistance que celui-ci, excédé, finit par tomber malade. Les médecins aussitôt alertés lui recommandèrent toutes sortes de drogues. Mais il se méfiait de la pharmacopée traditionnelle et n'acceptait d'avaler que les mixtures préparées par Arcimboldo et par son jeune assistant Vittorio. Sa faiblesse était devenue si grande qu'il ne pouvait plus se lever et qu'il fallait le porter à bras d'homme, en cas de besoin, de son lit à sa chaise percée. A vingt-sept ans, il avait le corps efflanqué, le regard perdu et la respiration entrecoupée d'un vieillard. Conscient de son délabrement physique, il récusait le secours de la religion, ne se fiait ni au catholicisme militant de sa mère ni au luthéranisme prudent de feu son père et ne voyait de salut que dans la science secrète des astrologues et des mages de tout poil dont Arcimboldo était le chef de file sous l'étiquette de peintre officiel de Sa Majesté. Heureusement, l'état de santé du souverain finit par s'améliorer grâce aux remèdes des uns ou aux incantations des autres. Mais ce ne fut qu'une brève éclaircie. En 1580, il fit une rechute qu'Arcimboldo attribua au passage dans le ciel d'une comète néfaste. Déjà les frères, réunis autour du chevet du mourant, se disputaient effrontément les meilleurs morceaux de son héritage. Quant à l'impératrice douairière, après avoir prié désespérément pour la guérison de son fils, elle décida de se retirer dans un couvent, chez les clarisses. Bien lui en prit : son départ provoqua un tel soulagement dans l'humeur de Rodolphe qu'aussitôt après il se rétablit et accepta de revivre. Mais pas à Vienne ! Sa patrie d'élection c'était Prague, ville de toutes les énigmes, de toutes les superstitions, où chaque visage se prêtait à une représentation légumière, fruitière ou animale et où chaque tiroir avait un double fond. Arcimboldo abondait dans le sens d'un changement immédiat. Vittorio poussait à la roue et les Viennois, qui n'appréciaient guère ce souverain valétudinaire et fantasque, ne tentaient rien pour le retenir chez eux.

Tout était déjà prêt pour un transport en grande pompe lorsqu'une épidémie de peste se déclara à Prague. Force fut d'ajourner le voyage jusqu'au retour d'une bonne situation sanitaire. Or, au moment où le danger de contagion semblait enfin écarté, Rodolphe dut se plier à de longues tractations avec la Russie : l'ambassadeur d'Ivan IV, le Terrible, était venu lui proposer de se joindre à une croisade des chrétiens contre les Turcs. Effrayé par l'ampleur d'une telle entreprise militaire et gêné de se proclamer le champion de la Croix contre le Croissant, alors qu'il n'était proche d'aucune Eglise et n'avait pour seul credo que la primauté du monde invisible sur le monde visible et des magiciens sur les prêtres et les pasteurs, il préféra surseoir à toute décision et éconduisit la délégation moscovite en promettant de réfléchir à l'affaire quand il serait de retour à Prague.

Cette sage résolution fut ressentie par Arcimboldo et par Vittorio comme la levée d'une punition qu'ils auraient subie sans l'avoir méritée. Le départ se fit dans la joie. Tantôt bercés, tantôt bousculés, genou contre genou, épaule contre épaule, par les mouvements irréguliers de la voiture qui les ramenait à Prague, ils échangeaient des propos optimistes sur les effets du printemps qui, en cette année 1583, leur semblait plus précoce et plus radieux que jamais. Ils imaginaient même que, dans le carrosse impérial qui précédait le leur, Rodolphe était aussi impatient qu'eux de toucher au but du voyage. Avant de monter en voiture, il leur avait dit qu'il comptait les mettre tous deux à contribution pour exécuter des portraits au symbolisme burlesque et manipuler les substances magiques dont il attendait miracle.

En se remémorant ces paroles, Vittorio songeait qu'il y avait, pour lui et pour son maître, une bizarre antinomie entre leur vocation évidente de peintres et leur activité souterraine d'alchimistes. Dans le second cas, ils s'appliquaient à améliorer la condition humaine par la découverte de la pierre philosophale ou d'un de ces philtres sublimes qui rajeunissent les vieillards, éveillent les impuissants à l'amour, apaisent les douleurs du corps et de l'âme ou provoquent la mort d'un ennemi à distance. Dans le premier cas, en revanche, il s'agissait de défigurer les traits d'un modèle en le réduisant à un monceau de végétaux ou de bestioles hétéroclites et d'utiliser une fausse similitude aux fins d'une vraie moquerie. Alors que le spécialiste des sciences occultes s'efforçait de perfectionner l'œuvre de l'Eternel, l'artiste ne cherchait qu'à la railler et à l'avilir. Autant la démarche de l'un était superbement positive, autant celle de l'autre était inspirée par une négation systématique. N'y avait-il pas un scandale permanent dans cette rivalité entre les créateurs artistiques et le Créateur divin ? Submergé par cette grave réflexion, Vittorio voulut associer son compagnon de voyage au dilemme qui le tourmentait. Mais, dès les premiers mots, Arcimboldo l'arrêta :

– Tu te poses trop de questions ! Ce n'est pas ainsi qu'on avance dans la vie. Quel imbécile a prétendu jadis que l'argent n'avait pas d'odeur ? Il en a une délicieuse : celle de la rose, de la femme ou du ragoût, selon la nature de ton appétit. Qu'importe le genre de ton talent, si ce que tu fais te rapporte gros ! Quand ta dernière heure sera venue, tu n'emporteras certes pas dans la tombe les objets et les êtres que tu auras pu admirer en cours de route, mais ta gloire, grande ou petite, tu seras également obligé de t'en séparer lorsque tu tourneras de l'œil. Donc, pense au bon vin que nous boirons bientôt dans une auberge, pense aux filles qui nous serviront à table, pense à la nuit que tu passeras peut-être avec l'une d'elles. Tout le reste, c'est du surplus ! Ne le répète à personne, mais que cette vérité soit pour toi parole d'Evangile !

– Ne serait-ce pas plutôt une parole de la Kabbale ?

– Evangile ou Kabbale, il y a de singulières convergences entre les deux ! C'est même là tout le sel de notre aventure, à nous autres, peintres de la réalité ou de l'irréalité significative. En prenant de l'âge, tu conviendras que tout, ici-bas, s'interpénètre, se complète et se justifie réciproquement, dans une opposition insolente et féconde : le bien et le mal, le beau et le laid, la vérité et l'imposture, la pesanteur et la légèreté, la peinture de copie et la peinture d'invention. Dès le lendemain de notre arrivée à Prague, je veux entreprendre un grand tableau !

– Un portrait ?

– Non, une nature morte... mais avec quelqu'un de vivant à l'intérieur.

– Qui ?

– Je ne le sais pas encore... J'hésite... Peut-être Sa Majesté Rodolphe II en personne, peut-être toi, peut-être un inconnu... Ce qui compte, ce n'est pas le sujet, ce sont les folles dérives qu'il suscite dans le cerveau d'un visionnaire.

En écoutant le discours enflammé d'Arcimboldo, Vittorio ferma les yeux comme pour mieux retenir le sens de chaque mot. Paupières closes, il se voyait déjà dans l'atelier de Prague, obéissant aux conseils de son mentor et transformant, sur la toile, quelque grand seigneur en un coin de potager vivant. Et un rire sournois lui montait aux lèvres, sans qu'il pût distinguer ce qui le divertissait dans cette métamorphose : l'exactitude avec laquelle il représentait d'humbles primeurs maraîchères ou l'iconologie irrévérencieuse, exorbitante qui désacralisait le modèle en feignant de l'immortaliser.

4

POUR fêter son retour à Prague, Rodolphe II organisa un gigantesque bal costumé au château et, bien entendu, Arcimboldo et Vittorio furent chargés de dessiner les déguisements des invités de marque. Tâche délicate, car, après sa convalescence, l'empereur avait pris de l'embonpoint et changé de physionomie. Son allure n'était plus celle d'un éphèbe aux mouvements nerveux, mais d'un prince pesant, majestueux, essoufflé et mélancolique. Aussi Arcimboldo suggéra-t-il de souligner cette autorité et cette maturité nouvelles en présentant le souverain sous les espèces d'un démiurge régnant sur les éléments naturels, avec une perruque flamboyante et comme ébouriffée par le vent, un pourpoint bleu nuit, parsemé d'étoiles, et une pèlerine rouge, ornée à l'endroit du dos d'un soleil dont chaque rayon se terminerait par une pierre précieuse. Lui-même et Vittorio s'habilleraient en serviteurs de l'astre du jour et leurs tenues bariolées seraient comme les reflets de la source lumineuse incarnée par Sa Majesté. Rodolphe se déclara satisfait du vêtement d'apparat qu'on lui proposait comme de ceux de son entourage. On avait prévu que trois orchestres se relaieraient pour permettre aux courtisans de danser jusqu'à l'aube, et l'intendant de la Maison impériale avait fait vider toutes les caves de Bohême et de Hongrie pour abreuver des meilleurs alcools le gosier des soiffards.

Préparée dans ses moindres détails, la soirée fut une réussite mémorable. Jamais Vittorio ne s'était amusé de si bon cœur. Excité par la musique et le vin, il dansa, à plusieurs reprises, une pavane lente et cérémonieuse dont les évolutions mettaient en valeur la joliesse et la grâce de sa partenaire. A trois reprises, il jeta son dévolu sur la même jeune fille. Qu'il entraînât celle-ci dans le sage déroulement des pas classiques ou dans le tourbillon de la figure dite « la sauterelle », elle avait la même aisance de manière et le même regard ingénu. Cheveux blonds tirant sur le roux, prunelles d'un vert d'aigue-marine, sourire facile, elle se nommait Griselda et était la fille de Julius Zelder, éminent juriste dont Sa Majesté recherchait parfois les conseils. Après l'exécution d'une « sauterelle » particulièrement animée, elle toisa Vittorio et lui demanda à brûle-pourpoint :

– Est-il vrai, comme le dit mon père, que vous êtes l'élève d'Arcimboldo, son émule, son assistant, en quelque sorte ?

– C'est exact.

– Savez-vous ce qui me ferait le plus grand plaisir ?

– Que je vous présente à lui ?

– Mieux que cela : qu'il fasse mon portrait. J'admire beaucoup sa manière ! Je sais que je sollicite là une faveur exceptionnelle et qu'il demande très cher pour ce genre de travail. Mon père, à qui j'en ai parlé, refuse d'assumer une telle dépense, et même d'en toucher un mot à Arcimboldo, qu'il connaît pourtant de longue date. Alors j'ai pensé que par vous, peut-être...

Elle n'acheva pas sa phrase, mais, baissant les paupières, proféra dans un souffle :

– Si vous arriviez à satisfaire mon caprice, je vous en serais éternellement reconnaissante !

La voix était si douce, la lèvre si pulpeuse, le corsage si joliment échancré que Vittorio promit d'user de toute son influence pour essayer de convaincre Arcimboldo. En réalité, il était sûr de se heurter à un refus abrupt. Mais la moue enfantine dont Griselda le gratifia en le quittant l'incita à tenter sa chance.

Arcimboldo avait lui-même remarqué le manège de Griselda pendant le bal. Le lendemain, il devait être dans un bon jour, car, entendant la requête que lui transmettait Vittorio, il éclata de rire et annonça soudain qu'il ne lui déplairait pas de faire gratuitement le portrait de cette péronnelle.

– Mais il ne faut surtout pas qu'on apprenne dans le public que, cette fois-ci, j'ai travaillé pour rien, ajouta-t-il. Ça me ferait le plus grand tort parmi les amateurs de peinture. Ça casserait mes prix !

Vittorio assura que Griselda saurait tenir sa langue et fit spécialement une visite à la jeune fille pour lui expliquer les conditions auxquelles le maître accéderait à son souhait. Joyeuse comme une fiancée, elle jura une discrétion sans faille et demanda comment elle devait s'habiller pour la première séance de pose.

– La toilette n'a aucune importance, répondit Vittorio. Ce qui intéresse Arcimboldo, ce n'est pas l'attifement, c'est l'âme. Et aussi les légumes, les bêtes, les insectes dont l'assemblage pourra exprimer au mieux la vie secrète du modèle.

Elle battit des mains et déclara qu'elle brûlait de curiosité en pensant à cette révélation d'elle-même à travers vingt objets insolites. Rendez-vous fut pris pour le dimanche prochain, dans la matinée.

Rentré à la maison, Vittorio se préoccupa de l'assortiment végétal dont Arcimboldo envisageait de se servir pour symboliser la personnalité de sa visiteuse. Le maître avait déjà réfléchi au problème et sa conclusion était sans ambages. A son avis, la fraîcheur, la roseur et les fossettes de Griselda ne pouvaient être suggérées que par une profusion de fleurs, de feuillages, de tiges et de racines aux tubercules amusants. Il chargea Vittorio de rafler sur le marché tout ce qui pouvait convenir à ce menu pictural, mais il refusa de l'associer à l'élaboration effective du tableau. Il voulait que l'œuvre fût entièrement de sa main.

Vittorio, qui eût accepté d'être tenu à l'écart de n'importe quel autre travail, regretta, en silence, d'être privé du plaisir d'apporter sa touche personnelle au portrait de sa cavalière d'un soir.

Durant la première séance de pose, il se contenta de suivre le jeu léger du pinceau d'Arcimboldo sur la toile. Au fur et à mesure que l'esquisse gagnait en précision, l'inquiétude de Vittorio se transformait en une angoisse fiévreuse. Il craignait que Griselda, malgré toute son admiration pour le maître, ne fût indignée de se voir transformée en une corbeille débordant de tous les dons des jardins et des vergers d'alentour. Arcimboldo lui-même devait appréhender la réaction de son modèle car, dès l'abord, il avait refusé de lui montrer son œuvre avant qu'elle ne fût achevée. Les jours suivants, il appliqua la même discipline, sans tenir compte des supplications de l'intéressée. Chaque fois, après la séance de pose, il rangeait sa toile, face au mur, et raccompagnait Griselda jusqu'à la porte pour être sûr qu'elle ne retournerait pas en arrière jeter un coup d'œil, à la dérobée, sur l'ébauche du tableau.

Il en fut ainsi pendant près d'une semaine et Vittorio, sentant croître son désir, se demandait par quel miracle il pourrait séduire enfin cette charmante et mystérieuse petite personne et obtenir que son père, dont la rigueur morale était bien connue, acceptât qu'il poursuivît ses assiduités auprès d'elle jusqu'à l'épanouissement de leur attirance réciproque. Arcimboldo, à qui il fit part de ses affres d'amoureux transi, lui donna, en riant, une bourrade dans les côtes :

– Ignorerais-tu le pouvoir des philtres bien dosés ? s'écria-t-il. Je vais parler de ton cas à Rodolphe. Avec son accord, nous n'aurons pas de mal à aplanir les derniers obstacles !

Mis dans la confidence, Sa Majesté, que les affaires politiques ennuyaient de plus en plus et qui cherchait quelque occasion de se distraire, jugea très drôle l'idée de dévergonder la fille de son conseiller juridique, l'austère Julius

Zelder, et encouragea Arcimboldo à monter sa machination. Tous deux accompagnèrent Vittorio dans le sous-sol du château, repaire secret où se concevaient les sorcelleries princières. Là, régnait un capharnaüm singulier où les alambics, les dents de loup, les serpents séchés, les squelettes de chauves-souris, les fœtus dans leur bocal hermétiquement clos et les cornets de bézoard oriental voisinaient avec de vieux grimoires aux signets de soie multicolores. Un petit flacon, immédiatement repéré dans le fouillis par Arcimboldo, contenait les restes d'un breuvage cabalistique composé jadis par lui pour l'empereur Maximilien II. Celui-ci s'en était servi afin d'éveiller l'amour de sa fille Elisabeth pour le roi de France Charles IX dont la demande en mariage l'avait laissée perplexe. L'affaire avait finalement réussi, mais il y avait quatorze ans de cela et les vertus aphrodisiaques de la mixture s'étaient peut-être évaporées avec le temps. Arcimboldo déboucha la bouteille, huma scrupuleusement le liquide et décréta que cette savante décoction à base de moly et de lotus avait sans doute conservé l'essentiel de son pouvoir d'enchantement. Avec la bénédiction de Rodolphe, qui se contorsionnait de rire, le maître versa quelques gouttes de la préparation magique sur un plat de dragées à l'amande qu'il avait apporté à tout hasard. En même temps il murmurait, comme s'il eût donné des instructions à quelqu'un dans l'autre monde :

– Griselda et Vittorio, Vittorio et Griselda ! Forces du bien, forces du mal ! Merci pour elle. merci pour lui ! Que le haut et le bas, le noir et le blanc, le pur et l'impur se rejoignent dans un amen diabolique.

Sur ce, il se signa le pied gauche, à trois reprises.

Après quoi, il fit porter les friandises au domicile de son modèle avec une lettre de sa main, la remerciant de sa ponctualité et de sa patience lors de l'élaboration du tableau.

A la séance de pose qui suivit, Griselda se présenta avec un visage si rayonnant de coquetterie que Vittorio ne douta plus de l'effet bénéfique produit par les dragées. Arcimboldo lui-même, excité par la réussite de son plan, mit les bouchées doubles et le portrait fut achevé en quarante-huit heures.

Quand il s'agit de montrer l'œuvre à celle qui l'avait inspirée, Vittorio eut un tel serrement de cœur qu'il craignit de s'évanouir si l'attente se prolongeait. Enfin, Arcimboldo, ayant installé sur un chevalet le tableau encore dissimulé par un léger carré d'étoffe, le dévoila d'un geste solennel et, tête droite, attendit bravement le verdict. Comme frappée par la foudre, Griselda resta un moment muette, fascinée, puis, portant la main à sa poitrine, proféra d'une voix étranglée par l'émotion :

– Sublime ! Il n'y a pas d'autre mot : sublime ! C'est tout à fait moi !... Mais vue de l'intérieur... Avec mes rêves sur mon visage... ou plutôt : en guise de visage. Merci, maître ! Vous m'avez comblée au-delà de mon espérance.

Et elle fondit en larmes. Ivre de bonheur et de désir, Vittorio tenta de l'apaiser en lui entourant les épaules d'un bras protecteur. Contemplant le couple avec une tendresse ironique, Arcimboldo dit fort opportunément :

– Je suis ravi que ce portrait vous plaise. J'y ai mis tout mon cœur et aussi tout le cœur de Vittorio. Certains cadeaux réjouissent celui qui les offre autant que celui ou celle qui les reçoit. C'est le cas aujourd'hui. J'espère simplement que vous garderez le silence sur les conditions exceptionnelles qui ont présidé à ce travail et que vous saurez exprimer votre reconnaissance à notre jeune ami pour avoir si bien plaidé votre cause auprès d'un vieux peintre dont la principale faiblesse est d'être encore ému par les affaires sentimentales des autres !

Griselda ne parut nullement froissée par cette invitation à récompenser Vittorio de son intervention auprès du grand Arcimboldo. Profitant du moment, le maître se retira sur la pointe des pieds afin de laisser les deux jeunes gens en tête à tête.

La pièce comportait, outre le mobilier professionnel du peintre – chevalet, estrade, boîte de peintures, châssis divers –, deux fauteuils et un canapé assez confortable pour le repos des modèles. Vittorio conduisit galamment la demoiselle vers le canapé. Elle s'y installa sans la moindre hésitation, ce qui le confirma dans l'idée qu'elle n'en était peut-être pas à sa première escapade sentimentale. Enhardi par cette supposition, il s'assit à côté d'elle et osa passer un bras autour de sa taille. Comme elle ne protestait pas, il se rapprocha d'elle et chercha ses lèvres.

A cet instant précis, il se produisit en lui une réaction instinctive dont la violence le stupéfia. En pleine montée du désir, le sang se glaça dans ses veines. Il ne savait plus où il était, qui il était, ni ce qu'on attendait de lui dans cette épreuve d'anthropomorphisme artistique. La créature qu'il embrassait follement n'était pas une femme, mais un amoncellement de feuilles, de fleurs et de feuillages, une quintessence végétale, dont l'abondance même le glaçait. Mue par quelque maléfice, la Griselda du portrait avait remplacé la Griselda de la vie. Il se fourvoyait en croyant la rejoindre. La bouche qu'il dévorait n'était pas celle qu'il avait convoitée, le corps qu'il pétrissait n'avait plus rien d'humain. A la place de la chair blanche et tiède dont il avait tant rêvé il n'y avait sous ses mains, sous son regard, sous ses narines qu'un assemblage de plantes susceptible sans doute d'attirer des abeilles mais dont il n'avait que faire. Et encore, quelle abeille serait assez stupide pour se laisser prendre à ce leurre ? La Griselda du tableau trompait les hommes en se cachant derrière une végétation factice et les insectes butineurs refusaient eux aussi de se laisser abuser par ce simulacre de bouquet. Arcimboldo avait donc à la fois tué la vérité et dévoyé l'instinct de toute la Création. Regardant, palpant, respirant Griselda, Vittorio espérait qu'elle triompherait enfin de son effigie, mais plus il la suppliait intérieurement de redevenir elle-même et plus elle s'obstinait à être le faux-semblant imaginé par le maître. Inconsciente du sortilège qui avait fait d'elle la caricature de son portrait, elle continuait à sourire et à attendre que Vittorio s'aventurât plus loin dans ses caresses. Or, il en était tristement incapable. Un brusque écœurement le saisit devant cette femme amphibie qui s'offrait à lui sans vergogne. Désespéré comme par l'infidélité d'une maîtresse trop aimée, il se détacha d'elle, se mit debout et s'éloigna de quelques pas, en silence. Avait-elle deviné, entre-temps, le motif de sa répulsion ? Toujours est-il qu'elle se leva à son tour, esquissa une moue désabusée et se dirigea résolument vers la porte. Avant de franchir le seuil, elle dit simplement :

– J'enverrai donc, dans quelques jours, des serviteurs de confiance pour prendre le tableau.

Postés dans l'antichambre, Arcimboldo et l'empereur Rodolphe guettaient la sortie de la jeune femme. Elle était si troublée par la scène qu'elle venait de vivre qu'elle s'étonna à peine de l'intérêt que le souverain et son peintre officiel portaient à ses affaires de cœur. D'ailleurs, les deux hommes se montrèrent galamment discrets. Ils ne lui posèrent aucune question embarrassante et la raccompagnèrent chez elle en carrosse.

Le soir même, Rodolphe annonça triomphalement à Vittorio qu'il avait consolé Griselda du manque d'empressement de son soupirant en couchant avec elle, sous le toit de son père. L'empereur n'avait-il pas tous les droits selon les lois humaines et divines ? La petite avait beaucoup pleuré, un peu souri, mais, somme toute, elle était satisfaite de la tournure prise par les événements. Cette nouvelle, qui aurait dû affliger Vittorio, lui procura bizarrement une impression de revanche sur le mauvais sort. Il trouva une signification philosophique au fait qu'Arcimboldo fût aussi à l'aise dans la transmutation de l'apparence humaine que dans celle de la matière. Peut-être fallait-il avoir le même tour de main pour rechercher la pierre philosophale que pour attester les similitudes entre les règnes végétal, animal et minéral qui échangeaient leurs attributs au gré des circonstances ?

Le lendemain, des serviteurs de Julius Zelder se présentèrent pour prendre livraison du portrait de sa fille. Etant d'un tempérament parcimonieux, il ne s'étonna pas de n'avoir rien à payer. La jolie et primesautière Griselda ne reparut jamais au château. Le tableau d'Arcimboldo fut la pièce marquante de sa dot, car elle était sur le point d'épouser le fils de l'échevin de Bratislava. Selon la tradition, Arcimboldo fut chargé de régler toutes les festivités prévues à l'occasion du mariage.

5

APRÈS une brève accalmie, que Vittorio mit à profit pour faire le ménage de l'atelier, les commandes de portraits repartirent de plus belle. Les personnages les mieux considérés dans l'entourage du trône se disputaient à prix d'or le droit d'être tournés en ridicule dans un tableau du maître. Plus la transposition végétale de leur physionomie était extravagante et plus ils en étaient fiers. Entraîné à forcer la note en toute impunité, Arcimboldo avait le sentiment de toucher à la fois au sommet de l'art et à celui du profit. Tout en applaudissant à cette réussite largement monnayée, Vittorio constatait que, au délire euphorique du peintre, correspondait un étrange relâchement des mœurs chez l'empereur. Après sa furtive aventure avec Griselda, Rodolphe, mis en appétit, s'était engoué, tour à tour, pour d'autres femmes de vertu contestable. Il collectionnait les maîtresses, dont certaines obtenaient le privilège de passer quelques nuits au château avant d'être renvoyées dans leurs foyers. La tête légèrement dérangée, le souverain n'osait plus esquisser un geste sans consulter des chiromanciens. Tournant le dos à la politique dont ses frères prétendaient pouvoir s'occuper à sa place, il passait le plus clair de son temps à consulter des ouvrages de nécromancie, à converser avec l'esprit des morts et à étudier la configuration du ciel pour y lire la ligne de son destin. Son goût de l'irréalité avait pris de telles proportions qu'il invitait maintenant à la Cour tous les astrologues étrangers dont on lui vantait les mérites. Bientôt, on vit débarquer à Prague des spécialistes de l'au-delà venus d'Allemagne, d'Irlande ou d'Italie. Chacun avait sa façon de dresser un horoscope et sa formule pour fabriquer de l'or à partir du plomb. L'afflux des concurrents agaçait Arcimboldo qui y décelait une menace pour sa situation prééminente à la Cour. Il craignait d'être mis sur un pied d'égalité avec des intrus et subissait ce début de rivalité comme une disgrâce. Un soir, après avoir peiné pendant des heures sur le portrait d'un riche négociant en drap, Jan Böhme, qu'il jugeait trop ressemblant et pas assez « végéto-animalisé », il prit Vittorio à témoin de son inquiétude. Celui-ci s'empressa de le calmer en l'assurant qu'un savant comme lui ne pouvait être jaloux de quelques charlatans de passage.

– Je serais de ton avis si Sa Majesté savait doser sa confiance, soupira Arcimboldo. Mais Rodolphe est d'une naïveté qui n'a d'égale que sa curiosité. Il veut tout savoir et s'adresse à n'importe qui pour le renseigner sur n'importe quoi. Avec lui, le dernier qui a parlé a raison. Je ne suis plus à ses yeux le seul recours, celui dont les prophéties sont sacrées ! Et pour quelqu'un qui, comme moi, a connu l'attention exclusive du prince, un tel partage est intolérable. Cela fait à peu près onze ans que je suis au service de Rodolphe II. Il est temps, pour moi, de céder la place. Je songe sérieusement à quitter Prague.

Estomaqué par la nouvelle, Vittorio balbutia :

– Où iriez-vous ?

– Je voudrais retourner à Milan, répondit Arcimboldo. Je crois que j'y serais plus heureux, plus apprécié qu'ici.

– L'empereur refusera de vous laisser partir.

Arcimboldo eut un ricanement amer et grommela :

– Hélas ! Je crois, au contraire, qu'il se résignera très facilement à cette séparation. Sais-tu combien il paie les artistes et les astrologues étrangers qu'il convoque derrière mon dos ?

– Non.

– Il a versé cent cinquante florins, paraît-il, à cet hurluberlu de Moritzius, qui prétend réaliser pour lui la quadrature du cercle ou le mouvement perpétuel, et autant à un barbouilleur français qu'il a chargé de peindre son cheval préféré et deux de ses chiens.

– Vous n'allez pas comparer...

– Mais si, mais si ! Rodolphe n'a plus aucun discernement ! Il faudrait un choc pour le réveiller de son aberration. A moi aussi, d'ailleurs, il faudrait un choc, une lumière...

Tandis qu'il parlait, son regard était lointain comme s'il eût été ébloui par une vision intérieure. Il souriait à des fantômes. Enfin il murmura :

– Je crois que je dois aller plus haut encore et frapper un grand coup. Faire triompher mon idée non seulement ici, mais dans le monde entier !

– Et quelle est cette idée ? demanda Vittorio à la fois sceptique et admiratif.

Le visage d'Arcimboldo se figea, ses yeux s'éteignirent.

– Il est trop tôt pour en parler, dit-il. Quand mon grand projet sera mûr, je te mettrai au courant !

Le lendemain, ayant chargé Vittorio de retoucher le portrait de la veille afin de donner plus de relief aux légumes qui tenaient lieu de nez, de menton et d'oreilles au marchand de drap Jan Böhme, il se retira, car il voulait, disait-il, avoir une conversation approfondie avec Sa Majesté.

L'audience impériale dura vingt minutes. Quand Arcimboldo revint, il avait l'air tout ensemble soulagé et confus.

– Il refuse de me laisser partir ! dit-il en s'affalant sur une chaise. Il prétend qu'il a besoin de moi autant comme peintre que comme alchimiste et que je n'aurai jamais de concurrent dans son cœur.

– Je vous avais bien dit que vous lui étiez indispensable ! s'écria Vittorio. Vous n'êtes pas seulement sa science mais aussi sa conscience !

– Sa Majesté est la courtoisie même, observa Arcimboldo. Mais quelle est la part de la sincérité et celle de la politesse dans ses propos ? Entre nous, Rodolphe a dû croire que je n'étais pas réellement décidé à le quitter, qu'il s'agissait d'une lubie de ma part ou d'une manœuvre d'intimidation...

– Et ce n'est pas le cas ?

– Non. Je veux vraiment fuir cette ville, ce pays. Ou plutôt je le voulais... Mais, depuis que j'ai conçu ce grand projet, je suis enclin à prendre mon temps avant d'agir !

Une fois de plus, Vittorio l'interrogea sur ce « grand projet », et, une fois de plus, Arcimboldo se déroba à ses questions.

– Plus tard... Plus tard... Il faut que je réfléchisse d'abord.

Trois jours durant, Vittorio vécut dans l'attente de la révélation promise. Il en profita pour terminer le portrait du marchand de drap. Arcimboldo ayant retouché et signé le tableau le livra au client émerveillé qui le paya rubis sur l'ongle. Puis, alors que son élève lui suggérait de passer à la commande suivante, il prétendit avoir besoin de souffler entre deux œuvres, s'assit devant une toile vierge, posée sur son chevalet, et, le regard brumeux, murmura :

– Je ne l'ai encore dit à personne. Mais, depuis quelque temps, j'ai en tête un autre genre de portrait. Un portrait qui rejetterait dans l'ombre tout ce que j'ai fait jusqu'à présent. Un portrait qui résumerait et justifierait à lui seul ma carrière.

– Et qui serait le modèle de ce portrait ? demanda Vittorio modérément intrigué.

Arcimboldo dressa la tête, fixa sur son interlocuteur un regard d'aigle royal et dit posément :

– Le Christ !

Interloqué et croyant avoir mal compris, Vittorio balbutia :

– Vous... vous renonceriez à votre manière habituelle pour le peindre ?

– Pas du tout !

– Mais les légumes, les fruits, les objets usuels qui servent si drôlement de support à votre production courante, qu'en ferez-vous ?

– Je les utiliserai comme par le passé.

– Ne craignez-vous pas d'offusquer les fidèles par une représentation aussi irrévérencieuse du Seigneur ?

– Ce qui m'importe, ce n'est pas l'opinion des fidèles, c'est celle du Seigneur lui-même !

– En avez-vous parlé à Sa Majesté ?

– Non. Mais je compte le faire sous peu.

Affolé à l'idée du séisme que risquait de déclencher l'initiative de son maître, Vittorio murmura prudemment :

– Attendez encore... Réfléchissez...

– A quoi ?

– Aux suites possibles... Au scandale...

Arcimboldo fit front avec superbe :

– Il n'y aura pas de scandale si mon tableau est un chef-d'œuvre ! La splendeur du Christ sera d'autant plus évidente qu'elle sera suggérée par des objets d'une totale banalité. On y verra l'hommage des plus humbles fruits de la terre à celui qui les a conçus. De même qu'il a besoin de tout un chacun, y compris des mendiants, des simples d'esprit et des éclopés pour proclamer sa gloire, de même il ne saurait se passer des plantes les plus ordinaires pour attester sa présence du haut en bas, à tous les échelons de la Création ! Quant à moi, j'aurai donné ses lettres de noblesse à la dérision, j'aurai sacralisé le quotidien, j'aurai réuni mystification et mystique !

Il y avait une telle conviction dans sa voix, une telle lumière dans ses yeux, que Vittorio se sentit gagné, à son tour, par une sorte de folie radieuse. Incapable de formuler de nouvelles objections au discours d'Arcimboldo, il avait hâte de se retrouver seul pour clarifier ses idées. Fort heureusement, le maître devait assister, ce jour-là, à un banquet que Sa Majesté offrait à une délégation du roi d'Espagne.

Pendant que tout le château était occupé à ces festivités, Vittorio se rua dehors et se rendit dans l'église la plus proche. Un silence sépulcral l'accueillit à son entrée sous la voûte. La nef était à peu près vide. Seule une vieille femme à la tête couverte d'un châle noir priait, agenouillée au pied d'un pilier. Vittorio se signa, prit de l'eau dans le bénitier, se signa encore, traversa à pas lents la pénombre où brillait, de loin en loin, la petite flamme d'un cierge et s'arrêta, pétrifié, devant un grand tableau du *Christ en majesté* qui dominait l'autel. Sans être profondément croyant, il avait toujours eu du respect pour la pratique religieuse et la vue du Seigneur renouvela en lui un désir de pureté, de simplicité et de soumission qui remontait à son enfance. Il regardait le Christ avec une déférence tremblante et le Christ le regardait avec une tranquille curiosité, comme s'il eût attendu depuis longtemps la visite du peintre. Le visage que Vittorio avait sous les yeux était douloureux, émacié et légèrement barbu comme le veut la tradition. Cette œuvre d'un artiste anonyme, qui datait sans doute du siècle précédent, manquait d'originalité, mais il y avait, dans la figure aux traits réguliers de Jésus, une sérénité et une noblesse qui faisaient oublier son caractère conventionnel. Sur le point de s'attendrir, Vittorio tenta d'imaginer la même physionomie traitée dans le style iconoclaste d'Arcimboldo. Subitement, une avalanche de plantes potagères s'abattit sur la Sainte Face. Des joues aux oreilles, du menton aux sourcils, du nez aux lèvres, la chair divine obéit à une hideuse transmutation. Si, du temps de Ponce Pilate, le bourreau plantait des clous dans les mains et les pieds du martyr et enfonçait une couronne d'épines sur sa tête, du temps de Rodolphe II, un peintre de cour se préparait à défigurer le fils de Dieu en l'affublant des productions les plus vulgaires du jardin des hommes. C'était une seconde torture, pire que celle du Golgotha, le supplice de la dérision succédant à celui de la crucifixion. Secoué d'épouvante, Vittorio se signa à trois reprises, se prosterna et frappa le sol de son front pour demander pardon de l'offense qu'il avait commise en évoquant le projet insensé de son maître dans ce lieu voué au culte du Très-Haut. Puis, se redressant péniblement, il sortit de l'église, les épaules fléchies, comme chassé du Paradis.

Il crut recouvrer ses esprits dans la rue. Mais les passants le regardaient avec méfiance : un fou échappé de l'asile ! Sans doute portait-il encore dans les yeux l'horreur d'avoir insulté toute la Chrétienté en liant son sort à celui de ce renégat d'Arcimboldo. Il ne se calma qu'en retrouvant le décor quotidien de l'atelier, avec son désordre, ses chevalets, ses toiles inachevées, ses carnets de croquis et son odeur de peinture. Longtemps, il médita sur la signification de ce face-à-face avec le *Christ en majesté*. Il avait hâte d'expliquer à Arcimboldo l'effroi qui l'avait saisi dans la paix hiératique de l'église lorsqu'il avait entrevu la profanation que constituerait une image du Fils de Dieu défigurée par un peintre sans foi ni loi.

Quand Arcimboldo parut enfin, tout échauffé encore

par les vapeurs du banquet, Vittorio se précipita vers lui et s'écria :

– J'espère que vous n'avez pas parlé de votre projet à Rodolphe !

– Si, répondit Arcimboldo avec une satisfaction goguenarde.

– Il en a été intrigué ?

– Pas que je sache. Mais intéressé, oui ! Il m'a dit qu'il allait en référer à son confesseur, le père Dominique Keller d'une part, et au pasteur Bromberg d'autre part. Il compte sur eux pour l'éclairer. Il a toujours aimé ménager la chèvre et le chou !

Cette réponse dilatoire accabla Vittorio et lui ôta l'envie de raconter à Arcimboldo les tourments de conscience qu'il avait endurés dans le sanctuaire. Changeant de sujet, il questionna :

– Et maintenant, qu'allons-nous faire ?

– Attendre la réaction des autorités religieuses. D'ici là, je vais exécuter un ou deux portraits de tout repos pour me maintenir en forme. Aide-moi à préparer une toile pour ce vieux porc de Karl Denetz, qui s'est enrichi dans le commerce des grains et s'est acheté une femme de dix-sept ans plus jeune que lui. Ça nous occupera agréablement pendant quelques jours. Et après, à nous la grande aventure chrétienne ! Sais-tu que, pour la première fois de ma vie, je me surprends à penser qu'il y a peut-être une vérité au bout de mon pinceau ?

Trop troublé pour répondre du tac au tac, Vittorio demanda simplement si, pour le nouveau portrait, le maître préférait qu'il fît une ébauche en pleine pâte ou à la détrempe. La conversation prit un tour pratique et, progressivement, l'anxiété de Vittorio se mua en une série de préoccupations professionnelles qui lui rendirent confiance en Arcimboldo et en lui-même.

6

QUATRE JOURS s'écoulèrent encore paisiblement sans qu'Arcimboldo fît allusion à sa « grande idée » et Vittorio put croire qu'il y avait renoncé, lorsque subitement, à la veille de Pâques 1587, Rodolphe fit irruption dans l'atelier où les deux peintres travaillaient côte à côte, devant deux chevalets jumeaux, et annonça tout à trac :

– C'est fait ! Je leur en ai parlé à l'un et à l'autre !

– Et que disent-ils de mon intention ? demanda Arcimboldo sans s'arrêter de peindre, comme si la réponse de Rodolphe ne le concernait pas.

– Eh bien, leurs avis sont négatifs, mais avec des nuances. C'était d'ailleurs prévisible ! Comme vous le savez sans doute, la religion réformée n'admet dans ses temples aucune représentation matérielle de la divinité, alors que la religion catholique lui ouvre en grand les portes de ses églises ; cependant, toutes deux, à travers les ministres de leur culte, se sont déclarées hostiles au projet de notre cher Arcimboldo. Ni les luthériens ni les papistes n'acceptent que l'image du Seigneur fasse l'objet de je ne sais quelle cuisine artistique.

– Ça ne me surprend pas d'eux ! rétorqua Arcimboldo.
Toute innovation les dépasse. Ils ne comprennent pas que,
par cette conception inédite de la présence du Christ, je
le mets à la portée des couches les plus déshéritées, les plus
humbles de l'humanité, et que les pommes de terre, les
carottes, les navets, les champignons dont j'ornerai son
effigie ont plus d'éclat dans leur simplicité que n'importe
quelle auréole !

– J'ai tenté de le leur expliquer à ma façon, dit Rodolphe, mais ils n'ont rien voulu entendre. Pour les protestants qui récusent les images saintes comme pour les catholiques qui les acceptent de grand cœur, celle de Jésus doit
être immuable et sacrée. Quiconque l'attaque est un scélérat, un blasphémateur, un violateur, un vandale ! Bref,
pour notre tranquillité à tous, je vous conseille de renoncer
à votre initiative. J'espère, d'ailleurs, que vous n'en avez
pas trop parlé autour de vous.

– J'en ai tout de même dit deux mots par-ci, par-là.

– Dommage ! Je crains que les rares confidences auxquelles vous vous êtes livré n'aient choqué les âmes sen-
sibles et provoqué des commentaires malveillants. Si ce
genre de rumeur se répandait dans le pays, nous pourrions
tous en pâtir !

Vittorio n'était pas loin de partager l'appréhension de
Rodolphe mais, par respect pour Arcimboldo, il se gardait
de donner son avis sur un problème aussi délicat.

– Si je vous comprends bien, Sire, dit Arcimboldo, ma
présence à Prague n'est plus indispensable ni même souhaitable ?

– Qu'allez-vous chercher là ? s'exclama Rodolphe. La

situation n'est pas aussi compromise que vous le suppo-
sez ! Ce ne sont pas les réserves émises par quelques esprits
timorés qui vont influencer notre conduite. Simplement,
je vous mets en garde contre une détérioration toujours
possible de l'opinion publique à votre égard. Soyez prudent, très prudent, et tout ira bien !

Arcimboldo dressa le menton et frappa l'empereur d'un
regard fulgurant :

– Je n'ai jamais su être prudent, Sire. Et ce n'est pas à
mon âge que je vais commencer. Je vous ai parlé derniè-
rement de mon désir de quitter votre service. Je renouvelle
ma prière aujourd'hui en espérant que, cette fois-ci, vu les
circonstances, vous y répondrez favorablement.

Rodolphe ne marqua aucune surprise, sourit aimablement et répliqua d'une voix mesurée :

– Très bien. Je vais réexaminer votre cas et je vous ferai
connaître ma décision dans les prochains jours, en tout cas
avant la Pentecôte.

Après le départ de l'empereur, Vittorio se tourna vers
Arcimboldo et demanda :

– Ne craignez-vous pas d'avoir parlé trop vite ?

– J'ai parlé vite, mais j'avais réfléchi longtemps avant
d'ouvrir la bouche.

– Nous sommes heureux, à Prague. Etes-vous sûr de
ne pas regretter un jour votre vie insouciante auprès de
l'empereur ?

– Ce n'est pas moi qui regretterai l'empereur, c'est lui
qui me regrettera.

– Tout cela est si inattendu ! Je ne sais plus où donner
de la tête !

– Moi, je le sais. Il n'y a pas une heure à perdre !

– Et si Sa Majesté revenait sur sa décision ?

– Moi, je ne reviendrais pas sur la mienne. Quelque chose a été brisé. Il faut aller reconstruire. Mais ailleurs !

La résolution d'Arcimboldo était si farouche que Vittorio l'attribua à une profonde blessure d'amour-propre. Sans doute le maître avait-il mis tout son espoir dans l'engouement du public pour l'étrangeté de ses conceptions picturales et ne pouvait-il supporter l'idée d'une rebuffade venue à la fois d'en haut et d'en bas. Vittorio le plaignit pour sa déception et l'admira pour son défi, face à l'adversité. Lui-même était désolé de ce brusque changement d'existence, sans trouver aucune compensation esthétique ou morale à son désarroi. Arcimboldo s'était remis à son travail sur le tableau en cours, comme si de rien n'était. Après l'avoir observé un moment dans son application méthodique et silencieuse, Vittorio murmura :

– Si vous retournez à Milan, je vous accompagnerai, n'est-ce pas, maître ?

– Evidemment ! Tu sais bien que nous sommes inséparables.

– Et que ferons-nous là-bas ?

– La même chose qu'ici.

– Des portraits ?

– Oui. Mais des portraits comme je l'entends, moi ! Pas comme l'entendent les autres.

– Vous ne vous posez jamais de questions, maître ?

– Non, et c'est ce qui fait ma force. Je sais toujours où je vais. As-tu eu l'impression que, parfois, je me trompais de route ?

Tiraillé entre un désir de franchise et un souci de com-
passion, Vittorio balbutia :
– C'est-à-dire... je ne crois pas. En tout cas, vous avez
de la suite dans les idées.
La réponse parut satisfaire Arcimboldo.
– Fais-moi confiance, dit-il. J'aurai de la volonté et de
la lucidité pour deux.

Le jour de la séparation, Rodolphe se montra exceptionnellement généreux. Il octroya à Arcimboldo une gratification de mille cinq cents florins rhénans et lui fit don, pour
le voyage, d'un de ses carrosses les plus confortables, attelé
de quatre chevaux superbement harnachés. Vittorio veilla
à la répartition et à l'arrimage des bagages et des paquets
sur le toit de la voiture. Quand l'équipage s'ébranla, l'empereur sortit sur le perron du château en compagnie de
quelques astrologues et de quelques artistes nouvellement
engagés et agita la main pour souhaiter bonne route à son
peintre. En lui rendant son salut, de loin, Arcimboldo
soupira :
– Il s'imagine m'avoir remplacé ! Mais il constatera bientôt qu'on ne fait pas du bon travail avec des doublures.
– Et s'il vous demandait de revenir à Prague ?
– Je lui répondrais que, à mon âge, j'ai besoin de l'air
natal pour nourrir mon inspiration et que, s'il veut me
revoir, je lui offre l'hospitalité à Milan.
Cette dernière boutade, qui aurait dû amuser Vittorio,
sonna à ses oreilles comme un aveu du grand désordre où
la rupture avec l'empereur avait plongé Arcimboldo.

7

LES PREMIERS temps de son retour à Milan, Vittorio se demanda si ce changement dans sa vie annonçait le déclin ou le renouveau de ses espérances. Arcimboldo lui avait spontanément offert de le loger dans la maison qu'il possédait dans les faubourgs et sur laquelle sa sœur avait veillé en son absence. Tout y était prêt pour accueillir le maître et son disciple. On avait même engagé deux jeunes apprentis pour les basses besognes du ménage et de la cuisine. Arcimboldo s'était remis au travail. Mais les amateurs de portraits bizarres étaient moins nombreux en Italie. Par ailleurs, malgré cette pénurie, ou à cause d'elle, Arcimboldo ne se décidait toujours pas à s'attaquer à une représentation fantaisiste et irrespectueuse du Christ. Il avait été averti par son confesseur, l'abbé Ignace Pozzi, que, s'il persistait dans son projet, il risquait d'attirer sur sa tête les foudres de l'excommunication. Bien que peu pratiquant, Arcimboldo prit peur devant la perspective d'être retranché de la communauté de l'Eglise catholique à cause d'une impertinence frisant l'hérésie. Son humeur s'assombrit. Les commandes se faisant de plus en plus rares et les dépenses courantes ne diminuant pas, il subsistait grâce à l'argent qu'il avait mis de côté à Prague. Heureusement, à quelques mois de là, il reçut une lettre de Rodolphe le priant de lui envoyer, moyennant une rétribution royale, de nouveaux tableaux de sa composition. Ce fut ainsi qu'il exécuta pour lui, dans l'enthousiasme, une superbe toile, *Flora*, représentant une jeune inconnue au visage souriant à travers mille fleurs, accolées l'une à l'autre. On eût dit un essaim de guêpes affriolées par un pot de miel. Vittorio, qui était chargé de préparer les enduits et de fignoler le dessin de certains pétales, s'étonnait que cet homme en apparence fatigué par les premières atteintes de l'âge eût l'œil aussi vif et la main aussi précise.

Satisfait de sa performance d'imagier horticole, Arcimboldo demanda à Vittorio d'exécuter une copie de *Flora* et d'expédier l'original à Prague. Deux semaines plus tard, il reçut les félicitations émues de Sa Majesté et la récompense promise, ce qui lui redonna confiance en son talent. Cependant, l'idée du Christ transformé en « leçon de choses » et magnifié par l'accumulation des accessoires les plus communs était si profondément ancrée dans son cerveau qu'il y revenait sans cesse dans ses conversations avec Vittorio. Un jour, il décida que le meilleur moyen d'échapper à la hantise d'une image inadmissible pour les chrétiens était de peindre une divinité païenne de tout repos. Son dévolu tomba sur Vertumne, célébré dans l'Antiquité étrusque, puis romaine, comme dieu des Jardins et des Récoltes de l'automne. Préservé des anathèmes de l'Eglise par l'alibi de la mythologie, il se livra avec ivresse à la déformation d'un visage humain, enrichi de tous les symboles de la moisson et des vendanges. Pour donner une assise plus solide à cette allégorie, il la peignit à l'huile sur un panneau de bois. Dans son interprétation très personnelle, Vertumne avait le front ceint d'épis mûrs, les joues gonflées et duveteuses comme des pêches, le nez en forme de poire juteuse, le menton aussi velu que l'écorce d'une châtaigne, la bouche aussi rouge et luisante qu'une tomate et des yeux minuscules et noirs telles des cerises dans un panier. La juxtaposition de ces fruits et de ces végétaux était si serrée qu'on ne voyait pas un pouce de chair humaine entre les éléments de la mosaïque et pourtant l'ensemble rappelait un gaillard exultant et fier de son état.

En scrutant les détails de son œuvre, Arcimboldo n'y trouvait rien à reprendre et cependant il semblait contrarié. Visiblement, il regrettait d'avoir à se contenter d'un hommage à Vertumne, alors qu'il eût aimé réserver le même traitement à la célébration de Jésus. Devinant que Vittorio lisait dans ses pensées, il finit par dire :

– Nul ne saura que j'ai peint ce tableau par dépit de ne pouvoir donner ma mesure dans une représentation singulière du Christ. Mais ce n'est que partie remise ! Si Dieu m'accorde encore quelques années de vie, je trouverai le moyen de le remercier en exécutant le portrait de son fils, tel que je le vois, non pas en majesté mais en banalité, entouré d'objets usuels afin de ne pas dissocier l'Etre et les choses. Et cela, je le ferai, dussé-je endurer la malédiction de l'Eglise !

Vittorio remarqua qu'en prononçant ces mots, Arcimboldo promenait alentour le regard d'un voyageur à la croisée des chemins. Il le trouva subitement vieilli et comme perdu au milieu de ses meubles familiers. Sans doute son dépaysement lors du passage de Prague à Milan avait-il anormalement entamé ses forces. Il n'envisageait plus l'avenir comme une promesse mais comme un sursis. Pour lui redonner le goût de vivre, Vittorio s'avisa de lui parler de ses œuvres futures.

— Il ne faut pas regarder si loin ! lui dit Arcimboldo. Contente-toi d'expédier *Vertumne* à l'empereur Rodolphe. Je vais joindre au tableau un charmant poème que mon ami Don Gregorio Commanini a écrit à cette occasion. Après ça, je poserai mon pinceau pour toujours !

Vittorio essaya de plaisanter :

— Vous dites ça aujourd'hui, mais, demain, vous changerez d'avis ! Un nouveau motif de tableau germera dans votre cervelle et vous oublierez tout, sur-le-champ, pour vous y consacrer. L'essentiel est que vous trouviez un bon sujet.

— Le seul sujet qui me tente, tu le connais, et je n'ai pas le droit d'y toucher, dit Arcimboldo avec amertume.

A cet instant précis, une idée insolite électrisa Vittorio. Obéissant à une audace inhabituelle, il suggéra :

— Pourquoi, dans ces conditions, ne peignez-vous pas le Christ comme tant d'autres l'ont fait avant vous, sans chercher à le dénaturer par des analogies dégradantes avec le monde végétal ou même animal ? Pourquoi ne nous donneriez-vous pas un Sauveur sauvé de toutes les allégories ? Je suis sûr que le public et l'Eglise vous sauraient gré de ce retour à la déférence et à la tradition.

– Le public et l'Eglise m'en sauraient gré, peut-être, en effet ! s'écria Arcimboldo. Mais Dieu m'en voudrait de cette volte-face, et il aurait raison. Je n'ai pas le droit de gâcher le don que j'ai reçu de lui et qui consiste à peindre l'envers de la réalité, la révélation sous la grimace, la religion à travers le rire. Telles sont les directives auxquelles j'obéis d'instinct. Et tu me conseilles de trahir ma vocation, de renoncer à être moi-même !

Son visage était crispé sous la violence de l'outrage. Effrayé par une réaction aussi disproportionnée, Vittorio battit en retraite :

– C'était une simple proposition pour vous permettre de continuer votre œuvre sans vous préoccuper de l'opinion d'autrui. Mais je suis comme vous : je serais consterné si, à cause de quelques critiques absurdes de la part des curés et des pasteurs, vous renonciez au style étincelant qui a fait votre renommée !

– Soit ! L'affaire est entendue ! soupira Arcimboldo. Occupe-toi de bien emballer mon *Vertumne* et assure-toi que le transporteur fera diligence pour que le colis soit livré à Prague, à la date prévue. Moi, je vais me coucher.

Comme il était à peine sept heures du soir et que le ciel printanier hésitait encore à s'assombrir, Vittorio considéra Arcimboldo avec surprise :

– N'est-il pas trop tôt, maître ?

– Je suis fatigué.

– Mais notre dîner nous attend.

– Tu mangeras sans moi. Je n'ai pas faim. Et j'ai besoin d'être seul !

Vittorio se retira, inquiet, avala un repas frugal, et, une fois au lit, s'efforça en vain de dormir. A plusieurs reprises, il crut entendre la voix d'Arcimboldo venant de la chambre voisine. Chaque fois, levé d'un bond, il se précipitait au chevet du maître et le découvrait profondément assoupi. Mais la vue de ce visage paisible aux yeux clos, loin de le rassurer, augmentait son inquiétude. A quoi Arcimboldo pensait-il dans son sommeil ? Ce faciès rigide et silencieux ne préfigurait-il pas un autre repos ?

Or, le lendemain, la mélancolie d'Arcimboldo s'était dissipée et, peu après, une incroyable nouvelle, émanant de Prague, acheva de ranimer son courage. Enchanté par les deux derniers tableaux du peintre, *Flora* et *Vertumne*, Rodolphe lui conférait le titre enviable de comte palatin. Brusquement rajeuni, Arcimboldo envisagea la possibilité de retourner à Prague pour quelques jours, histoire de remercier Sa Majesté de vive voix et de reprendre contact avec d'anciens clients susceptibles de lui passer de nouvelles commandes. Mais cette euphorie fut aussi brève qu'éblouissante. Très vite, il ne fut plus question d'escapade en Bohême ou ailleurs.

Dès le mois d'avril 1593, Arcimboldo se plaignit de malaises étranges. Les médecins prétendirent qu'il s'agissait d'une mauvaise gravelle, compliquée par l'âge du patient. Il avait soixante-six ans mais, ayant toujours bu et mangé n'importe quoi, il le payait aujourd'hui d'une horrible rétention d'urine. Les douleurs qui l'attaquaient à l'improviste étaient si vives qu'il se mordait la main pour s'empêcher de crier. Cloué dans son lit, il refusait de se nourrir, dépérissait à vue d'œil, délirait parfois en évoquant certains artistes des siècles précédents qu'il était pressé de rejoindre. Les noms de Léonard de Vinci, de Raphaël et de Botticelli revenaient souvent dans ses divagations. Il ne recouvrait un peu de calme et de présence d'esprit qu'au moment où Vittorio, ayant traîné dans la ville, s'asseyait à son chevet pour commenter les potins qu'il avait recueillis au hasard de ses rencontres. Arcimboldo l'écoutait avec une attention nostalgique, comme si on lui parlait d'un monde qui n'était déjà plus le sien.

Le soir du 25 juin de cette même année, comme Vittorio, à court de ragots et de balivernes, voulait l'intéresser aux derniers travaux des peintres de leur connaissance à tous deux, il lui coupa la parole en gémissant :

– Je t'en prie, petit, ne me parle pas de carrière. Ni de celle des autres ni de la mienne. Ce qui est important, ce n'est pas le succès du moment, mais le jugement qu'on porte sur soi-même avant d'aller dans le trou !

Devinant que son interlocuteur s'engageait sur la pente dangereuse des souvenirs et des regrets, Vittorio intervint charitablement :

– De ce point de vue-là, vous êtes largement gagnant ! s'exclama-t-il avec une fausse gaieté. Tous les artistes rêvent d'obtenir de leur vivant les honneurs et la prospérité que vous avez connus durant des années.

– Et si tout cela était de la frime, du clinquant, de la fausse monnaie ? grommela Arcimboldo en roulant sa tête de gauche à droite sur l'oreiller.

Une barbe hirsute, brune mêlée d'argent, hérissait son menton et ses yeux brillaient d'une intensité fiévreuse.

Malgré la chaleur, un bonnet de coton blanc à pompon lui coiffait le crâne.

– La qualité et la permanence de l'admiration que vous avez suscitée devraient vous rassurer définitivement, dit Vittorio. Vous avez toujours fait ce que vous avez voulu. Vous n'avez jamais dévié d'une ligne. Pour tous les amateurs de peinture, vous êtes l'égal des plus grands !

– Oui, oui, murmura Arcimboldo. Mais c'est la nature même de ce succès qui m'inquiète. N'ai-je pas été victime de la mode insolente et drolatique que j'avais lancée ? Je ne pourrais plus en changer aujourd'hui sans trahir la confiance de milliers de gens et sans me trahir moi-même.

Etonné par cette remarque, Vittorio protesta pour la forme. Toutefois, en réfléchissant à l'anxiété d'Arcimboldo, il reconnut, à part soi, que lui aussi était gagné par un doute essentiel. Il se demanda si, pour un peintre exceptionnellement doué, les désordres du cerveau et les habiletés du pinceau ne constituaient pas les ressorts d'un piège et si on ne devait pas se méfier comme de la peste des toquades de quelques esprits alambiqués toujours prêts à s'enflammer pour les idées nouvelles. Allant plus loin, il songea qu'il y avait une certaine tricherie dans l'attitude d'un artiste dont le souci primordial n'était pas d'exprimer sa vision, fût-elle onirique, du monde, mais de produire des toiles d'une facture si insolite que tout un chacun sût en reconnaître l'auteur, à distance. Peut-être ce prétendu créateur était-il, avant tout, un commerçant qui attirait des clients par sa signature plus que par son talent ? Peut-être les fameux « dons de la nuit » qu'Arcimboldo invoquait à tout propos n'étaient-ils qu'un ramassis de fausse monnaie ? Peut-être toute la vie, toute l'œuvre de cet homme étaient-elles un attrape-nigauds ? Peut-être était-il prisonnier d'un truc ? Et voici que, au moment de rendre compte à Dieu de son passage sur terre, il s'apercevait qu'il avait vendu son pinceau et son âme aux plus offrants. La panique qu'il ressentait au terme de cet ultime examen de conscience, Vittorio la lisait dans les yeux du mourant. Emu aux larmes, le disciple se disait que ce pénible retour sur soi-même devait être commun à tous les créateurs sur le point de mourir et qu'il n'y en avait sans doute aucun qui fût fier de son passé avant de plonger de tout son poids dans le néant. Mais à quoi bon ratiociner au milieu du dernier supplice ? Comment Arcimboldo aurait-il pu se féliciter de ses succès d'autrefois et rêver de leur prolongement parmi les générations à venir, alors que son attention était tout entière requise par les douloureux élancements qui lui transperçaient les reins ? Impuissant à le soulager, Vittorio regardait avec désespoir ce visage que l'excès de souffrance transformait en un masque aussi hideux, aussi ridicule que celui des portraits les plus célèbres du maître. Devenu son propre modèle, Arcimboldo offrait le prétexte de ses traits disloqués à tous les fruits et à tous les légumes dont il avait gratifié jadis les effigies de quelques hauts personnages.

Soudain, il y eut une rémission dans le cours de ses coliques néphrétiques et il prononça dans un souffle :

– C'est bien, Vittorio ! Je vais m'en aller. Que se passera-t-il après moi ? Je n'ai pas eu de chance, parce que j'en ai eu trop et trop vite ! L'excès de bonheur se paie

toujours... à la longue ! Toi, tu resteras après moi... pour...
pour témoigner... Tu leur diras... Tu leur diras...
  Il n'acheva pas sa phrase.
  – Que voulez-vous que je leur dise ? demanda Vittorio.
  Trop tard ! Arcimboldo ne respirait plus. Un grand
silence envahit la chambre tandis que, dans la rue, les gens
continuaient à courir en tous sens, à s'agiter pour ne rien
faire, à parler pour ne rien dire, dans une totale indifférence à l'événement capital de la journée. On était le
13 juillet 1593. Il y avait soixante-six ans qu'Arcimboldo
était né dans cette même ville, dans cette même maison.
  Vittorio s'occupa de l'enterrement et conduisit le deuil.
A force de méditer sur la carrière d'Arcimboldo, il se
demandait encore si l'exceptionnelle notoriété de cet
homme ne reposait pas sur un malentendu. Néanmoins, il
s'employa à défendre sa mémoire et tenta même d'imiter
sa manière dans les tableaux qu'il lui arrivait de peindre
en souvenir de leur passé commun. Mais il ne tarda pas à
s'apercevoir que ses toiles n'intéressaient personne et que
même les plus ardents amateurs de l'art fulgurant d'Arcimboldo se détournaient à la fois de leur idole et de son
disciple.
  Déjà un voile d'oubli recouvrait le prestigieux inventeur
des mythes picturaux. Un jour, en classant les papiers du
défunt, Vittorio tomba sur un autoportrait du peintre : un
dessin à la plume et au lavis bleu. Par extraordinaire, désireux sans doute de laisser une image véridique de soi à la
postérité, Arcimboldo n'avait pas eu recours à la déformation burlesque qui avait assuré sa renommée. Revenant à
la tradition qu'il avait condamnée jadis, il s'était représenté

tel qu'il était dans les dernières années de sa vie, les traits réguliers, la barbe soigneusement peignée et le regard clair. Pour la première fois, il avait répudié l'esbroufe qui lui avait si bien réussi auprès de ses contemporains[1].

Après une réflexion laborieuse, Vittorio décida de cacher l'existence de ce document qui risquait de nuire à la gloire posthume d'Arcimboldo. Lui-même, au comble des regrets et de la perplexité, finit par renoncer à toute espèce de peinture. Comme il était assez habile de ses mains, il se consacra au métier d'encadreur et borna son ambition à mettre en valeur les tableaux des autres.

---

1. Aussitôt après la mort d'Arcimboldo, ses tableaux subirent une grave désaffection de la part du public qui l'avait longtemps encensé. Mal comprise des générations suivantes, son œuvre ne fut véritablement réhabilitée qu'aux environs des années 1930 par les surréalistes, qui y virent une illustration de leurs théories sur la prééminence de l'inconscient et de la subversion dans toutes les formes de l'art.

Hérode
ou la bonne conscience

1

M ES DISCUSSIONS avec le très savant et très zélé Gamaliel m'exaspèrent chaque jour davantage et cependant je ne saurais m'en dispenser. Ce matin même, sous
le prétexte que, d'après ses calculs, c'était le soixantième
anniversaire de ma naissance (comment peut-il en être plus
sûr que moi ?), il tient à me féliciter de ma longévité et à
énumérer le prodigieux concours de circonstances qui a
fait de moi Hérode Iᵉʳ le Grand, roi de Judée.

Il me rappelle avec quelle habileté j'ai su gagner la
confiance des Romains qui occupaient la Palestine, l'opportunité de la répression que j'ai fait subir aux nationa-
listes d'Ezéchiel qui tentaient de relever la tête, le secours
sans faille que j'ai apporté à Antoine et à Octave dans leurs
combats contre les Parthes... Bref, il passe en revue, à
défaut de mes hauts faits d'armes, mes hauts faits de diplo-
matie. J'avoue que je ne m'en suis pas trop mal tiré de ce
côté-là. Depuis des dizaines d'années que la Palestine se
trouve sous le protectorat de Rome, je gouverne la Judée
avec une volonté de fer qui est appréciée en haut lieu. Je
n'ignore certes pas que nombre de Juifs me reprochent de

n'être pas vraiment des leurs puisque je suis un descendant d'Iduméens. Ceux-ci, établis au sud de la mer Morte, ayant été vaincus par David, ont été trop longtemps des vassaux des souverains de Juda. Et voici qu'aujourd'hui c'est un de ces anciens « esclaves » iduméens qui les dirige avec l'approbation de Rome. Au fond, je sais fort bien, et Gamaliel me le confirme, que, dans cette situation de fausse indépendance nationale, deux choses les blessent. Premièrement, ils gémissent sous le poids des impôts que je suis obligé de leur appliquer pour obéir aux exigences de Rome. Deuxièmement, ils s'indignent du respect que je voue à la religion des Romains et aux dieux qui peuplent leur Olympe. Pour ces Juifs obstinés, il est impossible d'ajouter foi à des idoles alors que, selon la Thora, représentée par le Sanhédrin et les rabbis, Yahweh seul commande sur terre. Pour ces hébraïsants, de cœur large et de courte vue, le Messie annoncé par les textes sacrés fera son apparition, un jour ou l'autre, parmi eux et apportera la paix, la prospérité et la sagesse aux âmes sincères. Entre nous, je me demande comment ce messager de l'au-delà pourrait, à lui seul, sans glaive, sans arc, sans massue et sans lance, détruire une armée de dieux équipés et soutenus par Rome et par la Grèce. Mais l'absurdité d'une telle supputation ne semble pas impressionner Gamaliel. Il a l'avantage de fréquenter aussi bien le bas peuple que les élites, et son oreille enregistre tout ce qui se dit à Jérusalem. Auprès de la majorité de ses interlocuteurs, il jouit d'une réputation favorable. Il est scribe de son état, mais certains voient en lui un rabbi aux visions prophétiques. Nourri par les préceptes de la Thora qu'il connaît par cœur, il a réponse à tout et se trompe rarement. Je lui dicte ce qu'il écrit là, mot à mot, afin de bien fixer mes idées pour mes contemporains, mais aussi pour les générations futures. Le bruit léger du roseau, trempé dans le noir de fumée et glissant régulièrement sur le papyrus, apaise étrangement ma conscience. C'est comme si je faisais mes ablutions matinales en me confiant à ce témoin de mes grandeurs et de mes fautes. Mais, ceux-là mêmes qui osent me reprocher d'avoir supprimé certains membres de ma famille, tels ces Asmodéens qui complotaient contre moi, me trouvent des circonstances atténuantes. Oui, j'ai fait périr quelques femmes qui se sont succédé dans ma couche, y compris mon épouse Mariamne que j'ai pourtant aimée. J'ai également chargé mes sbires d'étrangler les deux fils, Alexandre et Aristobule, que j'ai eus d'elle, son frère Hyrcan et sa propre mère Alexandra. Mais tout cela, j'ai été obligé de m'y résoudre pour me protéger des intrigues dont j'étais informé, heure par heure, grâce à des espions consciencieux. D'ailleurs, l'empereur Auguste, en apprenant cette série de crimes, m'a fait dire qu'il comprenait une si dure nécessité.

Or, voici que Gamaliel m'annonce l'arrivée prochaine, à Jérusalem, de plusieurs Mages, prêtres de la religion nazdéenne, telle que la pratiquent encore les Mèdes et les Perses. Ils veulent se rendre à Bethléem pour vérifier sur place une prophétie insensée selon laquelle c'est en ce trou perdu, au fin fond de la Jordanie sauvage, que doit naître le Messie. Aussitôt, j'imagine le danger d'une telle entreprise, car mon titre de roi de Judée m'ordonne, en quelque sorte, d'être averti en premier d'un événement aussi exceptionnel, cela afin de renforcer mon autorité et mon prestige personnel sur mon peuple. Je consens donc à laisser partir les Mages vers leur destination mystique, mais à la condition qu'après avoir constaté le prodige ils reviennent à mon palais pour m'associer, si besoin est, à leur adoration du Dieu révélé sur mes terres. Je veux, en effet, être pour le Messie ce que Rome est pour moi : le garant de la pureté et de la soumission de tous les êtres à sa puissance.

Les étrangers, qui, aujourd'hui, s'étonnent de mes contradictions et de mes violences, oublient le climat de dispute, de délation et de sourde vengeance qui régnait en Judée, à l'époque, parmi ceux-là mêmes qui se prétendaient les docteurs de la Loi. Le groupement des pharisiens s'opposait farouchement à celui des saducéens. Les premiers n'avaient d'autre souci que de complaire aux Romains, de respecter leurs idoles et de les imiter dans leurs mœurs, leurs ambitions et leurs réjouissances. C'était la coterie prospère et arrogante des anciens philistins. En revanche, les saducéens, dont les membres se recrutaient dans les milieux plus humbles, n'attendaient rien de Rome et tout du Ciel. Ils se glorifiaient d'être les seuls élus de Yahweh. Et cette différence entre les deux sectes était si complexe qu'elle se manifestait aussi bien dans les discussions théologiques à la sortie du temple que dans les détails les plus anodins de la vie courante. Devant certains de ces illuminés, j'oubliais qu'ils étaient tous des Israélites, des enfants de Moïse, bercés par les versets de la Thora, et me préoccupais uniquement de savoir lequel était pharisien et lequel saducéen. De toute évidence, une nation aussi profondément divisée était ingouvernable. Sans doute même est-ce à cause de la contradiction, chez mes coreligionnaires, entre leur devoir de citoyens et la soumission aux exigences sabbatiques, que les Césars successifs ont renoncé à enrôler les Juifs dans leurs régiments. Ils craignaient, en les pliant à la discipline des troupes régulières, de les voir jeter leurs armes au premier coup de la trompe du sabbat qui sonnait l'interruption de tout travail, de tout effort et de toute mauvaise pensée pendant la journée de Dieu. Du reste, il y a tant de façons d'être un vrai croyant que certains s'y perdent. Moi le premier, je m'avance à l'aveuglette dans cet univers où coexistent des confréries aussi dissemblables que celle des pharisiens, amis de Rome, et celle des zélotes, ennemis des superbes statues dont le pouvoir prétend orner nos cités. Je m'épuise à rassembler cette mosaïque sentimentale qui part en lambeaux. Et je suis sur le point d'y renoncer. Si les philistins continuent d'exiger un supplément d'impôts pour contenter Rome, les pharisiens me reprocheront ma lâche obéissance à la volonté du vainqueur et feindront d'ignorer dans quelle nasse inextricable je me débats pour survivre. Le nombre de traîtres et d'ingrats que j'ai noyés, étouffés, décapités ou torturés jusqu'à ce que mort s'ensuive ne compte pas au regard des maux qu'ils m'auraient infligés si je leur avais laissé la vie sauve. Néanmoins, tout cela va bientôt rentrer dans l'ordre. J'en ai le pressentiment. En tout cas, les Mages paraissent enchantés de ma décision et se mettront en route demain à l'aube, accompagnés de mes souhaits de réussite et de quelques prières pour rallier toutes les chances de notre côté.

2

Trois semaines déjà que je suis sans nouvelles des Mages qui se sont rendus à Bethléem, avec mon approbation et mes recommandations. Même Gamaliel, après avoir encouragé cette expédition, commence à douter de son opportunité. Notre première idée a été que les voyageurs ont été retenus dans leur marche, car les routes, ici, ont été détrempées par les derniers orages. Cependant, hier soir, un messager, envoyé par moi dans la même direction, est revenu et nous a apporté une précision effrayante. Les Mages ont bien effectué leur pèlerinage vers le « lieu de naissance du prétendu Messie » mais, en dépit de la promesse qu'ils m'avaient faite de revenir à mon palais pour m'informer de leurs constatations, ils sont repartis par un autre chemin afin d'avertir de préférence leurs mandants directs, les rois d'Arabie et de Saba. Pour excuser ce manquement à leur parole, ils ont prétendu avoir obéi à un songe qui leur ordonnait de regagner au plus tôt leur province natale et d'y proclamer « la bonne nouvelle » aux princes dont ils dépendaient. En écoutant le récit de ce changement d'itinéraire, j'ai eu l'impression que les Mages s'étaient joués de moi pour se faire valoir aux yeux de leurs chefs spirituels. Or, de l'avis même de Gamaliel, en agissant ainsi ils me privaient d'une renommée à laquelle j'avais droit en tant que découvreur, initiateur et protecteur géographique et historique du Messie. Que faire dans ces conditions pour réduire à néant les manœuvres de ces voleurs de gloire ? Impossible de lancer des poursuivants à leurs trousses : ils devaient déjà être arrivés chez eux et je ne voulais pas entrer en conflit avec quelque rival de cette remuante Palestine, par crainte de mécontenter l'occupant romain, désireux, avant tout, de maintenir une paix d'airain sur les pays soumis à son contrôle. D'ailleurs, mes propres sujets n'auraient pas compris mon acharnement à faire couler le sang juif pour une confrontation aussi équivoque. Sur les conseils de Gamaliel, j'ai décidé, au contraire, d'accélérer la construction d'un temple juif de toute beauté, commencée jadis, à mon initiative, cela afin de prouver à tout un chacun que, malgré mon respect pour Rome, j'étais aussi sincèrement attaché au bonheur de mes compatriotes qu'à la gratitude des Gentils. Les travaux reprirent. On me félicita de leur beauté et de ma piété. Mais, au milieu de ces exploits architecturaux, une illumination m'a frappé, la nuit dernière, que je considère comme comparable à celle qui a précipité les Mages vers le village perdu de Bethléem. Pourquoi, me suis-je dit, encourager la propagation d'une foi encore incertaine, annoncée par quelques rabbis peut-être mal renseignés, au détriment d'une mythologie millénaire qui a contribué à la grandeur de Rome et de la Grèce ? Comment un Dieu unique, fût-il Yahweh, pourrait-il être plus puissant que cette assemblée de dieux dont chacun a son utilité et sa spécialité ? Quel que fût son pouvoir, Yahweh devrait, pour se conformer à la Thora, surveiller et diriger à lui seul les besoins d'une humanité innombrable, grouillante, proliférante, qu'il s'agît d'accouplements, de commerce, de fécondité, d'agriculture, d'appétits quotidiens ou de méditations philosophiques. Etait-ce raisonnable de remplacer les demi-dieux et les déesses, réunis sous l'autorité tonnante de Jupiter, par un quelconque nourrisson dont on ne connaissait ni l'origine ni les mérites ?

J'ai fait part de mon opinion à Gamaliel et il a reconnu que je risquais gros en laissant le champ libre à ces « novateurs » et que, si je ne tentais pas de leur clore le bec au plus tôt, j'irais contre la logique de l'esprit et les vœux de Rome, d'Athènes et de Sparte, lesquelles veillaient à notre sauvegarde. Néanmoins, à son avis, le mieux était de laisser les rumeurs extatiques de quelques-uns s'apaiser d'elles-mêmes au fil des jours. Je lui objectai que nos compatriotes étaient trop friands de ce genre de légendes pour y renoncer de leur plein gré. Nous en avons discuté longuement et j'ai fini par le convaincre que le plus simple était de tuer l'affaire dans l'œuf. Il en était encore temps puisque, selon mes informateurs, l'enfant qu'on voulait présenter comme un messie venait à peine de naître. Immédiatement mon esprit pratique se mit en mouvement. Je calculai que, pour parer à toute éventualité, il était urgent d'envoyer à Bethléem et dans les environs un nombre convenable de mercenaires chargés de massacrer les jeunes enfants mâles. Ces mercenaires, étant d'origine germaine, gauloise ou thrace, n'hésiteraient pas devant une besogne qui ne concernait que des familles juives. D'autant que, selon moi, il suffirait de supprimer les garçons de deux ans et au-dessous, puisque le Messie, étant né tout récemment, ne pouvait avoir dépassé cet âge. Connaissant à peu près le faible contingent d'habitants de Bethléem, un rapide calcul m'a permis d'évaluer à quelque cinquante la quantité de la marmaille en question. Un nombre dérisoire, en somme. Comme ce brave rabbi se désolait malgré tout du chiffre potentiel des victimes, je lui ai fait observer qu'à cet âge tendre l'enfant n'avait encore aucune notion de ce qu'était la vie et qu'en la lui ôtant, on ne le privait de rien puisqu'il n'avait pas eu le temps d'y goûter.

Alors, il a essayé de me fléchir en me parlant des parents de ces petits martyrs et je lui ai fait remarquer qu'il était moins pénible à une mère ou à un père de voir disparaître un innocent, qui n'avait même pas eu la possibilité de comprendre ce qui lui arrivait, que de voir périr un adolescent florissant dans les affrontements d'une guerre, les désordres d'une émeute ou les éboulements d'un cataclysme naturel. Au fond, lui ai-je expliqué, en détruisant cette progéniture, ni plus ni moins prometteuse qu'une autre, je soulage les parents de leurs soucis, les rabbis de leurs interrogations angoissées et nos protecteurs romains d'un danger d'hérésie. Il a un peu tergiversé, m'a demandé à réfléchir encore et, comme ma résolution lui a paru à la fois inévitable et inébranlable, il l'a approuvée avec un soupir en ajoutant :

– Il faut parfois saigner le peuple pour le guérir d'une maladie qui le dévore et contre laquelle il ne sait plus se prémunir.

J'ai donc convoqué immédiatement Banous, le chef de ma garde personnelle, et lui ai donné des instructions précises sur la façon de procéder : à mon sens, il faudra agir vite, en passant de maison en maison, aux premières lueurs de l'aube, pour être sûr de trouver tous les enfants sur place. Les ayant repérés, on les égorgera rapidement, sans les faire souffrir, sans fournir aucune explication aux parents, ni écouter leurs lamentations, et on ne quittera les lieux qu'après s'être assuré qu'aucun petit mâle de moins de deux ans n'a survécu à l'holocauste. Banous m'a remercié de la confiance que je lui témoignais en le désignant pour cette entreprise de régénération par la mort, et m'a promis que je n'aurais pas à regretter le choix des moyens mis en œuvre. Plein d'ardeur, il envisageait de se mettre en campagne dès le lendemain.

Après son départ, j'ai éprouvé un étrange sentiment de fierté mêlée d'angoisse devant la décision que je venais de prendre. Certes, j'avais déjà fait périr tant de gêneurs, plus ou moins notables, pour parvenir au trône de Judée que je n'allais pas m'inquiéter de ce banal massacre d'innocents auquel j'étais acculé par la nécessité politique. Et pourtant je craignis, en me couchant ce soir-là, d'être empêché de dormir par des cauchemars absurdes. Mais, contrairement à mon appréhension, aucune vision de cadavres puérils à la gorge tranchée n'est venue troubler mon sommeil. Je n'ai jamais dormi aussi sereinement. Cela m'a rassuré à la fois sur ma bonne santé et sur l'opportunité, peut-être cruelle, de ma conduite.

Je viens de rouvrir les yeux. Rien n'a changé autour de moi ni en moi. Comme il est grand matin, je m'accorde le plaisir de traîner encore une heure sous mes couvertures bien chaudes. C'est là un des humbles bonheurs de la vie accordé à tout âge et à toute fortune. J'évite de songer à ceux qui n'auront pas la chance de voir, comme moi, en ce moment, la lumière du jour éclairer leur fenêtre. D'ailleurs, il n'est plus temps de rêver.

Gamaliel entre en coup de vent et m'apprend, dès le seuil, que Banous et ses hommes sont déjà partis. Ils se sont fait accompagner, me dit-on, par deux rabbis d'esprit accommodant. Auraient-ils besoin d'une excuse alors que, moi, je n'en cherche aucune ? Je sens que ma journée sera gâchée par l'impatience ; je vais m'offrir un festin avec de la gazelle rôtie et des friandises au miel, et j'inviterai à ma table quelques-unes de ces hétaïres dont les Phéniciens et les Carthaginois protègent le commerce. J'étais sur le point de leur passer une commande de danses et de caresses lascives, lorsque Gamaliel m'a fait observer que ce jour de tuerie ne pouvait être, en même temps, un jour de débauche. Ce scribe ultra-scrupuleux a raison. Il est important que, dans les circonstances actuelles, personne ne puisse rien me reprocher. Je prendrai donc un bain de vapeur pour me purifier, je mangerai seul dans mon triclinium, je ne boirai que de l'eau parfumée de vinaigre et j'attendrai ainsi, le ventre à l'aise et l'esprit net, le résultat de cette immolation religieuse généralisée que je me vante d'avoir prescrite et dont je suis convaincu que je n'aurai jamais à rougir. D'ailleurs, je ne sais pas rougir. Ni mon caractère altier ni mon passé de combats ne m'ont préparé à cette défaillance. Vais-je y céder au seuil de la vieillesse ?

3

GAMALIEL me signale que, depuis quelque temps, j'ai piètre mine. Un mal secret me ronge les entrailles. Tous les scribes étant un peu médecins, il me soigne avec des remèdes dont les recettes sont ancestrales. Mais j'ai l'impression que plus la résolution meurtrière et mystique dont je pris l'initiative élève mon âme, plus mon corps se dégrade et pourrit. Est-ce la nourriture, le climat, le manque d'exercice ? Toute ma carcasse est en alerte permanente. Je ne vis plus, je me défends contre un ennemi. Et je ne saurais dire contre lequel ! Contre moi-même peut-être ? Mes intestins sont en feu. Le pus s'échappe de ma chair craquelée. Quelqu'un parmi mes proches ne cherche-t-il pas à m'empoisonner ? Mais qui ? Et pourquoi ?

Par bonheur, Banous et son équipe viennent de regagner Jérusalem. Selon Banous, l'élimination systématique s'est déroulée à Bethléem selon mes prévisions. Presque tous les enfants ont été égorgés pendant leur sommeil après qu'on eut pris soin d'éloigner leurs parents. Beaucoup de larmes, beaucoup de sang, bien sûr, mais c'était inévitable ! Voilà que, maintenant, je sens mauvais de la bouche. C'est une infection ! A croire que des centaines de cadavres obstruent ma gorge et respirent à ma place. Banous lui-même s'est bouché le nez, tout à l'heure, en s'approchant de moi. Alors, je lui ai demandé de me jurer que, à Bethléem, tous les garçons de moins de deux ans avaient été sacrifiés comme nous en étions convenus. Il s'est troublé, a balbutié et a fini par admettre que deux ou trois bébés de sexe mâle avaient échappé au massacre, leurs parents ayant devancé les immolateurs. Mais ces fuyards, dont on ignore le nom, ne pourront aller loin et seront rattrapés quel que soit leur refuge actuel. C'est du moins ce que m'a affirmé Banous. J'étais si malade que je n'ai même pas eu la force de lui reprocher cette lacune.

Cependant, quelques heures plus tard, m'étant retrouvé tête à tête avec Gamaliel, j'ai murmuré : « Et si celui qu'ils ont laissé s'enfuir était celui qui nous perdra ? » Gamaliel a eu alors cette réflexion étrange : « Il ne peut pas nous perdre puisqu'on l'annonce comme étant le Sauveur ! » Je haussai les épaules et grommelai : « Crois-tu vraiment ce que tu dis ? » Il répliqua : « Je crois tout ce qu'on raconte car c'est mon métier de tout entendre et de tout répéter. Ce monde est si absurde qu'il n'y aura jamais assez de dieux pour s'en occuper. Entre Jupiter et Yahweh, ce n'est pas nous qui choisirons ! » « Et qui donc ? » ai-je demandé. Il a souri dans le vide et a répondu : « La suite des temps ! »

Je l'ai prié de bien noter ces paroles, car je ne sais plus où j'en suis, avec qui je suis, et même qui je suis au juste.

Mon mal gagne en profondeur. Le cœur, les poumons, l'estomac même sont atteints. Je vomis tout ce que j'avale.

Aujourd'hui, Gamaliel m'a fait transporter en litière aux eaux de Callirhoé, près de la mer Morte, en espérant que les bains chauds et sulfureux soulageraient mes douleurs. Or, à peine me suis-je trempé dans la piscine tiède et odorante que je me suis évanoui. Je suis revenu à moi entouré de fantômes. Il me semblait, dans mon délire, que toutes mes victimes, encore sanglantes, me faisaient un cortège. Mais c'était un cortège de gloire. On eût même dit qu'elles me suppliaient d'augmenter leur nombre. Pour ne pas leur refuser ce plaisir, j'ai ordonné d'exterminer après ma mort les personnages les plus considérables du royaume de Judée. Puis, ayant longuement considéré mon fidèle Gamaliel, j'ai chargé, en secret, mon exécuteur des basses œuvres, l'indispensable et indéfectible Banous, de lui trancher la gorge, cette nuit, durant son sommeil.

4

CHOSE FAITE. Gamaliel n'est plus et c'est tant mieux pour nous. Il en savait trop sur moi, sur nous, sur Rome, sur la Judée. Quand ils sont fouineurs et documentés à ce point, certains cerveaux risquent d'exploser et les éclats peuvent blesser cruellement leurs proches qui n'y sont pour rien. Je n'ai plus besoin de scribe. Les quelques lignes que j'écris à grand-peine sur ce papyrus, je les ai tracées moi-même. J'ai d'ailleurs précisé : « Cela est de ma main à moi ! » Et j'ai apposé, au bas du texte, mon cachet personnel. Maintenant, je vais rouler ces pages et les fermer par un cordonnet. Si quelqu'un les retrouve, que ce soit dans une semaine ou dans cent ans, il comprendra pourquoi le massacre de ces innocents était la meilleure façon de régler une affaire compliquée entre les dieux de l'Olympe et le Dieu du prétendu Messie.

Gamaliel avait appelé un astrologue à mon chevet. Ils s'étaient concertés et m'avaient annoncé, avec ménagement, que je mourrais, sans doute, dans quelques jours, au retour de la pleine lune. Cette certitude me soulage. La vie me pèse trop depuis que mon corps ne veut plus de moi. Je ne cesse de penser à ces enfants qui, soi-disant, ont échappé à la destruction collective que j'avais organisée. Ignorant leur nom exact, je ne puis ni les louer ni les maudire. D'ailleurs, je ne me sens en rien coupable à leur égard. Peut-être même est-ce grâce à ce défaut d'exécution dans le massacre, dont je revendique l'initiative, qu'un de ces chanceux passera pour un miraculé aux yeux des faibles d'esprit ? Sans le vouloir, je lui ai donné l'occasion d'être honoré comme il ne l'aurait jamais été s'il avait subi le sort de ses petits congénères. Evidemment, il y a les femmes enceintes qui, ce jour-là, pouvaient encore porter un petit mâle dans leur ventre ! J'aurais dû, pour plus de sûreté, les faire supprimer par la même occasion. Je veux croire qu'elles ne mettront au monde que des filles ! Au fond, si un gamin est sorti indemne de cet indispensable carnage, il me devra tout ! Dans un dernier effort de compréhension et de soumission, j'implore, à la fois, Jupiter et Yahweh. Comment tenir la balance égale entre ces deux-là ? J'espère que les générations futures auront la sagesse de laisser cette question sans réponse jusqu'à la fin des temps. N'ayant plus rien à ajouter au récit d'une affaire qui, si elle agite mes contemporains, sera sans doute oubliée dans les siècles à venir, je signe, en toute sérénité et en toute sincérité : Hérode, roi de Judée.

Jane
ou les abus de l'innocence

JANE venait de fêter ses neuf ans, lorsque ses parents lui annoncèrent qu'ils allaient divorcer. Cette nouvelle fut le plus beau cadeau d'anniversaire qu'elle eût reçu d'eux depuis sa naissance. Transportée de joie, elle leur sauta au cou, à l'un et à l'autre, et les étouffa de baisers. Pourtant elle aimait bien son père, Antoine Bicheroux, un important industriel qui fabriquait des produits pharmaceutiques, ne souriait jamais, n'ouvrait la bouche que pour se plaindre du gouvernement, des retards de la poste et des machinations de l'administration fiscale acharnée à sa ruine. Partisan résolu de l'ouverture des frontières, c'était lui qui avait insisté pour que le prénom de Jeanne, jugé trop banal, trop « franchouillard », disait-il même, fût transformé en Jane, dont la consonance anglo-saxonne l'enchantait. Maman avait émis quelques réserves sur une appellation britannique dont elle craignait que son entourage ne comprît pas la nécessité. Mais Papa lui cloua le bec en affirmant que, par cette décision, il mettait leur fille « dans le vent de l'époque ». Maman n'accepta qu'à contrecœur ce baptême opportuniste. Sans doute souf-

frait-elle de voir son enfant chérie passer de l'ombre tuté-
laire d'une Jeanne d'Arc à celle, sanglante, d'une Jane
Grey, qui fut détrônée par Marie Tudor et décapitée en
punition de ses prétentions à la couronne d'Angleterre.
Ce désaccord patronymique fut le point de départ des
nombreuses disputes qui ne cessèrent de secouer le couple.
Auprès de cet époux sentencieux, grisâtre, prévoyant et
triste comme la vitrine d'une des pharmacies de son
groupe, Géraldine était toute pirouettes, aguicheries, facé-
ties et artifices féminins. Cette coexistence entre gravité
et fantaisie, entre pesanteur et légèreté, ne pouvait se tra-
duire que par un échec. Il y avait onze ans que, de dispute
éclatante en réconciliation éphémère, les deux conjoints se
préparaient au pire. La rupture avait été indolore, le procès
en divorce rapidement mené et le résultat correct, tant sur
le plan des rapports humains que sur les dispositions finan-
cières. Bien entendu, la justice avait attribué la garde de
l'enfant mineure à la mère. Géraldine avait également
conservé l'appartement et la moitié du mobilier. Comme
c'était elle qui s'était occupée jadis de la décoration de leur
intérieur, elle avait eu priorité lors du partage des objets.
Elle avait tant de goût et elle était si jolie avec son visage
triangulaire aux yeux marron-vert, fendus en amande, et
à la bouche purpurine, que, même séparé d'elle, son ex-
mari ne pouvait rien lui refuser.

Pourtant, une fois les détails matériels réglés à l'amiable
avec Antoine Bicheroux, il restait à Géraldine un problème
capital à résoudre : le choix d'un « successeur ». Ce fut
l'affaire de quelques jours. Manifestement, elle avait déjà
un « candidat » en vue au moment de ses derniers déboires

sentimentaux. S'agissait-il d'un envoyé du Ciel qui croisait la route de Maman à l'heure de sa plus grande solitude ? Jane n'eut pas le temps de se poser la question. A peine sa mère avait-elle prononcé devant elle le nom de cet inconnu providentiel que l'homme était dans la place, comme chez lui. Cette fois, on évita, d'un commun accord, les ridicules complications d'un mariage bourgeois et on se contenta d'un solide concubinage. Il se nommait Norbert Baruch. Un nom sans nationalité précise, ce qui, aux yeux de Géraldine, était un gage de sécurité. Le physique, lui aussi, était apaisant. Un grand gaillard, aux épaules de débardeur, au regard franc, à la voix de baryton, ne critiquant rien ni personne, satisfait de tout et ne fourrant jamais le nez dans les comptes du ménage. Quant au métier de son compagnon, Géraldine disait, sans autres précisions, qu'il « évoluait dans les milieux bancaires ».

Ce qui amusait particulièrement Jane, c'étaient les efforts de sa mère pour séduire le nouveau venu. Rajeunie par le souffle de l'aventure, Géraldine était à toute heure du jour radieuse, maquillée, coiffée et vêtue à son avantage. Depuis que Norbert Baruch était entré dans la maison, il semblait à Jane que sa mère jouait le rôle principal dans un spectacle improvisé. Parfois d'ailleurs, la fillette croyait qu'elle aussi était sur scène et participait, sans le vouloir, à une entreprise de coquetterie. Exclue, en principe, d'une compétition réservée aux grandes personnes, elle se sentait responsable, à son insu, de la réussite du défi. Sa mère et elle ayant partie liée, sans en convenir vraiment, il n'était pas rare que Jane se figurât avoir trente ans, alors que Maman n'en avait que neuf. Cette confusion des âges, des visages et des élans amoureux était aussi excitante pour elle que la consommation d'un alcool interdit aux enfants. Rien ne rebutait Jane dans cette conjonction insolite, elle accueillait même avec allégresse l'invasion de certains placards par des vêtements d'homme et l'apparition d'articles de toilette masculins sur les étagères du lavabo. Pourtant elle redouta une anicroche sérieuse dans l'organisation de leur petit groupe le jour où Norbert Baruch déclara que, ses affaires devenant de plus en plus complexes et contestables, il tenait à reprendre à ses côtés l'homme de confiance qui lui avait toujours servi de conseiller financier, son frère aîné, David Baruch. Transfuge des bureaux de la haute administration et ancien élève de l'Ecole nationale des impôts, ce personnage exceptionnel avait, disait-on, toute la législation fiscale et toute la jurisprudence civile réunies dans son crâne biscornu. Jane craignit quelque peu l'intrusion de ce protagoniste omniscient dans la famille. Mais le premier contact qu'elle eut avec lui la tranquillisa et l'enrichit même de quelque espoir. D'abord parce que David Baruch la félicita d'emblée d'avoir choisi « l'orthographe mondialiste » pour son prénom (« Jane, c'est tellement plus original que Jeanne ! »), ensuite parce qu'il lui conseilla de garder ses nattes telles quelles, malgré les aléas absurdes de la mode.

En revanche, la physionomie de ce même David Baruch la décontenança par sa rude laideur. Il avait de gros traits, un front bas, une mâchoire de gorille et d'énormes oreilles décollées, en forme de choux-fleurs. Malgré son air rébarbatif, il était très aimable à l'égard de la fillette et l'aidait avec beaucoup de patience et de perspicacité dans ses devoirs de mathématiques. Toutefois, par un étrange effet de régression, plus il s'efforçait de se mettre à la portée de l'enfant au fil de ses explications, et plus elle se guindait dans la réticence. Néanmoins, de répétition en répétition, leur petit groupe hétéroclite finit par se détendre dans l'habitude et la complaisance.

Tout allait pour le mieux lorsqu'un choc inattendu arrêta net leurs efforts de mutuelle compréhension. Jane n'aurait su dire au juste à quel instant la réaction initiale s'était produite dans son esprit. Un mercredi après-midi, probablement, jour de congé, alors qu'elle regardait à la télévision un programme sans intérêt. Soudain des images insolites, pimentées de commentaires indignés, la stupéfièrent. Selon le présentateur, deux mois auparavant, au lycée Crébillon, une fillette de onze ans, Odette Billoud, avait subi des attouchements indécents de la part de son professeur de dessin. Or ce dernier, Gustave Labiole, un homme de trente-sept ans, marié et père de famille, n'avait été l'objet d'aucun soupçon jusqu'à ce jour. Jane, qui, elle, était élève au lycée Edouard-Estaunié et ne connaissait personne au lycée Crébillon, n'en fut pas moins secouée par la révélation. Le journaliste qui relatait l'événement en paraissait lui-même bouleversé. Il racontait que la malheureuse enfant, effrayée et honteuse à la fois, avait cru devoir révéler « la chose » à son professeur de sciences naturelles, Mlle Choisi. Celle-ci, frappée d'horreur, avait aussitôt averti « qui de droit » et, de proche en proche, le scandale avait franchi les portes du lycée Crébillon, gagné plusieurs commissariats, offusqué la brigade de la protection des mineurs et submergé les salles de rédaction des journaux.

Jane avait vaguement entendu parler de ce remue-ménage en classe, mais jamais avec autant de précision et de gravité. Ce crime de pédophilie ayant éclaboussé à la fois la petite Odette Billoud, la famille Billoud dans son intégralité, le lycée Crébillon et tout le corps enseignant de France, il y avait eu enquête sur enquête, essai de reconstitution sur place, interrogatoires successifs de l'intéressée et des témoins, consultation de psychologues patentés, dépôt de plainte, procès, plaidoiries, aveux apeurés et éplorés du coupable. La presse et la télévision avaient tout épluché, tout photographié, tout commenté avec une gourmandise écœurée. Maintenant, Gustave Labiole, repoussé par sa famille et vomi par l'université, était en prison et Odette Billoud souriait, radieuse d'innocence, en première page des quotidiens et sur les écrans de télévision. Or, pour Jane, qui avait suivi l'aventure de bout en bout avec passion, cette fille n'était même pas jolie. L'air d'une brebis séparée de son troupeau et qui ne sait plus où aller ! Evidemment, dans le cas d'Odette Billoud, cet aspect vulnérable pouvait plaire au grand public. Mais, chez les filles, on a moins d'indulgence et plus de flair que la masse énorme des lecteurs. Dès son retour en classe, au lycée Edouard-Estaunié, Jane se replongea, jusqu'au cou, dans l'affaire des caresses suspectes. Où était le vrai, où était le faux ? Difficile à dire ! Comme on ne parlait plus que de « ça » pendant les récréations, Jane se surprit à considérer ses professeurs sous un autre angle. Elle, qui ne voyait en eux, jusqu'à ce jour, que des espèces de dictionnaires ambulants, de manuels scolaires à deux pattes, songea qu'ils avaient peut-être en tête des sentiments humains et même bassement matériels, dont elle ignorait tout. Elle ne souffrait plus d'en savoir moins qu'eux sur les règles des mathématiques ou sur les principales dates de l'histoire de France, mais elle déplorait d'être plus démunie qu'eux devant les grands pièges et les grands plaisirs des adultes. Sans se l'avouer, elle guettait, à chaque instant, le geste incongru, sur elle-même, d'un de ces maîtres soi-disant irréprochables mais souvent plus soucieux de pervertir leurs élèves que de les instruire. Or, visiblement, depuis « l'affaire Odette Billoud », tous les enseignants, à quelque lycée qu'ils appartinssent, étaient sur leurs gardes. Même quand le professeur d'histoire et géographie, ce bon M. Georgel, se penchait sur l'épaule de Jane pour lui signaler qu'elle s'était trompée d'un siècle en citant, dans sa copie, la date de telle bataille ou de tel traité, il s'arrangeait pour se tenir à distance respectueuse. Là-dessus, intervint une affaire louche concernant un curé qui prenait des gamins sur ses genoux pour les confesser plus commodément. L'Eglise essaya d'étouffer le scandale, la presse fit tout pour l'ébruiter. Puis on s'intéressa à deux autres histoires de mains vagabondes, de parents complices et de victimes mineures, trop timides pour se plaindre puisque la notion de « mal » leur était inconnue. Déjà, le mot de pédophilie était sur toutes les lèvres et l'épidémie gagnait du terrain, à Paris comme en province. Garçons ou filles, nul n'était à l'abri du fléau. Tout individu attendri par un jeune visage était à la merci d'une dénonciation. Cet état d'alarme permanente, aussi bien du côté de la virginité menacée que de la virilité soupçonnée, donna à Jane l'impression d'avoir enfin acquis, au sein du « microcosme social », l'importance qu'elle méritait. Son âge était donc, à lui seul, un atout dont elle ne s'était encore jamais avisée. La qualité juvénile de son personnage était si éclatante qu'elle s'étonnait de constater qu'aucun des enseignants n'y prêtât attention. De toute évidence, paralysé par l'appréhension, nul n'osait transgresser la consigne. Devant ce troupeau de faux savants et de faux bonshommes, elle souffrait vaguement de leur indifférence comme d'une impolitesse à son égard. On ne s'occupait plus d'elle en classe. Personne ne semblait s'apercevoir de la douceur de sa peau, de sa coiffure aux nattes savamment tressées, de son sourire ingénu. Vexée, elle enviait la petite Odette Billoud, dont les mésaventures, plus ou moins romancées, continuaient à passionner le public. Mais déjà, un pédophile chassant l'autre, on finissait par confondre les outrages, les circonstances, et les sanctions encourues par eux. Chaque jour, on débusquait un autre affamé de chair fraîche sous des dehors d'homme respectable. On reparlait à présent, dans la presse, de ce garçon de huit ans victime d'un prêtre aux intentions équivoques. Des journalistes harcelaient l'enfant, « au nom de la morale », pour avoir des détails croustillants sur les privautés qu'il avait pieusement endurées.

Baignant dans cette littérature d'indiscrétions sournoises, de louches découvertes et d'indignations parentales, Jane s'en trouvait injustement exclue. Ce fut vers cette époque-là que, dépitée par le peu d'intérêt qu'elle présentait aux yeux des très rares et très improbables pédophiles de l'Éducation nationale, elle résolut de se passer d'eux pour parvenir à ses fins. Depuis longtemps, elle avait remarqué à quel point David Baruch, qu'elle appelait oncle David, bien qu'il ne fût que le frère du concubin de sa mère, prenait à cœur les devoirs d'arithmétique qu'elle exécutait sous son contrôle. Elle lui reprochait toujours autant ses gigantesques oreilles décollées et écartées des tempes, telles les anses d'une soupière, et sa lippe rouge et vorace de gros mangeur, mais il avait dans la voix et dans le regard toute la douceur qui manquait au reste de son visage. Quand il tentait d'expliquer à Jane une erreur de calcul ou les subtilités d'une équation, il lui mettait souvent la main sur l'épaule pour l'encourager dans son effort. Ce n'était d'ailleurs pas une sensation déplaisante. Elle l'interprétait comme un signe de ralliement et un joli témoignage de leur intimité familiale. Puis, cette attitude devenant quotidienne, elle se demanda soudain s'il ne s'agissait pas là d'un de ces attouchements pervers entre un adulte et une enfant dont les gazettes nourrissaient leurs colonnes. Cette idée l'amusa tellement qu'elle n'en dormit pas de la nuit.

Le lendemain matin, sa décision était prise. Elle attendit d'être retournée en classe et de pouvoir s'isoler, à la fin du cours, avec son professeur de français, Mme Ruchez, afin de lui faire part incidemment de ses soupçons. Depuis « l'affaire Odette Billoud », Mme Ruchez, au lycée Estaunié, prenait exemple sur Mlle Choisi, du lycée Crébillon. Toutes deux étaient réputées pour leur intransigeance et leur pugnacité dès qu'on touchait aux candeurs sacrées de l'enfance. La timide confidence de Jane eut sur Mme Ruchez un effet foudroyant. Jane avait touché juste. Désormais tous les projecteurs allaient se braquer sur elle.

Habile à déceler la lubricité atavique du mâle chez les individus en apparence les plus anodins, Mme Ruchez interrogea longuement Jane sur la nature et la durée des témoignages de prétendue affection qu'elle avait reçus de David Baruch. Jane prit un vif contentement à lui décrire par le menu le comportement de son « oncle ». Elle parla du poids tiède et doux de la main qui effleurait sa nuque, du souffle oppressé qui caressait sa joue, de l'odeur d'eau de Cologne et de tabac qui flottait autour de lui quand il s'approchait d'elle. Comme Mme Ruchez, décidément insatiable, l'interrogeait encore après chaque bribe de réponse en suppliant : « Et alors ? Et après ? Dites-moi tout, mon enfant ! », Jane se plut à en rajouter pour corser le menu. Sans penser à mal et pour achever le tableau sur une note brillante, elle parla en souriant, de manière énigmatique, d'« autres frôlements ».

– Précisez ! Précisez, ma petite ! s'écria Mme Ruchez. Nous tenons le bon bout ! Ces frôlements ont-ils eu lieu à son initiative ? Et à quel endroit précis ? C'est important ! Sous la jupe ? Sous la petite culotte ?

Craignant d'en avoir trop dit, Jane se ressaisit et murmura :

– Presque rien... Sous... sous la jupe...

– Vous a-t-il palpée, ou, pardonnez-moi le mot, pénétrée ?

Prise au dépourvu et ignorant la signification exacte de cette « pénétration », Jane balbutia :

– Palpée...

– Et c'est tout ? Vous ne me cachez pas quelque broutille ?

Jane fit appel à ses souvenirs, ne trouva rien d'autre à dire, et ajouta simplement que, le jour où David Baruch lui avait touché le mollet, ç'avait été pour tâter ses muscles et la féliciter d'avoir remporté la course de deux cents mètres lors de la compétition entre classes organisée par le professeur de gymnastique. Mais Mme Ruchez ne tint aucun compte de cette circonstance atténuante et jugea indispensable de « signaler les faits » à l'infirmière, à l'assistante sociale et, au-delà, à la directrice de l'établissement. Celle-ci courut, toutes affaires cessantes, avertir la police et les parents de la victime. En quelques minutes, Jane assista au déclenchement d'une procédure à la fois judiciaire, médiatique, sociale et familiale, dont, malgré les nombreux exemples du passé, elle n'avait pas prévu les dimensions. D'abord, au cours d'une discussion orageuse à la maison, l'amant de sa mère, le brave et paisible Norbert Baruch, traita son frère David de « pédophile nauséabond » et de « fouteur de merde ». Après quoi, sans écouter les protestations d'innocence du malheureux, il lui asséna, en pleine face, un coup de poing qui lui écrasa le nez dans un flux de sang. Comme Géraldine tentait de s'interposer entre eux, David rugit :

– Vous êtes tous devenus fous ! Je n'ai rien à me reprocher ! Je ne remettrai plus les pieds dans cette sale baraque !

– Heureusement pour toi, répliqua Norbert, car, si tu t'avisais de le faire, je te balancerais par la fenêtre, pour que tu ailles crever parmi les poubelles, sur le trottoir !

Plus tard, tout en se félicitant du scandale provoqué grâce à elle, alors qu'on la croyait trop insignifiante pour mériter la moindre attention, Jane regretta que David Baruch eût quitté la maison. Avec son air bourru, son nez cassé, ses épaisses oreilles aux pavillons plantés n'importe comment de part et d'autre du crâne, il faisait partie des meubles, il lui appartenait. Mais le plus délicat pour elle fut l'obligation de répondre ensuite, jour après jour, aux questionnaires insidieux des enquêteurs et des psychologues de tout acabit qui se succédaient pour éclaircir son cas.

A deux pas de là, les parents, qu'on avait éloignés pour ne pas troubler l'enfant, tendaient l'oreille et échangeaient des regards consternés. Après une longue réticence, la psychologue principale qui dirigeait toute l'équipe exigea de confronter Jane avec son « séducteur ». En revoyant la fillette, David explosa :

– Mais c'est faux ce que tu dis là, Jane. Jamais il n'y a eu la moindre équivoque entre nous ! Jamais je ne t'ai fait ça !

– Si, tonton, rétorqua Jane, angélique. Tu l'as fait. Et chaque fois, tu me remerciais en m'offrant un bonbon.

Elle avait inventé ce détail la nuit précédente. C'était sa meilleure trouvaille ! Elle en dégustait l'astuce en observant la figure défaite de son vis-à-vis. A présent, n'importe quelle tromperie qui lui venait à l'esprit étayait si exactement sa thèse qu'elle ne se lassait pas de triompher, à son âge, de tous ces adultes si férus de leur savoir et de leur expérience. Enivrée de fierté, elle s'épanouissait dans la réussite du plus ingénieux des maléfices.

– Des bonbons ? bredouilla David Baruch, comme tiré d'un rêve. Quels bonbons ?

– A la menthe. J'en ai encore dans la poche de mon manteau... Tu veux les voir ?

Les enquêteurs et les psychologues buvaient du petit-lait et prenaient des notes sur leurs carnets. On allait en avoir pour son argent. Décontenancé, ahuri, accablé, David Baruch répétait obstinément :

– Ne l'écoutez pas ! Elle dit n'importe quoi ! Elle fabule ! Vous n'allez pas vous laisser embobiner par une gamine qui a vu trop de saloperies à la télé !

Pendant qu'il parlait, Jane avait tiré de la poche de son manteau un bonbon à la menthe enrobé de papier transparent et le lui tendait dans le creux de sa main. Elle avait tout prévu ! David Baruch détourna ostensiblement les yeux et fit un rictus de mépris. Mais l'affaire du bonbon à la menthe n'avait pas échappé à la psychologue principale, une femme maigre, jaune, et au regard perçant derrière des lunettes à double foyer. Inexorable et sentencieuse, elle donna son opinion sur la sexologie enfantine dans l'univers actuel.

– Il est exact que les enfants sont enclins à fabuler, dit-elle, mais, s'ils le font, c'est toujours par une impulsion spontanée et sans lendemain. Dans les cas très rares où ils persévèrent dans les mêmes fantasmes à longueur d'interrogatoire, il faut y voir un signe de sincérité absolue. Je serais tentée d'affirmer que la permanence de la déposition de mademoiselle, l'invariabilité des précisions qu'elle nous fournit à chaque rencontre sont des preuves de la véracité de son récit.

Les yeux exorbités, la bave aux lèvres, David Baruch hurla, face à une Jane impassible :

– Et qu'est-ce que j'y faisais, dans ta culotte ?

– Je ne sais pas au juste, tonton, répondit-elle d'un air candide. Sans doute suis-je trop petite pour m'en rendre compte. En tout cas, tu y mettais ton doigt. Tu t'amusais à ta façon. Ça te faisait plaisir, je pense.

– Etait-ce vraiment un doigt qu'il y mettait ? demanda un enquêteur.

– Quelquefois deux...

– Jamais autre chose ?

– Ça, je ne sais pas ! Je ne suis pas allée voir...

David Baruch ne put s'empêcher d'intervenir, une fois encore, en criant :

– Et toi, que faisais-tu pendant ce temps-là ?

– J'attendais mon bonbon !

Après ce questionnaire, qui avait nettement tourné à son avantage, Jane dut se résoudre à subir un examen clinique, lequel révéla que sa virginité était intacte. Il n'y avait eu ni viol ni agression sexuelle d'aucune sorte. A la suite de cette constatation, une cellule composée d'un pédopsychiatre, d'un médecin, d'un psychologue et d'un avocat se réunit pour décider de l'orientation à donner aux faits : justice pour le coupable, protection psychologique pour l'enfant et thérapie familiale pour les parents. Tandis que les médias s'emparaient de ce cas de débordement sexuel, si caractéristique des mœurs de l'époque, Jane vivait des heures de gloire ineffables. Protégée dans sa supercherie par les lois de son pays et par son caractère impavide, elle planait. A présent, elle était sûre qu'on pouvait s'enorgueillir d'avoir réussi un beau mensonge, comme un artiste éprouve un plaisir d'amour-propre à la contemplation de son meilleur tableau.

Bien qu'on essayât de ne pas évoquer, à table, une conjoncture aussi délicate, Jane finit par apprendre que David Baruch, son « suborneur », avait été arrêté sous l'inculpation d'atteintes sexuelles sur la personne d'une mineure, qu'il serait jugé incessamment, qu'il avait un bon avocat et qu'il s'en tirerait peut-être avec quelques années de prison. Jane déplorait certes qu'il fût si durement puni alors qu'il n'avait rien à se reprocher. Mais, dans le face-à-face qui les avait opposés, c'était à elle ou à lui de trinquer. Elle avait été plus rapide et mieux inspirée que lui. Allait-elle le regretter ? D'ailleurs, on parlait déjà moins du scandale Baruch dans la presse. Pour rameuter les lecteurs autour de cette affaire et d'elle-même, Jane donna quelques interviews. Dans l'ensemble, elle prétendait que c'était en regardant à la télévision, mais à l'insu de ses parents, un film pornographique intitulé : *La Cabane aux douze plaisirs* qu'elle avait appris l'engouement de certains hommes mûrs pour les enfants en bas âge. Cet écho ralluma momentanément l'intérêt du public pour la recherche systématique des pédophiles. Quelques plumes célèbres s'attendrirent sur l'enfance profanée par des misérables et des maniaques, on dénonça à nouveau l'exploitation bassement commerciale de l'obscénité au petit écran. Puis l'affaire retomba dans l'oubli. David Baruch fut rapidement jugé, correctement défendu et condamné au minimum, soit deux ans d'emprisonnement et trente mille euros d'amende. Il ne fit pas appel. Norbert Baruch estimait que la sentence était trop clémente pour un forfait de cette taille. Géraldine, au contraire, plaignait le malheureux réprouvé et allait parfois lui rendre visite dans son cachot. Elle se demanda même, un jour, devant Norbert Baruch et en l'absence de Jane, si sa fille n'avait pas quelque peu noirci le tableau. Cette sollicitude de sa maîtresse à l'égard d'un frère corrompu et scélérat envenima les rapports du couple.

Dans cet interminable conflit, Jane trouvait, à chaque occasion, des excuses à la conduite du malheureux qui pourrissait au fond de son cachot de Fleury-Mérogis, alors qu'elle se gobergeait, toute guillerette, dans sa chambre. Pour justifier son bienheureux égoïsme, elle se disait qu'elle n'y pouvait rien, qu'il y avait là comme une fatalité naturelle, puisqu'il suffisait à un homme d'être attiré par la peau lisse et l'esprit piquant d'une jeune fille pour être au bord du plus abominable des vices masculins. Un adulte amoureux d'une femme-enfant n'est-il pas un pédophile qui s'ignore ? se demandait-elle même avec inquiétude. Dans ce domaine si délicat et si nouveau pour elle, Jane songeait que tout était affaire de choix, d'âge et de dosage. Il y avait tant de degrés dans l'inconduite ! Ne pouvait-on devenir monstrueux par accident, par inadvertance, tout en continuant d'être un bon mari et un père de famille respectable ? L'essentiel était dans la manière de présenter les choses et dans le soin qu'on prenait à ne pas offusquer ses proches.

Comme Géraldine, en dépit des remarques acerbes de Norbert Baruch, multipliait ses visites à Fleury-Mérogis, Jane assista une fois de plus, impuissante et narquoise, à la rupture entre sa mère et le compagnon dont elle se croyait nantie jusqu'à la fin de ses jours.

Jane allait sur ses onze ans. Elle attendait avec curiosité la suite des acrobaties sentimentales de sa mère. Or, il n'y eut pas de grands changements dans leurs vies à toutes les deux. Simplement, au bout d'un an et demi, David Baruch bénéficia d'une remise de peine et revint s'installer, de tout son poids, dans la maison d'où son frère venait de partir en claquant la porte. Jane retrouva avec bonheur les grandes oreilles décollées, la bouche dévoreuse et le regard narquois de celui qu'elle avait fait jeter en prison, par caprice. Or, il ne lui tenait pas rigueur d'avoir menti effrontément à la police pour le tourmenter. Il prétendit même que c'était un jeu entre elle et lui. Elle s'était montrée plus forte dans la tromperie que lui dans la vérité. Pourquoi donc lui en voudrait-il ? C'était de bonne guerre. Il disait : « Tu as joué tes meilleures cartes ! Je n'ai pas su utiliser les miennes ! » Cette formule à la fois ludique et sportive parut à Jane contenir la quintessence de la sagesse. Elle constata que sa mère, elle aussi, affichait une joie renouvelée en accueillant David Baruch, cet hôte inespéré ! Au fait, avait-il jamais quitté la maison ? Même quand on le croyait en prison, il était ici, transparent mais présent, à table, entre la mère et la fille. Ce fut pour Géraldine sa troisième liaison. Elle jura à Jane que ce serait « la dernière et la bonne ». On décida que Jane retournerait au lycée Estaunié comme si de rien n'était. Simplement, étant donné l'absurde réputation pédophilique de David Baruch, on recommanda à ce dernier de ne jamais aller attendre Jane à la sortie de l'école. En se tenant aux aguets derrière la grille, il réveillerait tous les ragots ! Ce serait, selon Géraldine, une provocation inutile et – sait-on jamais ? – une incitation à une rivalité entre fillettes du même âge, voire de la même classe ! Elle préférait, disait-elle, que « la chose » restât en famille. Elle fut entendue. Ayant obtenu gain de cause, Géraldine poursuivit la conquête de David Baruch et fut si persuasive que leur concubinage en vint à s'épanouir dans un mariage authentique. Bien entendu, les deux frères étant brouillés à mort, Norbert Baruch ne fut convié ni à la cérémonie officielle ni au repas de noces. En revanche, Jane eut la permission d'inviter sept petites amies à l'heure du cocktail. Elles arrivèrent toutes ensemble, attifées, pomponnées comme des princesses. David Baruch avait l'air égaré de bonheur. Il courait d'une fillette à l'autre et leur chuchotait à l'oreille des plaisanteries qui les faisaient rire aux éclats. Jane était un peu jalouse du succès de ses petites camarades. Sans en avoir l'air, Géraldine l'était également. Or, peu après, elle apprit, par une lettre très sèche de Norbert Baruch, qu'il partait pour l'Australie où il comptait ouvrir, avec un de ses amis américains, un gigantesque élevage de poulets aux environs de Sydney. Cette nouvelle fut accueillie au bercail comme une victoire collective. On se réjouissait à la fois de l'éloignement définitif du perturbateur Norbert et de ses prochains exploits dans le commerce de la volaille. Ils fêtèrent, tous les trois, à la maison, la raisonnable conclusion de cet imbroglio, avec un verre de champagne. Invitée, malgré son jeune âge, à cette petite fête familiale, Jane débordait d'une telle joie qu'après avoir trinqué avec Maman et David Baruch elle éprouva subitement le besoin de leur dire toute la vérité. Ivre à la fois de vin pétillant, de remords tardifs et de tendresse refoulée, elle balbutia :

– Tu sais, maman... Les caresses de David, ce n'était pas si important que ça... J'ai un peu exagéré...

Elle croyait que sa mère allait s'élancer sur elle, toutes griffes dehors, et que David Baruch allait la fusiller du regard. Mais ni l'un ni l'autre n'accusèrent le coup. Dominant leur juste rancune, ils lui souriaient avec un mélange de tristesse et de charité ironique.

– Je l'avais deviné, dit sa mère. Tu as menti par bravade. C'est fréquent, à ton âge. Me voici rassurée. Demande pardon à David.

Jane se leva de table et se jeta dans les bras de son beau-père. Il émanait toujours de lui la même odeur d'eau de Cologne et de tabac. Mais le contact de ces bras d'homme autour de ses épaules ne la troubla nullement. D'ailleurs, n'y avait-elle pas été toujours indifférente ?

Pendant qu'il la berçait ainsi, virilement, maladroitement, sous le regard indulgent de sa mère, Jane s'avisa soudain qu'il pouvait être aussi amusant d'avouer que de mentir.

Les voisins
de la rue des Remparts

1

– NOUS voici donc dans le saint des saints ! annonça
solennellement Mlle Paulin, la secrétaire de mairie.
Et elle ajouta avec modestie et prudence :
– Je laisse la parole à Mme Lepelleteux : elle est plus
compétente que moi en l'occurrence !
C'était un rite auquel nul, depuis dix ans, ne s'avisait de
déroger. Chaque fois qu'un personnage de quelque réputation se rendait au charmant village de Bourgmallette, au
cœur de la Beauce, il avait droit à une inspection circons-
tanciée de l'église du XVIᵉ siècle, récemment restaurée, à
une brève station devant le monument aux morts des deux
guerres, et à une visite guidée dans la maison et dans
l'atelier du peintre Edmond Lepelleteux, fameux dans tout
le canton mais dont la renommée n'avait pas encore franchi
les limites du département. Sage entre les sages, il se
moquait d'ailleurs d'un éventuel élargissement de sa notoriété. Seule sa femme, Adrienne, semblait y attacher de
l'importance. Promenant les badauds entre les murs de la
demeure du maître, elle commentait à leur intention chacun des tableaux exposés. Il y en avait partout, dans le

vestibule, dans la salle à manger, dans la chambre à coucher, dans la pièce servant d'atelier et jusque dans la salle de bains. En écoutant Adrienne vanter les particularités de son talent parmi une assemblée de profanes, Edmond Lepelleteux éprouvait, comme toujours, une gêne due à sa timidité atavique et une vive gratitude envers son épouse qui continuait à l'admirer après trente-cinq ans de mariage. Au vrai, elle lui paraissait aussi vive, aussi primesautière, aussi résolue qu'à leur première rencontre, alors que lui, quand il se voyait dans une glace, se reconnaissait à peine dans ce vieillard de soixante-treize ans, au crâne chauve, à la bedaine débonnaire et au doux regard de mouton.

S'étant arrêtée devant une nature morte de son mari représentant un bouquet de chrysanthèmes ébouriffés, Adrienne fit mine d'éprouver un regain d'enthousiasme pour cette composition qu'elle connaissait par cœur. Après s'être recueillie un instant comme pour reprendre son souffle, elle s'écria :

– Remarquez la délicatesse de l'exécution. On ne voit même pas la trace des coups de pinceau. Tout est fondu comme dans la nature ! Ce simple pot de grès a un volume, une densité, un poids... On pourrait le toucher. Et ces chrysanthèmes ! Chaque pétale est vivant !

Autour d'Adrienne, les visiteurs, encouragés par la secrétaire de mairie, firent chorus :

– C'est admirable ! C'est... C'est mieux que de la photographie !

– Parfaitement ! s'écria Adrienne. La photographie,

c'est une prouesse technique. La peinture d'Edmond Lepelleteux, c'est une prouesse du cœur !

Elle s'était déjà servie cent fois de cette expression. Edmond en était confus. Il baissa les yeux, détourna la tête. Et pourtant la formule ne lui déplaisait pas. Il avait consacré toute sa vie à l'étude des anciens maîtres. A l'Ecole des beaux-arts, puis dans différents ateliers de restauration de tableaux, il s'était initié aux secrets des couleurs d'origine, aux subtilités des glacis successifs, à l'usage des fonds dorés pour rehausser la luminosité des nuances sans toucher à la surface, à mille trucs de métier dont il était aussi fier que s'il les avait imaginés en cours de route.

A présent, Adrienne rassemblait les amateurs devant une toile récente dont Edmond était particulièrement satisfait : un compotier plein de grosses pommes rouges, et quelques noix éparses, sur une nappe de dentelle. Cette dentelle, d'une finesse arachnéenne, avait été froissée, çà et là, volontairement, ce qui avait obligé le peintre à un tour de force minutieux, de façon à suggérer l'exactitude des motifs ornementaux tout en respectant les plis de l'ensemble. Un travail de miniaturiste consciencieux. Des exclamations unanimes saluèrent cette performance :

– Inouï ! C'est plus vrai que nature, monsieur Lepelleteux ! Comment avez-vous fait ça ? Ça a dû être un sacré travail !

– Une besogne surhumaine ! reconnut Adrienne. Savez-vous seulement combien de temps il lui a fallu pour venir à bout de cette fichue nappe de dentelle ?

Quelques voix timides hasardèrent des chiffres :

– Deux jours, trois jours...

– Un mois ! s'écria Adrienne triomphalement. Il a mis un mois ! Je lui disais : « Arrange-toi pour peindre une nappe unie, ou brodée à la rigueur ! Pas une de dentelle en tout cas. » Il ne voulait pas m'écouter. Une vraie mule, passez-moi le mot ! Il s'est usé les yeux dessus. Après, nous avons dû aller consulter un ophtalmologiste d'Orléans. On lui a changé ses verres !

Edmond Lepelleteux sourit, mi-amusé, mi-fautif.

– L'essentiel, c'est que le tableau soit réussi, murmura-t-il.

– Rappelle-toi ce que t'a dit l'ophtalmo. Un miniaturiste qui fait du grandeur nature, c'est sans doute amusant pour l'esprit mais dangereux pour les yeux !

Edmond Lepelleteux énonça quelques aphorismes sur l'ignorance des médecins en ce qui concernait la vocation artistique, Mlle Paulin conclut par d'aimables plaisanteries sur l'inconséquence des hommes de talent et tout le petit groupe se dirigea vers la sortie. Dans le vestibule, Adrienne demanda incidemment à la secrétaire de mairie s'il n'y avait rien de nouveau au sujet de la maison voisine, dont le propriétaire, un retraité de la S.N.C.F., était mort l'année précédente et que les héritiers, des Parisiens assez coriaces, avaient mise en vente sans qu'aucun acquéreur de poids ne se fût encore présenté.

– C'est désolant, cette belle maison avec ce grand jardin à l'abandon ! soupira-t-elle.

– Eh oui, reconnut Mlle Paulin. L'agence immobilière Terrail, de Pithiviers, s'en occupe. Mais c'est difficile. Très difficile ! Les héritiers sont gourmands. Enfin, aux derniè-res nouvelles, il y aurait quelque chose en vue...

– Du sérieux ?

– On n'est jamais sûr... Mais il paraît que oui.

– Vous savez qui ?

Mlle Paulin jeta un bref coup d'œil sur la demi-douzaine de visiteurs qu'elle avait convoyés chez les Lepelleteux et chuchota :

– Ce n'est pas le moment d'en parler.

– Juste un mot !

– Bon. Il paraît... ce n'est encore qu'une rumeur... Il paraît que ce serait un artiste, un grand artiste, oui... un confrère parisien de M. Lepelleteux...

– Vous savez son nom ?

– Vous ne le répéterez pas ?

– Je vous jure que non, mais vous comprendrez que je suis curieuse de savoir qui nous risquons d'avoir comme voisin. Surtout si c'est un peintre comme mon mari.

La secrétaire de mairie promena un dernier regard autour d'elle, mit sa main en écran devant sa bouche et murmura :

– C'est Jean-Jacques Melchior.

Clouée sur place, Adrienne répéta en écho :

– Jean-Jacques Melchior.

Et elle se tourna, décontenancée, vers son mari.

– Melchior, dit-il à son tour. C'est formidable ! Je ne le connais pas personnellement...

– Tu es bien le seul ! observa Adrienne avec ironie.

– Oh ! évidemment, j'ai beaucoup entendu parler de lui, rectifia Edmond Lepelleteux. J'ai surtout beaucoup lu sur lui, sur sa carrière.

– Il paraît que c'est un homme adorable, assura

Mlle Paulin, et qui est resté très simple malgré toute la publicité qui l'entoure. Sa femme aussi est d'une grande gentillesse, très sociable, très moderne...

– Eh bien, il ne nous reste plus qu'à espérer que la maison du 27, rue des Remparts, si proche de la nôtre, leur plaira assez pour qu'ils s'y installent rapidement, répliqua Adrienne. L'ont-ils déjà visitée ?

– Oui, par deux fois ! Mais ils hésitent. Je crois qu'ils vont revenir demain pour se faire une idée.

En prononçant ces mots, Mlle Paulin s'était rapprochée peu à peu de la porte. Après avoir raccompagné les visiteurs, Adrienne revint dans l'atelier avec son mari et lui demanda d'un ton abrupt :

– Eh bien, entre nous, qu'en dis-tu ?

– Tu t'attendais bien à ce que la maison d'à côté soit vendue un de ces quatre matins, dit-il.

– Oui, mais je ne pensais pas que nous pourrions avoir comme voisin un Jean-Jacques Melchior.

– Tu aurais préféré quelqu'un d'autre ?

– Peut-être... Je ne sais pas, soupira-t-elle.

– Que lui reproches-tu ? D'être peintre comme moi ?

– Non, bien sûr.

– Cela devrait, au contraire, nous rapprocher !

– Oui, mais je crois savoir que Melchior n'a pas exactement la même conception que toi de la peinture !

– Ta ! ta ! ta ! bouffonna Edmond. Tout ça, ce sont des histoires de modes, du snobisme. Ça ne compte pas !

– Pour qui ?

– Pour moi ! C'est pour moi seul que je travaille ! Et pour toi, bien sûr ! Les autres, je m'en fous. L'essentiel, crois-moi, c'est qu'en peignant ce que je veux, comme je veux, je me fais plaisir à moi-même. Au fond, je suis un affreux égoïste !

– Sans doute as-tu raison.

– D'ailleurs, si nous ne nous entendons pas bien avec Melchior, pour un motif ou pour un autre, rien ne nous obligera à le fréquenter.

Adrienne acquiesça avec un brin de méfiance :

– Il est plus facile d'ignorer des colocataires dans un immeuble parisien que des voisins immédiats dans un village, quand un simple grillage sépare les deux jardins.

Et, comme pour chasser une idée inquiétante par un rappel de leur bonheur à tous deux, elle conclut :

– En tout cas, les invités de Mlle Paulin ont été emballés par tes tableaux !

– Oui, je crois, concéda-t-il.

Mais il y avait une nuance d'hésitation dans sa voix.

2

DEUX MOIS plus tard, l'affaire était conclue et le ménage Melchior s'installait au numéro 27 de la rue des Remparts. Des fenêtres du numéro 25 de la même rue, le ménage Lepelleteux suivait, avec une attention inquiète, les premiers travaux de restauration commandés par les nouveaux propriétaires.

Au vrai, on n'avait jamais su pourquoi la voie qui longeait l'église portait le nom de rue des Remparts. De mémoire d'homme, il n'y avait jamais eu aucun rempart à cet endroit-là. Ni ailleurs dans le village. Sans doute s'agissait-il d'un projet de fortification abandonné depuis belle lurette. Quoi qu'il en soit, la rue des Remparts était une adresse prestigieuse pour les habitants de Bourgmallette. Tour à tour postés à l'affût derrière leur fenêtre ou derrière la grille de leur jardin, les Lepelleteux assistèrent à la réfection de la toiture, à l'aménagement d'élégants chiens-assis à la place des vilaines croisées de la façade, au creusement de la cave, à l'élagage des arbres, au bêchage et à l'ensemencement des pelouses, à la plantation des premiers massifs de roses... Tous ces embellissements témoignaient d'un goût incontestable et d'un grand amour de la nature.

Dès que les transformations furent assez avancées, Jean-Jacques Melchior et son épouse vinrent faire une visite de courtoisie aux Lepelleteux. Jean-Jacques Melchior, qui signait ses œuvres « Melchior », tout court, était un robuste quadragénaire, au menton carré et aux cheveux roux coupés en brosse. Il examina attentivement les tableaux de Lepelleteux et les trouva, selon son expression, « très effectifs dans leur formidable candeur ». Cette appréciation parut assez étrange à Edmond, mais le ton sur lequel elle avait été prononcée ne laissait aucun doute sur l'estime que lui vouait son confrère. Adrienne elle-même reconnut, après le départ du couple, que, tout en étant d'une « autre école » que son mari, Melchior, peintre « ultra-abstrait », avait l'esprit assez large pour admirer le talent d'un confrère « ultra-concret ».

Le lendemain, ce fut au tour des Lepelleteux de rendre aux Melchior leur visite de bon voisinage. Avec une autorité condescendante, Melchior promena Edmond et Adrienne à la découverte de ses dernières toiles. D'un tableau à l'autre, Edmond, perclus de confusion, se demandait ce qu'il allait bien pouvoir dire pour féliciter son hôte de cette collection de barbouillages puérils sans aucune recherche ni aucune signification. Devant chaque spécimen exposé dans l'atelier, il se bornait à grommeler :

– C'est très fort... Vraiment très fort... Vous allez loin !

Face à la plus récente production du maître, figurant un grand point d'exclamation rouge vermillon sur fond blanc, entouré d'une multitude de virgules bleues et vertes,

Edmond tenta de résumer sa pensée en quelques mots et grommela :

– Là, vous vous êtes surpassé !

– Vous aimez ou vous êtes surpris ? demanda Melchior.

– J'aime parce que je suis surpris... J'ai l'impression de franchir une frontière.

– Moi aussi, renchérit Adrienne en veine d'amabilité. C'est un dépaysement total !

– J'espère, chère voisine, que vous vous sentirez bientôt chez vous dans le nouvel univers où je vous invite, dit Melchior avec une légère inclination de la tête.

En guise de réponse, Adrienne proclama que l'amour de l'art impliquait l'obligation de s'habituer à toutes les fantaisies de l'esprit et du cœur. Cette formule diplomatique ayant satisfait tout le monde, on se retrouva autour d'une tasse de thé, agrémentée de petits-fours, de sourires et de compliments passe-partout.

De retour à la maison, les Lepelleteux échangèrent leurs impressions. Pour justifier l'assurance de Melchior malgré la singularité aberrante de son œuvre, Edmond courut chercher des revues d'art qu'il collectionnait depuis des années. Il y était souvent question de son voisin. La plupart des chroniqueurs vantaient le défi permanent que Melchior lançait aux « copieurs pédants et prudents », aux « rétrogrades du pinceau », aux « encroûtés de la palette » qui s'obstinaient à imiter la nature au lieu de la « réinventer ». Ces aristarques portaient aux nues le moindre lambeau de toile, marqué d'une balafre ou d'une éclaboussure de couleur pour peu qu'il fût enrichi de la signature magique. A chaque exposition de Melchior, ils découvraient de

meilleures raisons de l'admirer. On disait qu'il se renou-
velait tout en restant lui-même et qu'il était « le mouvement à l'état pur ». En lisant cette prose, Edmond Lepelleteux, qui n'avait jamais exposé ailleurs que dans les salles
des fêtes des mairies de la région et dont aucune gazette
n'avait jamais célébré le talent, se demandait si Melchior
et lui appartenaient à la même époque et exerçaient le
même métier. Pourtant, il n'éprouvait nulle jalousie à
l'égard d'un confrère qui ralliait les suffrages des connais-
seurs alors que lui devait se contenter des compliments de
quelques visiteurs anonymes du village. Simplement, il se
reprochait d'avoir été assez naïf pour croire, durant tant
d'années, que sa peinture avait une quelconque valeur à
d'autres yeux que les siens. Sur le point de se laisser aller
au dénigrement de toute une vie, il se tourna vers sa
femme. Assise devant lui, dans la salle à manger, avec les
revues d'art éparpillées sur la table, elle les feuilletait
machinalement sans paraître y prendre le moindre intérêt.
Elle finit par murmurer :

– Ça ne signifie rien, Edmond !... De tout temps, les
critiques d'art se sont trompés dans leurs jugements les
plus catégoriques. Tu m'as raconté toi-même que Van
Gogh n'avait rien vendu de son vivant, que la presse de
l'époque condamnait la violence de Delacroix, que... que...
Modigliani était mort dans la misère... Un véritable artiste
ne doit obéir qu'à son propre instinct. Si ton instinct est
de peindre à longueur d'année le même cendrier plein de
mégots ou la même femme au double menton, fais-le. Tu
seras sûr de ne pas te tromper, et ta femme, ton cendrier,
tes mégots seront irremplaçables.

Il était moins sensible aux arguments d'Adrienne qu'au son de sa voix, si posée, si maternelle, si rassurante. Une joie subite l'envahit au milieu de son désarroi.

– Tu sais, s'écria-t-il, j'ai en tête une idée de tableau formidable !

– De quoi s'agit-il ?

– C'est difficile à expliquer. Mais je le vois très bien. Imagine un pot à tabac au centre. A côté, un verre de vin, de vieilles pipes disposées en vrac et, derrière ça, le visage d'un homme.

Elle ne répondit pas tout de suite, prit les deux mains d'Edmond, les baisa longuement, l'une après l'autre, et dit enfin :

– Ce sera superbe. Quand commenceras-tu ?

– Je ne sais pas... Demain, peut-être. Mais il me faut d'abord réunir les objets dont j'ai besoin. Je ne veux pas tricher, je veux que ce soit vrai dans le moindre détail. Le pot à tabac, les pipes...

– Et qui posera pour l'homme ? demanda-t-elle.

– Je me regarderai dans une glace.

– Un autoportrait ?

– Plutôt un portrait à rebours. Tu verras... Tu verras...

Il paraissait si heureux soudain qu'elle ne regretta plus l'installation de Melchior au 27 de la rue des Remparts. Après tout, le voisinage de ce confrère entreprenant ne pouvait que stimuler Edmond dans sa quête d'une inspiration originale.

3

DE toute évidence, Melchior ne lésinait pas sur la dépense quand il s'agissait de l'aménagement de sa nouvelle demeure. En quelques mois, la modeste maison du 27, rue des Remparts, restaurée de fond en comble, étonna tout le village par la sobre élégance de son architecture et par la somptuosité des plantations alentour. Le summum de l'opulence fut atteint lorsque les propriétaires firent creuser une piscine au centre du jardin. Des fenêtres de leur salle à manger, les Lepelleteux pouvaient voir, chaque matin, dès les premiers beaux jours, Jean-Jacques Melchior, en short bleu marine à pois blancs, piquer une tête dans l'eau et nager, aller et retour, à grandes brasses, tandis que sa femme se contentait d'une brève trempette et remontait, frissonnante, pour se sécher, étendue sur une chaise longue, au soleil. Mais ce n'étaient pas ces quelques séances de natation à domicile qui dérangeaient le plus leurs ombrageux voisins. Très vite, le bruit s'était répandu à travers la France que le célébrissime champion de l'art contemporain, Melchior, avait fui Paris par goût de la solitude et s'était installé dans un trou de campagne au milieu des champs. Stimulés par cette révélation, les journalistes, les photographes, les équipes de télévision et les chasseurs d'autographes avaient envahi Bourgmallette. Il ne se passait pas de journée sans que le village fût secoué par l'intrusion de cette engeance indiscrète et charivarique. Sans se mêler à la foire de la publicité, Edmond Lepelleteux s'étonnait de voir Melchior se prêter de bonne grâce à des interviews interminables et se faire photographier sur toutes les coutures, souriant à la ronde ou prenant l'œil rêveur selon la nécessité de l'image. Edmond se disait, avec un mépris mêlé de rancune, qu'à la place de Melchior, il eût jeté tous ces fouineurs à la porte. Néanmoins, en formulant cette pensée, il n'était pas très sûr qu'il s'y fût conformé, le cas échéant. D'ailleurs, Adrienne ne jugeait pas avec la même sévérité que lui la propension de Melchior à soigner sa réputation auprès du public. Quand, dans un suprême mouvement d'amitié, J.-J. Melchior offrit à Edmond de poser avec lui sur la même photographie intitulée : « Deux voisins, deux peintres, deux époques », Adrienne insista pour qu'il acceptât « cette chance de se faire connaître ». Il le regretta bientôt. Au cours de la séance de pose, il eut le sentiment de n'avoir été convoqué que pour mettre en valeur, par son aimable insignifiance, la réussite flamboyante de « l'autre ». Journalistes, photographes, cameramen, tous étaient à la dévotion de Melchior. Personne ne fit allusion à la carrière discrète d'Edmond Lepelleteux, personne ne demanda à voir ses tableaux. Il rentra chez lui avec l'impression d'avoir été floué, ridiculisé et que tout le village avait subi, à travers lui, un affront impardonnable. En général, il ne reconnaissait plus son cher

Bourgmallette depuis que Melchior en avait fait outrageusement son fief. Tout Paris, avec son clinquant, ses falbalas, ses grimaces et ses mensonges, avait envahi les lieux. De quelque côté qu'il jetât ses regards, Edmond ne voyait que tricherie et esbroufe. Même les gens de son entourage lui étaient devenus lointains et incompréhensibles. On lui souriait à peine en le croisant dans la rue. La secrétaire de mairie ne venait plus faire visiter son atelier aux amateurs de bonne peinture. Le grand homme du pays avait changé d'adresse. Il n'habitait plus au numéro 25 de la rue des Remparts, mais au numéro 27, là où il y avait une piscine. Nul ne l'ignorait à cent lieues à la ronde. On organisait même des rallyes automobiles, avec des rébus à déchiffrer autour du domicile de la vedette. Ainsi, par un étrange renversement des valeurs, c'était Melchior, nouveau venu dans la région, qui était chez lui sur cette terre et Edmond Lepelleteux, natif de l'endroit, qui s'y sentait dépaysé et même indésirable. Au comble de la révolte, il songeait parfois à s'expatrier ou, du moins, à prendre quelques mois de vacances, loin de Bourgmallette, pour ne plus voir le défilé des curieux fascinés par la principale attraction du coin.

Une fois de plus, ce fut la sage Adrienne qui le dissuada de tenter cette désertion qui, selon elle, n'eût rien arrangé. Dès qu'elle le devinait à bout de patience et la tête confuse, elle le prenait à part, le grondait comme un enfant et le désarmait d'un regard tendre et d'un sourire.

– Sois au-dessus de ça, lui disait-elle. Je parie que, dans quelques semaines, le vent aura tourné et qu'on ne parlera plus de ce sacré Melchior.

Edmond avait une telle confiance en sa femme et une telle envie de se remettre au travail qu'il finissait par la croire. Un soir, ayant appris que la télévision allait diffuser une grande enquête sur « le phénomène Melchior », il s'interdit d'allumer le poste à l'heure prévue pour la diffusion. Adrienne le félicita de sa fermeté d'âme. Il n'en souffrit pas moins, durant les quarante-cinq minutes de l'émission devant l'écran noir et silencieux. Le lendemain il ne put se retenir d'interroger la secrétaire de mairie, rencontrée dans la rue, sur la qualité du programme de la veille. Elle s'étonna :

– Comment ? Vous ne l'avez pas vu ?

Edmond crut préférable de mentir :

– Non, nous avions des amis à dîner...

– Dommage ! Mais on va sûrement repasser l'interview dans quelques jours. C'était superbe. M. Melchior s'est surpassé !... M. le Maire lui donnait la réplique ! Et savez-vous ce qu'ils ont décidé d'un commun accord, sur la proposition de M. Beaudouin, l'instituteur ? M. Melchior a accepté de venir parler à l'école de Bourgmallette, en classe de dessin. Ça pourrait encourager la vocation artistique chez certains élèves ! L'inspecteur d'académie est d'ailleurs tout à fait pour. Une innovation dans l'enseignement ! Et c'est notre petit village qui en aura la primeur. Bourgmallette prenant la tête d'une croisade culturelle auprès des enfants, qu'en dites-vous, monsieur Lepelleteux ?

– Je suis très surpris, mais en même temps très heureux, balbutia Edmond. Tout ce qui sert à éveiller les esprits à l'amour du beau ou du vrai ne peut que recueillir l'approbation d'un vieux peintre comme moi !

– M. Melchior compte prononcer quelques mots en classe, après le cours de M. Beaudouin, lundi prochain. M. le Maire sera là, peut-être même M. le Sous-Préfet, et beaucoup de parents d'élèves. J'espère que vous nous ferez le plaisir d'être des nôtres ?

– Mais oui... Pourquoi pas ? marmonna Edmond.

Et il se dépêcha de regagner son domicile en évitant de croiser le regard des passants. Il trouva sa femme dans la cuisine, en train de préparer le déjeuner avec la vieille Suzon, qui l'aidait, trois fois par semaine, à tenir son ménage.

Trop ému pour se dominer, il toisa Adrienne d'un regard furibond et s'écria :

– Tu connais la dernière de Melchior ?

– Non... Enfin je ne crois pas. Qu'a-t-il encore inventé ?

– Eh bien, ça ne lui suffit plus de parader devant les journalistes et les caméras, il va maintenant parler aux enfants des écoles !

– Pour leur dire quoi ? demanda Adrienne.

– Comment veux-tu que je le sache ?

La vieille Suzon intervint prudemment :

– J'ai mon petit-fils, Alain, qui va écouter la causerie de ce M. Melchior ! Il paraît que toute la classe est sens dessus dessous. Mon gamin a voulu que je lui achète de nouveaux crayons de couleur. C'est peut-être une bonne chose...

Laissant les deux femmes à leur conversation, Edmond retourna dans son atelier, où une toile vierge reposait sur un chevalet. Il la contempla longuement, avec tristesse, et se rappela qu'il avait projeté de peindre une nature morte avec, comme motif central, un assemblage de vieilles pipes et de mégots, le tout dominé par le visage d'un fumeur à sa ressemblance. Mais une autre idée, plus hardie encore, lui était venue entre-temps : représenter une carafe d'eau, un verre, un bloc de papier à lettres ouvert sur une page vierge et, devant, deux salières renversées : une de porcelaine immaculée, en forme de flacon, aurait répandu un peu de gros sel sur la nappe, l'autre, plus élégante, en cristal, au bouchon dévissé, aurait essaimé devant elle une pincée de sel fin. Cette symphonie de blancheurs, le contraste infime entre le gros sel et le sel fin, exaltait Edmond, tel un défi lancé à son habileté d'artisan. Il en souriait de gourmandise. Puis il courut annoncer sa « trouvaille » à Adrienne. Elle l'en félicita avec une spontanéité réconfortante. Mais elle lui montra aussi quelques journaux qu'elle venait de faire acheter par Suzon. La presse locale annonçait, en première page, l'initiative généreuse de la mairie de Bourgmallette, qui avait convaincu le grand peintre moderne, Melchior, d'adresser un discours paternaliste à l'école du village afin d'encourager les dispositions artistiques des élèves. Les titres des articles étaient à eux seuls un programme : « Un nouveau pas vers la Nouveauté... », proclamait l'un, « Allons, enfants de la Culture ! » chantait l'autre, « Quand le talent n'attend pas le nombre des années », décrétait un troisième. Edmond renonça à lire ce vain bavardage, haussa les épaules et demanda à Adrienne de lui fournir une salière pleine de gros sel, une autre pleine de sel fin, un bloc de papier à lettres et une nappe blanche, car il voulait étudier son « matériel » dans le détail avant de le sublimer par la peinture. Son intention était de représenter ces objets d'une totale banalité avec tant d'exactitude et tant de poésie qu'il en ferait le symbole intemporel de la vie quotidienne. Un peu plus tard, assis devant son chevalet, il s'intéressa passionnément à la différence entre l'éclat cassant des cristaux de sel et la poussière précieuse, presque impalpable, du sel raffiné. Cette vision l'emplit peu à peu d'une grande béatitude. Il lui semblait que l'amour de son art le réconciliait avec la bassesse de ses contemporains. Son face-à-face muet avec les objets était si riche d'enseignement qu'il retardait l'instant de prendre ses pinceaux par crainte de briser le rêve de cette symphonie entre tous les blancs : ceux de la nappe, ceux du papier à lettres et ceux du gros sel voisinant avec le sel fin.

4

LA SALLE de classe était comble. Certains élèves se serraient à trois ou quatre devant le même pupitre. On avait apporté des chaises, au fond, pour les parents et, derrière les portes ouvertes sur le couloir, s'alignaient encore des auditeurs debout ou installés pêle-mêle sur des tabourets. Sur l'estrade, à côté de la chaire professorale, se tenaient côte à côte M. le Maire, un représentant du sous-préfet, Edmond Lepelleteux, la secrétaire de mairie, et Jean-Jacques Melchior, superbe et plastronnant. Nullement intimidé, il parlait à son public avec une condescendance joviale.

Ebahi par cette mise en scène, à la fois théâtrale et scolaire, Edmond Lepelleteux avait de la peine à suivre les méandres de la pensée de l'orateur. Cependant, à travers les formules à l'emporte-pièce de Melchior, qui déchaînaient chaque fois des applaudissements, il crut comprendre que son voisin de la rue des Remparts plaidait sa propre cause à travers celle de l'art nouveau. A l'entendre, en matière de peinture, la technique, l'enseignement des anciens, la fidélité au modèle étaient des notions depuis longtemps dépassées. C'était en multipliant les conseils magistraux et les mises en garde anachroniques qu'on bridait l'audace des jeunes créateurs. L'œuvre devait être le résultat d'un élan irréfléchi et non d'une élaboration assidue. Ainsi pouvait-on dire que l'art ne s'apprenait pas mais s'inventait. Le débutant en savait plus, grâce à sa fraîcheur d'âme, que l'homme de métier prisonnier de ses principes et de ses préjugés.

– Je vous certifie, disait Melchior, que chacun d'entre vous porte en soi un peintre qui s'ignore. Oubliez toutes les règles. Servez-vous de vos crayons, de vos pinceaux, de vos tubes de couleur non pour essayer d'imiter le langage de vos devanciers mais pour imposer votre propre langage. Maculez votre papier ou votre toile comme si c'était pour vous une autre façon de gémir, de rire, de vous émerveiller ou de rêver. Peu importe qu'on ne vous comprenne pas sur le moment. Tôt ou tard on finira par assimiler votre vocabulaire et on ne saura plus s'exprimer autrement. Croyez-moi, bien souvent un barbouillage enfantin dégage plus d'émotion que les grands tableaux conventionnels qu'on a coutume d'admirer dans les musées. Faisons confiance à nos fils et à nos filles, alors qu'ils sont encore à l'âge béni de l'inculture. Et, en devenant des adultes, efforçons-nous de retrouver en nous cette merveilleuse ignorance, source du vrai génie !

Melchior parla longtemps sur ce thème dévastateur. Cloué d'étonnement, Edmond Lepelleteux voyait s'écrouler, un à un, les nobles symboles qui avaient jalonné sa route. Tout ce qui était sacré à ses yeux était jeté bas et tourné en dérision. Pour cet iconoclaste au verbe haut, un gamin jouant avec ses crayons de couleur méritait plus de considération que ce sublime Chardin qui s'imposait des journées d'observation et de labeur pour représenter avec l'exactitude du visionnaire « un lapin mort » ou « un panier de pêches ».

Et, pour comble, cet éloge de l'improvisation et de l'incompétence était débité avec tant de conviction que, tout en s'indignant par habitude, Edmond Lepelleteux se demandait s'il ne s'était pas fourvoyé en suivant une tradition condamnée par les esprits forts du siècle. Après avoir encaissé une telle leçon de modernisme et d'abstraction, il avait hâte de rentrer chez lui pour rassembler ses esprits. Egaré de chagrin et de confusion, il chercha le regard d'Adrienne, assise parmi les parents d'élèves. Elle avait l'air aussi désinvolte que si elle n'avait rien entendu du discours virulent de Melchior. Cette constatation apaisa momentanément l'humeur d'Edmond et lui permit de conserver jusqu'à la fin une attitude courtoise.

Dès son retour à la maison, il questionna Adrienne avec une douloureuse impatience : que pensait-elle de la diatribe insensée de Melchior contre les peintres rétrogrades qui empêchaient l'éclosion des vrais talents ? N'était-ce pas une insulte à peine déguisée à son égard ? Adrienne le rassura :

– Ce sont des paroles creuses ! Même ceux qui ont l'air de l'approuver, par peur de manquer le coche, savent très bien que les vraies valeurs se situent du côté des peintres de métier et que les émules de Melchior ne sont que des amateurs, des funambules du pinceau. En art comme au jeu, les tricheurs finissent toujours par se trahir ou par être dénoncés !

Or, contrairement à ces prévisions optimistes, Edmond Lepelleteux ne tarda pas à constater que bien des gens, qui n'avaient jamais manifesté la moindre velléité artistique, se découvraient soudain des envies de peindre n'importe quoi et n'importe comment, ainsi que le leur avait recommandé le calamiteux Melchior. Grâce à cet hurluberlu, ils savaient maintenant que le besoin de manier un crayon ou d'étaler de la couleur était la preuve d'un talent inné. Certains journaux insinuaient déjà que l'on assistait à la naissance d'une nouvelle tendance artistique : « l'école de Bourgmallette ». Un chroniqueur osa même qualifier ce mouvement d'« impulsionnisme populaire ». La formule, à la fois savante et accueillante, eut un grand succès auprès des médias. Ainsi vit-on non seulement tous les enfants des écoles en mal de bariolages mais d'honnêtes commerçants, des artisans besogneux, des parents oisifs, des retraités en quête de divertissements délaisser leurs manies habituelles pour s'adonner à la peinture. Fussent-ils jeunes ou vieux, tous les prétextes leur étaient bons pour exalter leur joie de barbouilleurs novices. Les intérieurs des particuliers, les salles de classe et jusqu'aux bureaux des mairies accueillirent bientôt une moisson d'illustrations puériles où l'ingénuité des tout-petits rivalisait avec la maladresse des grands. Devant une telle marée de laideur, Edmond Lepelleteux se demandait s'il devait, par charité chrétienne, encourager les auteurs de ces essais à persévérer dans leur passe-temps, ou tenter, par amour de l'art, d'arrêter net cette épidémie.

Entre-temps, la presse locale, toujours prête à encenser les initiatives de la région, insista pour qu'une exposition de toutes les œuvres des peintres amateurs fût organisée dans les locaux de la préfecture. Cette proposition fut saluée à Bourgmallette et dans les villages d'alentour avec un enthousiasme délirant. Melchior offrit d'être le parrain de l'entreprise. A cette occasion, il demanda à Edmond Lepelleteux de lui prêter une de ses toiles, fût-elle d'une facture « quelque peu dépassée », afin de marquer l'évolution du goût de ses contemporains. Après une longue hésitation, Edmond Lepelleteux, qui était sur le point d'achever sa nature morte aux deux salières, résolut de la terminer à temps pour qu'elle participât, en bonne place, à la confrontation générale.

Il était si content d'avoir réussi le mariage nuancé de toutes les blancheurs imaginables que, oubliant les préventions de son voisin de la rue des Remparts contre « la copie servile de la réalité », il espéra qu'en voyant ses salières il apprécierait le charme énigmatique de leur assemblage. Mais, contre toute attente, Melchior, après avoir tourné autour de la toile, se montra plutôt réticent. Il finit par dire qu'il craignait un « hiatus » entre ce tableau « architraditionnel » et l'originalité effrénée des œuvres proposées par les autres exposants, quel que fût leur âge :

– Ne pourriez-vous, cher ami, nous donner quelque chose de plus jeune, de plus jaillissant, de plus désaltérant ? Prenez exemple sur certains élèves dont la simplicité désarmante éclôt comme une fleur au bout de leur pinceau...

Agacé par les propos d'un confrère dont il ne partageait pas les idées et tenté par une réplique en forme de boutade,

Edmond Lepelleteux se domina et promit de fournir sous peu une composition inédite répondant aux exigences de l'heure. Comme d'habitude, il parla de cette palinodie à Adrienne et, comme d'habitude, elle lui fit confiance :

– Je suis sûre que tu leur donneras de quoi les étonner et les faire changer d'avis !

Le lendemain, il s'isola dans son atelier, remplaça sur le chevalet le tableau des deux salières par une toile vierge de la même dimension. Puis, sans réfléchir à rien, la main volante et le cœur saisi d'une furieuse ironie, il peignit un soleil jaune vif hérissé de rayons fléchés et, au-dessous, une maisonnette à la cheminée fumante entourée de bons-hommes biscornus qui levaient les bras au ciel. A son avis, même un élève de septième n'aurait pas obtenu la moyenne en soumettant ce devoir à son professeur de dessin. Fier de ce camouflet humoristique infligé à ses détracteurs, il apposa sa signature, dans un coin de la pochade, et, sans même la montrer à sa femme, par crainte qu'elle ne lui déconseillât de l'envoyer à l'exposition, la fit porter immédiatement, par Suzon, au 27 de la rue des Remparts. Un bref billet accompagnait le colis : « Voici, cher ami, ma toute dernière œuvre. J'espère qu'elle vous paraîtra digne de figurer à l'exposition. Je l'ai intitulée *Midi à quatorze heures*. Croyez, cher ami, à ma parfaite considération et à mon cordial et admiratif voisinage. »

5

EDMOND Lepelleteux n'assista pas à l'exposition dans les salons de la préfecture, et interdit à sa femme de s'y rendre. Il passa la journée enfermé dans son atelier et s'employa, avec une scrupuleuse conscience profession-nelle, à fignoler le tableau des deux salières renversées. Le sel fin éparpillé sur la nappe se révéla plus délicat à peindre que le gros sel. Mais cette difficulté technique excitait l'artiste. Ne voyant pas les heures passer, il s'interrompit à peine pour avaler une légère collation avec Adrienne, en guise de déjeuner.

Il avait oublié jusqu'à l'existence de l'exposition, lors-que, le soir venu, Mlle Paulin fit irruption, tout émoustil-lée, dans le salon où il regardait distraitement une émission de télévision aux côtés de sa femme. Enveloppant le couple d'un sourire radieux, la secrétaire de mairie annonça, d'une voix entrecoupée par l'émotion :

– Monsieur Lepelleteux, tenez-vous bien : votre *Midi à quatorze heures* a convaincu le jury. Ils vous ont décerné le premier prix à l'unanimité. M. Melchior vous a appuyé jusqu'au bout...

Abasourdi par la joie mais honteux de cette récompense équivoque, Edmond Lepelleteux bafouilla machinalement :

– Vous êtes sûre ?

Incapable de cacher son émotion, Adrienne porta les deux mains devant son visage, tandis qu'il répétait :

– Ce n'est pas possible !... Pas possible !...

Alors la secrétaire de mairie eut cette formule lapidaire qui éclaira l'esprit bouleversé d'Edmond :

– Mais si, monsieur Lepelleteux, il faudra vous y faire : il y a peinture et peinture !

Tête basse, épaules fléchies, Edmond reconnut, piteusement :

– Oui... oui... Il y a peinture et peinture...

– Comme une heureuse nouvelle ne vient jamais seule, je vais vous en apprendre une autre qui vous réjouira ! poursuivit Mlle Paulin.

Et, devant Edmond, qui restait coi, elle précisa superbement :

– Figurez-vous que votre ami, M. Jean-Jacques Melchior, n'a pas été oublié dans la distribution. En reconnaissance de ses efforts pour promouvoir l'enseignement artistique parmi la jeunesse, le conseil municipal de Bourgmallette a décidé de baptiser l'établissement où il a lancé l'idée de l'« impulsionnisme populaire » : Groupe scolaire Jean-Jacques Melchior...

Dépassé par les événements, Edmond balbutia encore :

– C'est merveilleux !... Il doit être content. Vous... vous le féliciterez de ma part...

Après quoi, quittant brusquement les deux femmes

éberluées, il alla s'enfermer à clef dans son atelier. Assis en face de la nature morte aux deux salières renversées, il avait l'impression que c'était lui dont tout le sel se répandait sur la nappe. A quoi rimait une vie entière de travail, de recherches, de renoncements et d'espoirs si n'importe qui pouvait aujourd'hui revendiquer la qualité de peintre, réservée jadis aux professionnels ? Pourquoi s'acharnait-il à poursuivre un jeu dérisoire dont les règles avaient changé et dont les cartes étaient truquées ?

A sept heures et demie du soir, comme son mari ne se décidait toujours pas à sortir de l'atelier, Adrienne jugea qu'il avait assez travaillé dans la journée, et alla frapper à sa porte. Un silence plat lui répondit. Elle avait un double de la clef. Elle entra. La pièce était plongée dans la pénombre et le silence. Elle alluma l'électricité, et s'arrêta, médusée, sur le seuil. Une vertigineuse épouvante lui coupait le souffle : Edmond Lepelleteux s'était pendu à un crochet du plafond. Il avait retourné toutes ses toiles anciennes contre le mur. Seul restait exposé sur le chevalet, devant les pieds du cadavre qui ne touchaient pas le sol, le tableau aux deux salières renversées.

Comme Edmond Lepelleteux n'avait laissé aucun testament pour expliquer son suicide, les gazettes l'attribuèrent à l'excès de bonheur qu'il avait éprouvé en apprenant son triomphe à l'exposition. Certains chroniqueurs en profitèrent pour épiloguer sur la sensibilité exacerbée des artistes dont les réactions aux grandes joies comme aux grandes peines sont également imprévisibles.

Au lendemain de la mort tragique d'Edmond Lepelleteux, Melchior et son épouse ne se contentèrent pas d'assister à l'enterrement. Ils firent à la veuve une visite de condoléances au cours de laquelle ils évoquèrent, entre deux soupirs, les qualités artistiques et humaines du disparu. Quelques jours plus tard, sollicité de donner son opinion sur le défunt, Melchior écrivit un article d'une fadeur prudente, refusant de se prononcer sur les mérites d'un confrère plus âgé que lui, dont il avait « trop apprécié l'amitié pour pouvoir juger impartialement la peinture ». Ce bref hommage nécrologique se terminait par une phrase assassine : « Chez certains créateurs, la fidélité à une conception erronée de l'art est aussi respectable que l'attachement d'un homme à la femme qui le trompe. » Choquée par cette formule, Adrienne estima que Melchior était non seulement une fausse gloire, mais aussi un faux jeton et résolut, sur-le-champ, de couper toute relation avec les gens du 27 de la rue des Remparts.

Or, par un étrange phénomène de bascule, le décès d'Edmond Lepelleteux donna une nouvelle chance de vie à son œuvre. Subitement, le prix de ses toiles connut une envolée spectaculaire. Sa cote dépassa même celle de Melchior. On s'attendrit sur le destin de ce peintre modeste, confiné dans son trou de province, et qui, ignoré de tous et dédaigneux des honneurs, avait conçu, dans l'ombre, des tableaux dont le monde découvrait enfin la probité et le mystère. Adrienne dut se prêter, bon gré mal gré, à de

nombreux reportages sur son passé dans l'intimité d'un
« génie rustique ».

A un journaliste qui déplorait devant elle qu'Edmond
Lepelleteux n'eût pas connu de son vivant la renommée
qu'il méritait, elle avait répondu :

– Vous savez, monsieur, mon mari était un homme
étrange : je crois que si on lui avait donné à choisir entre
un succès immédiat et un succès posthume, il aurait préféré
le succès posthume !

– Par modestie ?

– Non.

– Par orgueil ?

– Non plus !

– Pour quelle raison, alors ?

– Pour ne pas risquer d'être dérangé, à tout bout de
champ, dans son travail.

Cette phrase d'Adrienne fut largement reproduite dans
la presse et la valeur marchande des toiles d'Edmond
Lepelleteux en reçut un nouveau coup de fouet. Ses natures mortes étaient particulièrement recherchées. Mais, par
tendresse envers la mémoire du disparu, sa veuve refusait toujours de se séparer du tableau aux deux salières
renversées. Sans l'avouer à personne, elle voyait dans cette
nature morte le symbole du couple harmonieux qu'elle
avait longtemps formé avec Edmond. La simplicité des
objets usuels qu'il s'obstinait à peindre répondait à la simplicité des sentiments qu'ils éprouvaient l'un pour l'autre.
Et pourtant, leur amour n'avait rien d'une « nature
morte » ! Comment expliquer cette fascination réciproque
entre l'âme vibrante et la matière inerte ? A partir de quel

moment deux êtres unis par les liens du mariage cessent-ils d'appartenir exclusivement au monde des vivants pour se fondre à celui des choses familières, qu'on manipule sans y penser et dont l'amitié, la disponibilité et la permanence vous consolent parfois du commerce des humains ?

Obsédée par ce problème, Adrienne finissait par oublier le voisinage déplaisant des Melchior. Il est vrai que la vogue du maître de « l'impulsionnisme populaire » avait tellement baissé qu'aucun journaliste, aucun photographe, aucun curieux ne venait plus le surprendre dans le superbe refuge dont il avait rêvé de faire un musée à sa gloire. Désormais, le but de l'expédition culturelle des visiteurs de Bourgmallette s'était déplacé de quelques mètres. Le 25 de la rue des Remparts triomphait du 27, le mort prenait sa revanche sur le vivant.

Fut-ce à cause de ce retournement de situation que Melchior décida subitement de quitter le village ? Avait-il été à ce point grisé par le succès qu'il ne supportait plus d'en être dépossédé au profit d'un rival dont l'insignifiance l'avait naguère diverti ?

Un jour, Adrienne apprit par Mlle Paulin que la belle demeure avec piscine était de nouveau à vendre. Elle s'en étonna à peine. D'ailleurs, elle n'avait plus le temps de s'étonner de rien. Depuis son grand deuil, la notoriété grandissante de son mari lui ôtait jusqu'au loisir de s'intéresser aux préoccupations et aux joies banales de ses contemporains. Néanmoins, elle fut amusée d'entendre dire que Melchior était si pressé de se débarrasser de sa maison qu'il en avait déjà rabattu le prix de vingt-cinq pour cent et que, ayant chargé l'agence Terrail de Pithiviers de traiter l'affaire au mieux et au plus vite, il se préparait à partir pour le Midi : il avait acheté une propriété, du côté de Grasse, afin d'échapper « aux tracas et aux intrigues de la capitale ». Adrienne assista de loin, avec indifférence, au déménagement du couple. Les Melchior n'avaient pas jugé utile de lui faire leurs adieux avant de déguerpir. Sans doute la rendaient-ils responsable de leur exil, alors qu'elle n'y était pour rien.

A partir de ce moment, Adrienne se demanda, avec un peu d'appréhension, qui serait le nouvel occupant du 27 de la rue des Remparts. Elle était prête à supporter n'importe quel voisin, pourvu qu'il ne fût pas un peintre. Après de longues négociations, menées toujours par l'agence immobilière, et une visite éclair de Melchior qui avait fait le voyage de Grasse à Pithiviers pour la signature du contrat chez le notaire, elle fut avertie par Mlle Paulin que, fort heureusement, l'acheteur était un certain Louis Ducolonel, écrivain, qui avait eu une carrière honorable et rentable dans le polar avant de se spécialiser dans l'adaptation, la révision, le *rewriting*, selon l'expression à la mode. Bref, il revêtait de son talent, moyennant une juste rétribution, les confidences de certaines personnalités au destin exceptionnel mais à la plume défaillante. Aussitôt, l'idée germa dans le cerveau d'Adrienne de recourir aux services de Louis Ducolonel pour donner du style à ses souvenirs d'épouse comblée. Il accepta sans barguigner et lui réserva même « un prix de bon voisinage » pour ce travail de « collaboration ». On mit les bouchées doubles. En trois mois, le manuscrit fut bouclé. Un éditeur astucieux sauta sur l'aubaine. L'ouvrage est en cours d'impression. Par une louable honnêteté intellectuelle, Adrienne a voulu que le nom de Louis Ducolonel figurât au-dessous du sien, sur la couverture du livre, mais en plus petits caractères.

Les cent jours
de la Vénus hottentote

1

JE M'APPELLE Clarisse Le Hennin, née Letellier. J'ai vu le jour à Aurillac, voici vingt-neuf ans. Je crois n'être ni plus vilaine ni plus sotte qu'une autre et j'ai parfois, à la venue du crépuscule, la furieuse tentation de m'épancher devant une amie. Mais je n'ai pas d'amies. Peut-être suis-je incapable de susciter naturellement la sympathie des femmes ? Tout cela n'a évidemment aucune importance. D'ailleurs, rien de ce qui a trait à ma personne ne mérite d'être signalé. Alors, pourquoi ce brusque besoin de confier au papier les secrets d'une appréhension sans doute injustifiée ? Peut-être parce que j'ai été trop heureuse jusqu'à présent pour m'astreindre à raconter le déroulement d'une existence ordinaire. En sept ans de mariage, le seul reproche que j'ai pu adresser à Jérôme, c'est d'avoir été trop absorbé par ses travaux de professeur d'anatomie et de zoologie au Muséum d'histoire naturelle, dans l'ombre de l'illustre Georges Cuvier qui est son idole. Je l'accusais de préférer la compagnie d'ossements paléolithiques à celle de l'épouse bien en chair, un rien coquette, et raisonnablement exigeante qui l'attendait à la maison. Ces récriminations ironiques faisaient partie de notre lot quotidien de piques amoureuses et de réconciliations sur l'oreiller. Malgré quelques légères bisbilles, j'étais fière d'être la femme du très honorable Jérôme Le Hennin, assistant préféré du paléontologue Georges Cuvier et, disait-on, candidat à la succession de ce dernier au Collège de France. Agé de trente-huit ans, Jérôme a, en effet, tous les atouts en main pour mener à bien une grande carrière : un esprit vif et largement garni, agrémenté d'un physique tout ensemble viril, distingué et charmeur : haute taille, œil bleu de faïence, front large de penseur et barbe blonde joliment ondulée. Que souhaiter de plus ? Mon seul regret dans cette union parfaitement assortie : être incapable de m'intéresser davantage à un métier qui passionne Jérôme et auquel je n'entends rien. Est-ce ma faute si ma tournure d'esprit est résolument artistique ? Mes parents m'ont encouragée, dès mon plus jeune âge, à fréquenter l'atelier d'un de leurs amis, le peintre Julien Bonhomme, spécialiste renommé de l'imagerie florale. Grâce à lui, j'ai appris à exécuter de fort jolies natures mortes à l'aquarelle. Des bouquets et encore des bouquets ! Roses, lilas, chrysanthèmes embaument tous mes loisirs. De l'avis général, j'avais un assez joli coup de pinceau. Même mon mari appréciait mon talent. Au fond, chacun de nous deux s'appuie sur un grand homme, fils de ses œuvres : lui sur Cuvier et sa classification des vertébrés, moi sur Julien Bonhomme et ses toiles débordant de pétales et de feuillages gracieux. Sans doute est-ce cette antinomie qui assure la pérennité de notre ménage.

Or, voici que, la semaine dernière, exactement le 6 janvier 1815, notre exquise entente dans la diversité a été troublée par un contretemps qui m'obsède. Ce soir-là, Jérôme est rentré d'une réunion des professeurs du Muséum d'histoire naturelle dans un état d'excitation qui, d'emblée, m'a paru suspect. Comme je l'interrogeais sur le motif de son agitation, il m'expliqua qu'au cours de la séance, le professeur André Thouin, administrateur du Muséum, avait évoqué une lettre reçue par lui quelques semaines auparavant et dans laquelle un certain Henry Taylor l'avisait qu'il était « en possession », à son domicile parisien, d'une créature dont l'anatomie étrange eût mérité l'attention de tous les milieux scientifiques. Originaire d'Afrique du Sud, cette sauvageonne monstrueuse avait été capturée par un Néerlandais, après un massacre entre tribus rivales, rachetée par des trafiquants anglais et transportée par eux à Londres, en 1810, pour y être exhibée aux foules contre le paiement d'un modeste prix d'entrée dans la salle. Quatre ans plus tard, ayant épuisé la curiosité de leurs concitoyens, les organisateurs du spectacle venaient de vendre leur « phénomène naturel » à Henry Taylor, lequel, s'étant chargé d'exploiter celle qu'on surnommait déjà « la Vénus hottentote », l'avait logée chez lui et avait publié une annonce dans le *Journal de Paris*, conviant les chalands à admirer sa « trouvaille » au numéro 15 de la rue Neuve-des-Petits-Champs. Là, précisait-il, elle s'offrirait aux regards, tous les jours, de onze heures du matin à neuf heures du soir, pour trois francs par personne. Ce phénomène femelle, baptisé Sarah Baartman par les Britanniques, était une négresse d'une vingtaine d'années, de race bochiman ou hottentote, parlait l'idiome khoisan en y mélangeant quelques mots anglais ou hollandais appris en captivité, et présentait une anatomie si bizarre que, d'après Cuvier, il se pouvait qu'elle fût la preuve vivante de l'évolution de notre espèce de l'état simiesque à l'état humain. Tandis que mon mari me mettait au courant de cette « découverte », ses yeux avaient un scintillement de joie enfantine.

– Te rends-tu compte, Clarisse ? finit-il par s'écrier. C'est comme si la préhistoire nous rendait une visite de courtoisie pour nous rappeler nos origines. Il est évident que cette Vénus hottentote est une aubaine pour les savants de notre pays et qu'elle mérite un tout autre intérêt que celui d'une foule d'imbéciles pressés de reluquer ses malformations et d'en rire. Cuvier estime que nous devrions tous aller la voir discrètement, sur place, comme nous y invite l'annonce de ce forban de « montreur d'animaux ». Après, nous pourrions la faire convoquer officiellement par le préfet de police afin de la soumettre, dans nos propres locaux, aux examens scientifiques qui s'imposent !

Comme cette affaire me semblait à la fois futile et saugrenue, je tentai d'en détourner Jérôme en lui racontant mes courses dans les magasins et en lui présentant ma dernière aquarelle : des marguerites dans un vase de cristal. Ni l'un ni l'autre de ces deux sujets n'ayant eu l'honneur d'éveiller sa curiosité, je pris le parti de l'interroger sur les derniers développements de la politique, dont tout le monde, autour de moi, discutait à tort et à travers. A ma première question, il parut sortir d'un songe et me jeta un regard où il y avait à la fois de l'agacement et de la tristesse. Visiblement, il était encore ailleurs et m'entendait à peine.

Alors que tout Paris bourdonnait d'une sourde hostilité contre le gouvernement de Louis XVIII, que les royalistes se préparaient aux pires manœuvres des ultras et que les bonapartistes, relevant la tête, célébraient à tous les échos les vertus de Napoléon déchu et ignominieusement relégué à l'île d'Elbe, Jérôme, impavide, ne s'intéressait qu'aux singularités corporelles de la Vénus hottentote. En vain essayai-je de le tirer de son apathie en lui rapportant les incidents significatifs de la rue. Ainsi lui signalai-je que, dans certains quartiers, des manifestants avaient osé crier : « Vive l'Empereur ! » au passage de la voiture de Louis XVIII, que le cocher du roi avait dû accélérer son allure pour échapper aux quolibets et que, dans la rue Tiquetonne, un ancien officier des hussards faisait recette en montrant, grâce à une lanterne magique, l'image des principaux exploits de la Grande Armée, les commentaires de cette représentation étant assurés par un demi-solde à la voix de tonnerre. Jérôme souriait dans le vide, comme si je lui avais parlé d'un pays et d'un temps qui n'étaient plus les siens.

Un jour, poussée à bout, je lui reprochai de me délaisser de plus en plus pour se cantonner dans un passé préhistorique où seuls les amateurs d'ossements à inventorier pouvaient le rejoindre.

– Si tout le monde raisonnait comme toi, ma chérie, la science n'aurait pas avancé d'un pouce depuis l'âge des cavernes ! me répliqua-t-il froidement.

– Comment peux-tu t'intéresser à ces théories abracadabrantes alors que la France est peut-être à la veille d'un cataclysme, rétorquai-je.

– Il y a eu tant de cataclysmes dans le passé ! Alors, un de plus, un de moins… L'étude de la préhistoire empêche les esprits sains de s'intéresser à l'histoire. Ils sont au-dessus de la mêlée.

– Je parie que, dans le fond de ton cœur, tu ne sais même pas si tu es un royaliste, un bonapartiste ou un sans-culotte attardé.

– Je suis un paléontologue.

– Ça n'est pas une opinion.

– Non ! C'est une discipline de la pensée. Et je la tiens pour plus respectable que toutes les singeries et toutes les gesticulations du moment.

Sentant que je n'arriverais pas à le convaincre de son erreur, je me bornai à dire que le progrès scientifique n'était pas un gage de félicité et que, à mon avis, il y avait eu autant de gens heureux et de gens malheureux sur terre au temps des troglodytes qu'aujourd'hui. Il sourit de mon innocence, appuya un doigt sur mon nez et me traita d'« incorrigible rêveuse ». J'acceptai cette moquerie comme un compliment. Quand je repense à nos petites bisbilles sentimentales, je suis chaque fois émue par la naï-veté sentencieuse de Jérôme, qui, malgré son savoir ency-clopédique ou à cause de ce savoir, est totalement désarmé devant les petits problèmes de la vie courante. La théorie, c'est lui, la pratique, c'est moi ! Hier encore, après notre discussion au sujet de la Vénus hottentote, il m'a semblé que mon instinct, tout simple, tout bête qu'il fût, triom-phait de son intelligence supérieure. Je crois d'ailleurs, sans me vanter, qu'il a parfois recours à moi, « la rêveuse », pour corriger ses écarts de logicien invétéré. Néanmoins, la plupart du temps, si je le contredis, il rue dans les brancards. Au fond, comme beaucoup d'hommes, il aime avoir raison contre vents et marées. Tenir le cap, n'est-ce pas là une manière d'affirmer, en toute circonstance, l'autorité ancestrale de son sexe ? A plusieurs reprises, désirant lui changer les idées, j'ai voulu l'entraîner dans une visite au Salon où mon cher maître, Julien Bonhomme, expose actuellement ses dernières toiles. Mais Jérôme invoque chaque fois quelque nouveau prétexte pour retarder cette sortie en commun, dont il sait pourtant qu'elle me ferait plaisir. Si je le traite d'égoïste, il prend la chose en plaisantant et se réfugie, pour justifier sa dérobade, derrière l'urgence et l'importance de ses travaux scientifiques. C'est-à-dire derrière Cuvier et, accessoirement, derrière la Vénus hottentote. Le Salon doit fermer ses portes le 19 mars. Or, ces derniers jours, la grande nouvelle pour Jérôme a été la cession, par André Taylor, de la Vénus hottentote à un certain Réaux, un Français cette fois, qui exerce lui aussi le métier de « montreur d'animaux », habite au numéro 8 de la rue de la Cour-des-Fontaines et produit son spectacle excentrique au 188 de la rue Saint-Honoré et dans différents bastringues, dont le Café des Mille Colonnes. Jérôme n'a plus qu'une idée en tête : aller voir cette guenon et l'étudier sur toutes les coutures. Je l'adjure de se raisonner. D'autant que, ce matin même, une rumeur extraordinaire court de rue en rue. Il paraît que Napoléon s'est évadé de l'île d'Elbe, où il était relégué depuis son abdication, qu'il a débarqué à Golfe-Juan, avec plus de quatre mille hommes et plusieurs canons, et qu'il a pris la route de Grenoble. Certes, l'armée a immédiatement adressé à Louis XVIII un message d'entière fidélité, certes, une ordonnance royale a déclaré Napoléon « traître rebelle », certes, le même décret a enjoint à tous les Français de courir sus à l'usurpateur et de l'arrêter sans égards. Mais, chez tout un chacun, me semble-t-il, l'esprit oscille entre une peur viscérale précise et un vague espoir patriotique. Ceux-là mêmes qui craignaient le retour de l'homme au passé de légende, dont les entreprises guerrières ont saigné et ruiné la France, souhaitent paradoxalement qu'il chasse du trône un roi qui les a déçus par sa prudence, sa bonhomie et sa banalité. Moi-même, je ne sais plus où j'en suis. Et Jérôme ne m'aide pas à éclaircir mes idées. Que ne donnerais-je pour obtenir de mon mari qu'il reprenne pied dans la réalité et qu'il partage mes angoisses ? Mais rien ne l'atteint dans la thébaïde intellectuelle où il s'est enfermé. Nous couchons dans le même lit, mais nous ne vivons pas à la même époque. Lorsque j'ai annoncé à Jérôme que, d'après un bruit persistant, Napoléon marchait sur Paris, il a eu cette réponse stupéfiante :

– Eh bien, qu'il marche, si ça l'amuse. Il finira bien par trébucher. De toute façon, nous n'y pouvons rien. Ce n'est pas notre affaire !

Et il m'a annoncé triomphalement que, en dépit des événements, Cuvier et quelques collègues avaient décidé de se rendre demain au Café des Mille Colonnes, pour voir discrètement si la Vénus hottentote méritait une inspection plus approfondie. Il me proposa même de l'accompagner dans cette démarche. Du coup, j'éclatai :

– Quand je te demande d'aller avec moi au Salon, tu te

dérobes, et tu voudrais que j'accepte de te suivre dans ton stupide pèlerinage à cette négresse ?

– Tu ne vas pas comparer, dit-il.

– Oh si !

– Alors, je te plains, Clarisse.

Nous en restâmes là. Je le boudai durant toute la soirée. Mon accès d'humeur ne l'empêcha pas de s'endormir dès que nous fûmes au lit. Moi, je restai éveillée dans l'obscurité. Mais le temps accomplissait dans ma tête son travail d'atténuation et de remise en place. Soudain, je me surpris à évoquer les premières rencontres amoureuses avec celui qui allait devenir mon mari. Une douce nostalgie m'envahissait avec l'afflux de ces souvenirs. Tout mon passé m'inclinait vers la compréhension et vers l'indulgence. A l'idée des graves événements qui se préparaient peut-être, tandis que Jérôme respirait si paisiblement à mon côté, je regrettais un peu moins de ne pas lui avoir encore donné d'enfants. Réconciliée en pensée, avec moi-même et avec lui, je m'assoupis dans l'espoir que les bouleversements dont on parlait n'étaient qu'une fausse alerte.

Ce matin, après le départ de Jérôme, qui se rendait comme d'habitude au Muséum, je suis sortie dans la rue, moins pour m'aérer que pour tenter de me renseigner sur l'état d'esprit de la population. Le premier passant que j'aperçus portait ostensiblement à son chapeau une cocarde tricolore. Je compris, à ce signe, que Napoléon approchait de sa capitale. Et, le temps d'un soupir, j'enviai l'indifférence de mon mari devant les soubresauts de la passion politique.

2

Ça y est ! Avant-hier, 7 mars 1815, en dépit de mes réticences, Jérôme est allé, tôt le matin, avec Cuvier, Geoffroy Saint-Hilaire et quelques confrères triés sur le volet, admirer la Vénus hottentote au Café des Mille Colonnes. Il en est revenu à midi dans un état proche de l'euphorie. J'ai eu droit, pendant le déjeuner, à une description minutieuse de cette femme qui a, paraît-il, une peau très brune, une croupe démesurée et un sexe qui, même à demi dissimulé par une draperie, offre l'aspect d'un étrange pendouillement de chair morte. Selon Jérôme, pour agrémenter le spectacle, la négresse, à demi dévêtue, exécute sur scène quelques danses folkloriques en chantonnant de façon fort agréable, et le public en redemande. Subitement piquée de curiosité par ce récit, j'ai exprimé le désir de juger par moi-même de la qualité d'un phénomène qui faisait courir tout Paris. Trop content de mon changement d'attitude, Jérôme a promis de m'emmener là-bas dès demain. Je me préoccupe déjà de la robe que je mettrai pour l'occasion ; la bleu nuit peut-être, avec ses broderies de fausses perles et ses volants ajourés...

J'en reviens et je m'empresse de noter au vol mes impressions de cette visite. Une prostitution de la laideur ! Cette fille est à la fois horrible et pitoyable. Le Café des Mille Colonnes était bondé ce soir-là. Nous avons eu de la peine à obtenir une table, face à l'estrade où se produisait « l'étoile noire ». Des voiles transparents laissaient deviner les difformités de cette négresse adipeuse et provocante. Je fus fascinée par ses mamelles lourdes et flasques comme des outres sous le tissu léger, par son arrière-train monumental et proéminent, en forme de piédestal, et par le rideau de viande molle à la hauteur de son pubis. Que Jérôme pût s'intéresser à cette monstruosité de la nature était comme une insulte à mon propre corps. Il me semblait qu'une telle caricature de la femme dénigrait toutes les femmes, et moi la première. A quoi rimaient notre souci de plaire, notre discrétion traditionnelle, notre pudeur, notre dignité, si n'importe qui pouvait les bafouer ici, en payant quelques francs et en buvant un verre de xérès ? J'avais honte, comme si, en offrant sa nudité en pâture à des inconnus, c'était moi que Sarah Baartman avilissait par ricochet. A présent, pour corser son numéro de charme à l'envers, la Vénus hottentote se trémoussait des hanches et du croupion, fredonnait une mélopée en khoisan et s'accompagnait sur un tambour basque. Ces dandinements et ces ululements qui enchantaient Jérôme me furent vite insupportables. La gorge serrée de dégoût et de pitié, je ne savais plus si je plaignais ou si je détestais cette créature qui déshonorait notre sexe. Mais était-ce sa faute si elle était tombée si bas ? N'avions-nous pas notre part de responsabilité dans une entreprise aussi équivoque ? N'étaient-ce pas Jérôme, Cuvier et leurs confrères les vrais coupables de cette déchéance, bassement commerciale ? Le spectacle était surveillé de près par la patronne de l'établissement, Mme Romain, dite « la Belle Limonadière », et par le patron de la Vénus hottentote, le frétillant, onctueux et fourbe Réaux. Tous deux s'entendaient pour donner, au moment voulu, le signal des applaudissements. Mais ni l'un ni l'autre ne s'opposaient aux privautés de certains clients, qui, abandonnant leur siège, gravissaient l'estrade et palpaient à pleins doigts les rondeurs de la négresse. Une femme, fort élégamment vêtue, s'amusa même à fourrer un glaçon dans le corsage de Sarah Baartman qui gigotait et gloussait, ce qui fit rire tout le monde. Une autre spectatrice, étant montée sur scène pour saluer « la reine de la fête », tenta de lui enfoncer son parapluie dans la raie des fesses. Cette fois, Réaux intervint avec une fermeté courtoise et, à sa demande, l'instigatrice de cette cruelle plaisanterie accepta de remplacer le parapluie par un éventail dûment replié. La Vénus hottentote subit cette défloration postérieure avec un sourire dont je ne saurais dire s'il était de vaillance, d'indifférence ou d'amusement. L'affreux Réaux, à l'œil pétillant et au rictus huileux, se souvenant sans doute de son métier de « montreur d'animaux », promena sa pensionnaire en laisse, comme il l'eût fait d'une bête sauvage. Puis, jugeant qu'un trop grand nombre d'amateurs se pressaient autour de lui pour tripoter ce phénomène vivant, il fit apporter une cage sur la scène et enferma la Vénus hottentote à l'intérieur. Un écriteau, fixé à la porte, précisait : « Attention ! La direction décline toute responsabilité en cas de morsure. » Malgré cette mise en garde, quelques individus se hasardèrent à passer la main entre les barreaux pour pincer l'épaule, le coude ou le derrière de la captive. Elle retroussait les babines et montrait les dents comme prête à mordre. Mais ce n'était qu'un simulacre. Aussitôt après, elle éclatait de rire. Et toute la salle criait bravo. J'applaudissais avec les autres. Mais plus pour réconforter la victime de cette lamentable parade foraine que pour la féliciter de ses singeries. Tout à coup, je fus incapable de supporter plus longtemps la chaleur moite et l'odeur musquée de la salle, les rires gras coupés d'ovations bruyantes du public, et même les pauvres grimaces de cette esclave, victime de l'aberration des peuples prétendument civilisés et de l'aveugle maniaquerie des savants. Le cœur soulevé, je me tournai vers Jérôme et murmurai :

– Allons-nous-en !

– Tu n'aimes pas ?

– Non. Et toi ?

– Moi, c'est autre chose. Je juge l'affaire d'un point de vue purement scientifique.

– Et ça suffit à te donner bonne conscience ?

– Dans mon travail, oui.

– Et dans ton existence ?

– Mon travail et mon existence ne font qu'un.

– Je t'envie, Jérôme, soupirai-je. Et je te plains en même temps.

– Tu finiras par comprendre, dit-il en me prenant la main sur la table et en l'effleurant de ses lèvres. Quand on veut aller de l'avant dans la recherche comme dans la vie, il faut

parfois se durcir le cœur ! Mais c'est une attitude provisoire, occasionnelle. Le fond reste le même...

Tout en parlant, il appela un serveur pour se faire apporter l'addition. Pendant qu'il réglait nos consommations,
la Vénus hottentote simulait l'extase, face à un figurant
déguisé en gorille qui était entré dans la cage et lutinait sa
partenaire en feignant de lui chercher les puces sur la tête
et de les croquer au fur et à mesure. Nous sortîmes au
milieu de la bruyante hilarité d'une foule ravie de sa propre
imbécillité.

Il paraît que les « troupes loyalistes » envoyées contre
Napoléon se sont, l'une après l'autre, rangées sous ses
ordres. Aujourd'hui, 18 mars 1815, une affiche clandes-
tine a été collée de nuit à la porte des Tuileries : « L'Empereur prie le Roi de ne plus lui envoyer de soldats, il en a
trop ! »

Cette insolente boutade a vite fait le tour des salons de
Paris. Nous vivons des moments d'intense nervosité et de
désolante impuissance. J'ai l'impression que chaque heure
qui passe contient à elle seule autant d'imprévu qu'une
année normale. Chance et malchance se succèdent sur les
plateaux de la balance. Tout pouvant arriver, il vaut mieux
ne rien prévoir. Dans ce tohu-bohu politico-militaire, seuls
Jérôme et ses semblables continuent leur route sans dévier
d'une ligne. D'accord avec Cuvier, le professeur Geoffroy
Saint-Hilaire a enfin écrit à la direction de la police de
Paris pour qu'elle autorise le sieur Réaux à conduire la
Vénus hottentote au Muséum d'histoire naturelle afin

qu'elle soit examinée par un cénacle de savants. Elle pourrait y être reçue dès la fin du mois de mars. Jérôme exulte.
On jurerait qu'il est à la veille de marier sa fille. C'est à la
fois attendrissant et ridicule. J'ai hâte qu'on en finisse avec
l'apothéose de cette négresse.

Hosannah ! Le ciel m'a entendue : tout est remis en
question par le retour triomphal de Napoléon, qui, dans
la soirée du 20 mars 1815, a fait son entrée à Paris sous
les acclamations de la foule. Louis XVIII ayant quitté précipitamment les Tuileries, le changement de règne s'est
opéré sans trop de casse. Reste à régler le sort de ceux qui
ont oublié l'Empire pour servir la royauté. Mais je suis
sûre que la bonne foi des uns et des autres prévaudra en
toute circonstance. A cet égard, Jérôme n'a rien à craindre.
Comme savant, il s'est toujours tenu à l'écart de la politique. Pour une fois, je suis heureuse qu'il ait choisi la
profession de paléontologue. D'ailleurs, son activité dans
cette discipline ne s'est jamais ralentie. Quelles que soient
les secousses du monde extérieur, il rentre du Muséum à
la même heure, le soir, et rédige scrupuleusement des
notes sur le cas de la Vénus hottentote. Tiendrait-il un
journal pour parler de ses observations prétendument
scientifiques, comme j'en tiens un pour parler de mes
humeurs devant un mari que j'essaie de comprendre ?
Je ne suis pas jalouse, mais cette sourde rivalité avec
une intruse me tape sur les nerfs. J'aimerais que Jérôme,
enfin désenvoûté, me dise tout à trac : « J'en ai fini avec
la Vénus hottentote ; je vais retourner à l'examen de mes

bons vieux fossiles du crétacé. » C'était le genre d'études qui l'intéressait autrefois. Pourquoi n'y reviendrait-il pas aujourd'hui ?

Napoléon est de retour et c'est la Vénus hottentote qui emplit ma tête ! Je subodore une relation mystérieuse entre ces deux événements si dissemblables et si disproportionnés. Sans être superstitieuse, je ne suis pas loin de penser que la Vénus hottentote protège l'Empereur par quelque sortilège africain et que lui, de son côté, et à son insu même, la garantit contre l'adversité parce qu'il la plaint d'avoir été, comme lui jadis, victime de la mauvaise foi britannique. Jérôme prétend du reste que Napoléon a été informé, peu après son arrivée à Paris, de la présence en ville d'un phénomène ethnologique. Il sait même, dit-on, que, avec l'accord du préfet de police, Sarah Baartman vient d'être transférée dans les locaux du Muséum d'histoire naturelle.

En vérité, depuis que la Vénus hottentote est enfermée, avec tous les égards possibles, entre les quatre murs de la salle des Séances, Jérôme est sur les dents. Chaque soir, en rentrant à la maison, il déborde d'anecdotes absurdes, de remarques gravissimes et de projets fumeux. D'après ce qu'il me raconte par bribes, l'infortunée négresse consent maintenant à se montrer entièrement nue et ne s'offusque pas des inspections méthodiques et approfondies qu'on impose à son intimité puisque ce sont de vrais savants qui les pratiquent. A l'initiative du professeur Geoffroy Saint-Hilaire, quelques dessinateurs ont été conviés à exécuter des croquis et des gravures de Sarah Baartman afin de conserver, pour les générations futures,

la trace de ses anomalies physiques. J'ai demandé à être
du nombre de ces artistes, mais Jérôme m'a répondu que,
le nu n'étant pas ma spécialité et mon nom étant à peu
près inconnu dans les milieux de la peinture officielle, il
n'était guère probable que le directeur du Muséum retînt
ma candidature. Même refus pour mon cher Julien Bonhomme que j'ai voulu mettre sur les rangs. J'ai donc dû
me contenter des récits que me faisait Jérôme au retour
de ces séances de pose. Mais il se bornait, la plupart du
temps, à des considérations générales décevantes : « Nous
avançons lentement dans nos connaissances de l'évolution
de l'espèce. En faisant copier l'anatomie extravagante de
Sarah Baartman par le crayon des artistes, nous précisons
nos premières impressions. Nous traquons les secrets de
l'évolution du squelette, des chairs et des fonctions naturelles à travers tous les âges de l'humanité et toutes les
races du globe. »
    Tandis que Jérôme se perd dans des discussions ésoté-
riques, j'imagine Napoléon qui, tout près de nous, savoure
l'adoration renaissante de son peuple et l'ivresse du pouvoir retrouvé après tant d'épreuves. Même ceux qui l'ont
dénigré naguère lui témoignent aujourd'hui une gratitude
éperdue. Le temps pour lui de composer un ministère à sa
dévotion, de régler les futures attributions des deux Chambres, de procéder à quelques nominations éclatantes, de
prendre encore je ne sais trop quelles décisions capitales,
et la France repartira du pied gauche sous le déploiement
du drapeau tricolore. Partout les emblèmes de l'Empire
refleurissent. Afin de n'être pas en reste d'hommage, j'ai
adressé à Napoléon, aux Tuileries, une de mes aquarelles

les plus réussies, représentant un bouquet de violettes, symbole de l'Empire. Peut-être aurai-je droit à un remerciement de Sa Majesté ? Je le dis à Jérôme, mais il n'en a cure. Pour lui, le retour de Napoléon n'est qu'un incident mineur dans le cours tumultueux de l'histoire.

Depuis quelques jours, il a un autre motif de satisfaction. Profitant de ses contacts quotidiens avec la Vénus hottentote au Muséum, il s'est mis en tête de lui apprendre le français.

– Elle a beaucoup de dispositions pour les langues, m'a-t-il affirmé récemment. Elle sait déjà prononcer couramment quelques mots : maison, monsieur, madame, merci, bonjour, au revoir, soleil, lune... c'est charmant !

Je l'ai interrompu, passablement irritée :

– Bref, tu es content de ton élève.

– On le serait à moins ! En échange, tu vas rire, elle a voulu m'enseigner les formules courantes de l'idiome khoisan !

Et, pour me convaincre, Jérôme a émis une série de pépiements inarticulés. Je n'ai pu dominer un élan de colère méprisante et lui ai dit d'un air pincé :

– Bravo ! Continue ainsi et, bientôt, tu pourras avoir de longues conversations avec elle si tu n'en as plus avec moi.

A peine ai-je eu lancé ce commentaire venimeux que je l'ai regretté. Jérôme a esquissé un sourire indulgent :

– Que vas-tu chercher là ? Serais-tu jalouse d'une planche d'anatomie ?

Et, à l'appui de sa question, il m'a mis sous les yeux quelques nus exécutés par les « dessinateurs qualifiés » sous la direction de Cuvier et de Geoffroy Saint-Hilaire. La précision indécente des détails me glaça d'horreur. Aucun des secrets de la féminité n'avait été respecté par ces artistes à la curiosité sadique. Ce n'était pas une fille d'Eve affligée des pires disgrâces physiques dont je contemplais l'effigie, mais une pièce de boucherie, gonflée de partout, croulant de partout, avec pourtant des yeux humains. Je repoussai ces dessins grotesques et murmurai :

– Ça vous avance à quoi, toi et tes confrères, d'avoir reproduit et catalogué les infirmités de cette malheureuse ?

– Toute science est basée à la fois sur l'observation et sur la réflexion, dit-il sans se démonter. Plus le savant fait preuve d'humilité, de rectitude et de méthode devant l'objet de ses recherches, et plus il a de chances d'avancer dans la découverte des secrets de la nature. Si nous nous intéressons à l'hypertrophie de certaines parties du corps de la Vénus hottentote, c'est que nous espérons, à travers ces anomalies, déceler un lien organique entre la structure physique et morale de nos ancêtres les plus reculés.

– Et le cœur, dans ce méli-mélo, qu'en fais-tu ? dis-je brutalement.

– De quel cœur parles-tu ? interrogea-t-il. De celui de Sarah Baartman ?

– Non, du tien ! Je me demande parfois si ce n'est pas un cerveau qui bat dans ta poitrine à la place du cœur.

– Tu me détestes à ce point ? soupira-t-il en me regardant avec une tristesse implorante.

De nouveau, je fondis :

– C'est ton acharnement... c'est... c'est ton métier que, parfois, je déteste !

Il choisit la conciliation :

– Je te promets d'en changer dès que j'aurai terminé mon étude sur les origines de l'espèce humaine.

– Et ça prendra combien de temps ? observai-je ironiquement.

– Je ne sais pas. Mais je t'assure que je vais cravacher !

Je compris que, malgré son serment et malgré mes révoltes, il n'y aurait jamais rien de changé entre nous.

Le soir, enfermée seule dans la salle de bains, je me suis regardée toute nue dans la glace et il m'a semblé voir, en surimpression, sur mes seins un peu lourds mais joliment galbés, les mamelles monstrueuses et pendouillantes de la Vénus hottentote. Saisie de panique, je me dis que Jérôme, quand il me prenait dans ses bras, était peut-être victime de la même hallucination. Peut-être était-ce la Vénus hottentote qu'il possédait en faisant l'amour avec moi, par habitude ? A l'heure du coucher, je me suis réfugiée à l'extrême bord du matelas pour éviter tout contact avec mon mari. D'ailleurs, il n'a pas cherché à me caresser, de la nuit. Ce matin, après que nous eûmes pris le petit déjeuner ensemble, il s'est assis à son bureau et s'est mis à écrire avec application dans un cahier. Sans doute rédige-t-il le fameux rapport sur les configurations génétiques et ethniques qui définissent l'évolution de l'humanité. Il me parle souvent de son texte, mais refuse de m'en montrer la moindre ligne sous prétexte qu'il s'agit d'une littérature absconse à laquelle seuls des ethnologues peuvent comprendre quelque chose. Je le soupçonne de consacrer dans cet essai des pages passionnées et indiscrètes à la Vénus hottentote. J'aimerais bien y jeter un coup d'œil, à son insu. Mais il emporte ce précieux cahier quand il sort pour se rendre au Muséum, ou alors il le met sous clef dans un tiroir. Il se méfie de moi. Il a raison.

3

JE COMMENCE à croire que la principale qualité de Napoléon est de pouvoir s'occuper de trente-six choses à la
fois. Maintenant qu'il n'a plus de guerre à se mettre sous
la dent, il se console de son inaction en se mêlant, à bon
ou à mauvais escient, des affaires civiles de ses sujets. On
raconte que sa rage de tout connaître et de tout régenter
est sans limites. Ainsi n'ai-je pas été surprise, avant-hier,
quand Jérôme, tremblant d'émotion, m'a appris que
l'Empereur avait exprimé le désir de visiter le jardin bota-
nique du Muséum, le 6 avril prochain, et d'y rencontrer
cette fameuse Vénus hottentote dont on lui rebat les oreilles. La perspective d'un tel honneur a produit sur mon
mari l'effet d'une décharge électrique. Il n'y a plus que
deux jours avant l'auguste événement et il faut tout préparer, veiller au moindre détail, multiplier les précautions
policières et protocolaires afin de ne pas décevoir Sa
Majesté. Tandis qu'un branle-bas de combat s'est emparé
du personnel du Muséum, secouant aussi bien les plus
illustres savants que les plus minables des scribes, je me
mets à envier ceux qui auront la chance de voir le maître

historique de la France, face à la misérable esclave noire que l'Afrique nous a dépêchée. Evidemment, comme Jérôme me l'a confirmé, il n'est pas question que je sois invitée à cette entrevue solennelle. Je n'ai pas eu honte de reconnaître, devant lui, que j'aurais voulu être une petite souris pour assister à la scène et il a promis de me la raconter point par point, dès son retour à la maison. Dorénavant, je compterai les heures et me languirai dans l'attente.

Le 6 avril. Ce soir mémorable, Jérôme est arrivé en triomphateur. Il a tout vu, tout entendu, tout retenu et il se prépare à tout me raconter.

Hélas ! Je m'attendais à un compte rendu chatoyant et divertissant, mais son récit fut d'une brièveté et d'une sobriété décevantes. Je retins de ses explications que Napoléon n'avait fait au Muséum qu'une apparition de routine. J'appris néanmoins, en harcelant mon mari de questions, que l'Empereur ressemble, trait pour trait, aux gravures de lui qu'on trouve dans les magasins, qu'il a le regard perçant d'un oiseau de proie, qu'il parle avec l'accent corse et qu'il a paru fort intéressé par l'anatomie monstrueuse et par le destin funeste de la Vénus hottentote ! Bien qu'il s'exprimât devant elle en français, elle avait eu l'air de comprendre ce qu'il lui disait et s'était appliquée à lui répondre, également en français, par une phrase que Jérôme lui avait enseignée la veille : « Je remercie Votre Majesté de l'intérêt qu'elle me porte. » Touché par cette marque de déférence, Napoléon avait élevé la voix pour être entendu à la ronde et avait dit textuellement : « Votre histoire ne peut que consterner et indigner tous les amis de la liberté et de l'égalité. Quand j'en aurai fini avec l'Angleterre, je m'occuperai de faire abolir l'esclavage en Afrique noire ! » Toutes les têtes s'étaient inclinées autour de lui pour saluer cette prophétie. Manifestement ravi de l'effet produit par son intervention dans le milieu scientifique, Napoléon s'était ensuite avancé vers Sarah et lui avait légèrement pincé l'oreille comme il le faisait naguère pour exprimer son contentement à tel ou tel grognard de la Garde. Ce petit geste familier avait déclenché les applaudissements de l'assemblée. Même la Vénus hottentote battait des mains avec frénésie.

– Tout cela était d'une simplicité et d'une spontanéité charmantes, commentait Jérôme. J'avais l'impression que Napoléon était redevenu Bonaparte durant son passage au Jardin des Plantes et qu'il se rappelait l'intérêt qu'il avait jadis porté à la science, allant jusqu'à exiger qu'une commission de savants, réunie autour de Geoffroy Saint-Hilaire, l'accompagnât lors de son expédition en Egypte.

Comme Jérôme semblait aussi ému par l'attitude de Napoléon que par celle de la Vénus hottentote, je lui demandai, par plaisanterie, s'il espérait être invité à un bal aux Tuileries, sinon avec son épouse, du moins avec sa protégée africaine. Cette petite perfidie, loin de l'irriter, le plongea subitement dans un silence songeur. Sans doute la visite de l'Empereur avait-elle « sacralisé » la malheureuse Sarah aux yeux de mon mari. Devinant que Jérôme était parti à fond de train vers de nouveaux projets, je me mis rapidement sur mes gardes.

Mes craintes n'étaient que trop justifiées. Aujourd'hui 17 avril, Jérôme est revenu de son travail plus tôt que d'habitude. Son visage avait une expression tout ensemble fautive et provocante. J'en ai immédiatement conclu qu'il y avait anguille sous roche.

– Je vais t'annoncer une nouvelle importante, dit-il en guise de préambule.

Et, comme je ne lui posais pas la question qu'il attendait, il poursuivit d'une traite :

– Tu n'ignores pas que Cuvier et Geoffroy Saint-Hilaire ont parfois, entre eux, des divergences d'opinion sur la théorie de l'évolution de l'espèce humaine. Eh bien ! pour une fois, ils se sont mis d'accord et ont chargé un de nos correspondants en Afrique du Sud de faire venir à Paris, au Muséum, moyennant une honnête rétribution, un mâle de la même tribu bochiman ou hottentote que notre Sarah. L'affaire a été conclue ces jours-ci. Le gaillard qu'ils ont choisi a vingt-neuf ans. Il est, paraît-il, d'un beau noir ambré, il a une carrure superbe malgré sa petite taille : un mètre soixante. Il ne présente aucune tare à l'auscultation. On l'appelle Karoo, du nom de la plaine côtière qui l'a vu naître. Il vient d'être embarqué au Cap à destination de l'Europe.

– Et à quoi l'emploierez-vous quand il arrivera à Paris ? demandai-je candidement.

Jérôme s'étonna de mon incompréhension et laissa tomber du bout des lèvres :

– Quelle question ! Mais à faire des enfants.

– Avec qui ?

– Avec notre Vénus hottentote. Imagine un peu le retentissement de l'affaire en cas de réussite ! Ce sera la première fois qu'on aura obtenu ce genre de reproduction en captivité.

J'étais atterrée par le cynisme scientifique du commentaire. En organisant cette procréation sur commande chez un couple de sauvages, mon mari se rendait-il compte de l'offense qu'il m'infligeait à moi, son épouse légitime, qui étais incapable de lui donner le fils ou la fille qu'il espérait depuis tant d'années ? N'allait-il pas se sentir le père putatif du négrillon qui sortirait, un beau matin, des flancs de la Vénus hottentote ? Ne devrais-je pas m'effacer, un jour ou l'autre, devant cette guenon qui usurpait mon rôle de femme ? N'était-il pas urgent de mettre fin, par un coup d'éclat, à cette parodie de l'amour ? Mais à peine avais-je envisagé une explication définitive, assortie d'une menace de rupture, que je me raisonnai. Déjà, je craignais de tout gâcher en ayant l'air d'accorder une importance démesurée à ce qui n'était peut-être qu'un incident sans importance pour l'avenir de notre ménage. Bridant mon anxiété, je feignis l'indifférence et demandai, sur un ton plat :

– Pour quand attends-tu l'arrivée de ce géniteur providentiel ?

– C'est difficile à prévoir, dit Jérôme. La traversée pourra prendre sept à huit semaines, peut-être plus, parce que, pour diminuer les frais, nous avons fait embarquer notre homme sur un caboteur. Le capitaine a promis de nous tenir au courant à chaque escale importante, par des signaux sémaphoriques faciles à interpréter. D'ici là, nous avons le temps de tout préparer ici...

J'ironisai amèrement :

– Tu veux parler de la chambre à coucher de la future maman, du berceau et des langes du futur bébé ?

– Non. Je pense aux examens cliniques et anthropométriques auxquels nous soumettrons le père, la mère et l'enfant.

– Quelle poésie ! m'exclamai-je.

Il ne releva pas ma moquerie et se contenta d'épiloguer, dans le vague, sur l'état des esprits en Europe, à la veille d'une possible conflagration générale. Plus précisément, il craignait que l'attitude belliqueuse de certains chefs d'Etat ne contrecarrât, d'une façon ou d'une autre, son projet de copulation négrière au nom de la science.

Je le laissai à ses divagations érotico-savantes et, pour une fois, préférai les échos de la rue à ceux du Muséum. Depuis quelques jours, on parle ici de l'indignation des ex-Alliés contre la France, qui a trahi sa parole et s'est redonnée, corps et âme, au minotaure Napoléon. Les gens les mieux informés assurent qu'à Vienne une coalition des ennemis de l'Empereur s'est reformée autour de l'Angleterre. Elle grouperait, aux côtés des forces britanniques, celles de Prusse et de Russie, qui brûlent d'en découdre avec « l'ogre corse ». Mais, dit-on également, Napoléon a plus d'un tour dans sa giberne. Il ne se laissera pas surprendre par une attaque, si massive et si audacieuse soit-elle. Il est tellement sûr de la victoire que, hier encore, en procédant à l'ouverture des Chambres législatives, il s'est déclaré fier de son peuple et a annoncé que son règne

serait celui des libertés constitutionnelles, de la paix des
âmes et de la prospérité pour tous. Après quoi, il a distribué
des aigles aux légions de la garde nationale et aux troupes
de ligne. La jeunesse, flambant d'enthousiasme, court aux
frontières en criant : « Vive l'Empereur ! » Cependant,
Jérôme, ramenant tout à ses préoccupations personnelles,
craint que le navire transportant le nègre Karoo, lequel
doit, en principe, engrosser la Vénus hottentote, ne soit
arraisonné et capturé par la flotte anglaise, puisque nous
sommes en guerre, depuis quelques jours, avec l'Europe
entière. Décidément, mon cher époux voit tout par le petit
bout de la lorgnette. Je devrais lui déballer ses quatre véri-
tés une fois pour toutes, mais je n'en ai pas le cran. D'ailleurs, le moment est mal choisi pour un affrontement
sentimental alors que c'est un affrontement universel qui
nous pend au nez. Il me semble souvent que j'évolue dans
un monde absurde, où toutes les opinions se valent, où
tous les courages sont interchangeables et où il faut savoir
retourner sa veste si on tient à sauver sa peau. Dans ce
climat d'opportunisme éhonté, la règle d'or est de tout
critiquer sans s'opposer ouvertement à rien et de préférer
le pain quotidien à l'honneur d'une vie. Malgré moi, je
pense à Sarah : Jérôme lui a promis qu'elle serait bientôt
fécondée. Sans doute attend-elle le don de cette semence
comme une miraculeuse promotion. Et, tandis qu'elle
s'abandonne à cette songerie de vierge attardée, l'univers
entier, autour d'elle, trépigne d'une fureur meurtrière !
Subitement, je me surprends à la plaindre pour la belle
illusion qu'elle s'est forgée.

Il y a quarante-huit heures, l'Empereur a quitté Paris

pour se porter à la tête des armées du Nord. On s'attend à un choc terrible. Et voici que, en ce jour du 14 juin 1815, Jérôme revient avec, à la main, un court billet qu'il me montre d'un air déconfit. C'est une dépêche chiffrée, transmise par sémaphore depuis Dakar. Elle signale que la traversée se poursuit normalement, qu'il n'y a pas de navires ennemis en vue, mais que le nègre Karoo vient de mourir à bord, à la suite d'un accès de dysenterie, et que son cadavre a été immergé au large, selon la coutume. Jérôme est très abattu par ce contretemps. Il dit qu'il aura beaucoup de difficultés, dans les circonstances actuelles, à trouver un remplaçant bochiman ou hottentot à distance. Or, il est essentiel, paraît-il, pour son étude ethnographique, qu'il réalise cet accouplement sous surveillance. Alors que nous nous attendrissons, Jérôme et moi, sur le sort de l'infortunée Sarah devenue veuve sans avoir connu le compagnon qui allait l'engrosser, notre voisine du dessous, Mme Christomet, une vieille dame charmante, à demi sourde et passablement radoteuse, frappe à notre porte et entre en coup de vent. Sans même nous laisser le temps de lui avancer un siège, elle s'écrie :

– Il paraît que ça tourne mal, sur les champs de bataille, vers la Belgique. Nos vaillantes troupes succombent sous le nombre. On parle même de débandade, il ne reste plus qu'à espérer un miracle !

Après avoir dit ces mots, elle se signe la bouche, le cœur, et baise son pouce. Nous nous regardons, Jérôme et moi, longuement, en silence, avec, dans la poitrine, tout le désespoir de notre inanité foncière.

Mme Christomet chuchote encore :

– Je plains surtout les épargnants. Avec cette probable défaite à Waterloo, il est sûr que la rente perdra au moins cinq pour cent.

Après son départ, je demande à Jérôme :

– Que comptes-tu faire maintenant ?

Il me considère avec des yeux de somnambule et dit simplement :

– Je vais prévenir notre Vénus hottentote que le pauvre Karoo est décédé pendant le voyage. Elle en sera profondément désolée.

– Pourtant elle ne le connaissait même pas.

– Oui, mais elle se faisait une telle joie d'avoir un bébé ! De lui ou d'un autre, peu lui importait !

Je ne pus retenir une remarque mesquine :

– Et ce bébé qu'elle voulait tant mettre au monde, elle l'aurait élevé en cage, je suppose !

– Oui et non, répondit Jérôme placidement. Nous aurions laissé un minimum de liberté à l'enfant, pour qu'il s'habitue en prenant de l'âge.

– Qu'il s'habitue à quoi ? A l'idée d'être plus tard un animal de cirque aux ordres d'un quelconque Réaux ?

Il haussa les épaules sans daigner me répondre.

Ruminant en silence, je m'étonne de prendre à cœur les chagrins et les humiliations de la Vénus hottentote, alors que c'est la France entière qui, demain, risque d'être envahie, asservie et mise à sac.

On raconte partout des versions contradictoires et plus navrantes les unes que les autres de la bataille de Waterloo.

Ce qui est sûr, c'est que la déroute a été totale, que Napoléon est arrivé aux Tuileries le 20 juin, sur le coup de onze heures du soir, et que le général de Caulaincourt, qui l'attendait, n'a pu que lui confirmer l'étendue du désastre. Tous les habitants de l'immeuble sont déjà réunis dans la cour pour commenter la catastrophe et en supputer les conséquences. Ne va-t-on pas voir les cosaques se déverser dans les rues de Paris, défoncer les vitrines des magasins et violer les femmes ? Jérôme assure que non, car, selon les informations qu'il a recueillies au Muséum, les troupes alliées ont reçu de leurs chefs des instructions draconiennes leur interdisant toute incorrection, et même tout rapport avec la population civile. Ayant quelque peu apaisé son auditoire, il nous a quittés sans doute pour retourner auprès de la Vénus hottentote qui, pourtant, à mon avis, ne serait pas fâchée d'être assaillie par un soudard. Après un échange de propos anodins avec des voisins, je me suis éclipsée à mon tour. En rentrant dans l'appartement, je me suis aperçue que Jérôme avait laissé la clef sur la serrure du tiroir où il range habituellement son précieux mémorandum scientifique.

J'ouvre le tiroir, je découvre le cahier et le cœur me manque. Comment résister à la tentation ? Les mains tremblantes, je feuillette au hasard cette confession qui, selon Jérôme, est strictement professionnelle. Mais, tout à coup, je tombe sur un passage dont la crudité me suffoque. Il y est question de la configuration des Hottentotes qui présentent toutes une énorme couche de graisse sur les fesses, les hanches et les cuisses. Ce matelas adipeux rend leur arrière-train si proéminent que les mères installent dessus leurs enfants en bas âge et se glorifient de les transporter ainsi dans leur dos, comme sur un socle vivant. Cette étrange pratique, Jérôme a pris un évident plaisir à la relater dans les moindres détails. Ailleurs, il a noté scrupuleusement que la Hottentote ou la Bochiman a le faciès d'un orang-outang, que ses seins énormes et mollassons ont des aréoles noirâtres, qu'elle présente quelques poils laineux à l'endroit du pubis et que les petites lèvres de son sexe dépassent largement de la vulve et forment sur le devant une sorte de « rideau de chair moite et pendouillante ». Je relis ces dernières phrases avec stupeur. Est-ce bien mon Jérôme qui les a tracées ? Il me semble que, si j'avais découvert à dix-huit ans, à vingt ans, une description aussi méprisante d'un corps féminin, fût-ce celui d'une négresse, j'aurais rompu toute relation sentimentale avec l'homme qui était l'auteur de ces vilenies. Mais j'ai passé la trentaine aujourd'hui et mes fureurs comme mes amours se sont assagies. Selon l'expression favorite de Jérôme, « j'ai appris à faire la part des choses » !

Néanmoins, après un bref débat de conscience, j'hésite à replacer l'affreux cahier dans sa cachette. L'ardeur de la prime jeunesse me remonte au cerveau telle une bouffée de chaleur. Sans réfléchir, j'arrache la page maudite, la déchire en menus morceaux et jette le tout dans la cheminée. Vite, craquer une allumette, mettre le feu à ces ignobles papiers et les regarder flamber, gaiement, en plein mois de juin.

C'est terminé ! Je disperse la cendre. Et je m'étonne de l'audace avec laquelle j'ai accompli ce geste. Comme j'ai pris soin d'arracher la feuille proprement, sans laisser

d'ébarbures, je me dis que, peut-être, Jérôme ne s'aper-
cevra pas immédiatement du saccage de son manuscrit.
D'ailleurs, s'il s'emporte contre moi, je suis résolue à lui
tenir tête. Dans cette affaire de confiance trahie et de
curiosité litigieuse, j'estime qu'il a plus de torts que moi.
Je n'hésiterai pas à le lui faire savoir s'il le faut. Ainsi, pour
l'heure, j'ai deux motifs d'angoisse : l'invasion de la France
par les Alliés et la colère de mon mari s'il découvre que
j'ai détruit une partie – même infime – de son manuscrit.
Prise entre ces deux menaces, je me demande encore celle
que je dois redouter davantage.

Jérôme vient de rentrer du Muséum, il a pris son cahier
dans le tiroir, n'a rien remarqué d'anormal et a continué
à écrire dedans, sans se préoccuper de moi. C'est ce qui
pouvait arriver de mieux. Mais sans doute n'est-ce que
partie remise. Je suis prête à tout. J'attends.

Napoléon vient d'abdiquer en faveur de son fils, le roi
de Rome. Les Chambres législatives ont élu un gouvernement provisoire. L'Empereur a quitté l'Elysée. Pour aller
où ? On parle de la Malmaison. On dit aussi que le sage
Carnot l'y a rejoint pour lui prodiguer les meilleurs
conseils. Paris est en état de siège. Au milieu de ce chari-
vari, Jérôme continue de se rendre quotidiennement au
Muséum, comme si le sort de la patrie dépendait de sa
ponctualité et de son application dans le travail. Mais il
n'écrit plus rien dans son « journal de bord » et je n'ose
aborder avec lui le sujet de ses relations avec la Vénus
hottentote. Il m'a simplement dit, hier, qu'elle ne cesse

de se lamenter, en langue khoisane, depuis qu'il lui a annoncé la mort de son « promis ». Pendant qu'il me parlait de Sarah, son visage exprimait un tel souci que je me suis étonnée de la part qu'il prenait au deuil de cette fille.

– Après tout, lui ai-je dit insidieusement, elle n'est pour toi, comme tu me l'as souvent répété, qu'un prétexte à « observations anthropomorphiques et ethnologiques » !

Cette phrase l'a fait sortir de ses gonds. Il m'a répliqué vertement que la rigueur scientifique n'excluait pas une certaine sensibilité et que, du reste, tout le monde, parmi ses confrères du Muséum, était aux petits soins pour Sarah. Aux dernières nouvelles, son maître et protecteur, l'infâme Réaux, a refait son apparition dans les coulisses. Il voudrait soustraire Sarah aux scientifiques pour la ramener chez lui et la rendre à son ancien métier de phénomène de foire. Comme elle est très déprimée, il prétend la requinquer en lui apportant un alcool fabriqué en Afrique, dans sa tribu, et qu'il a pu se procurer on ne sait trop comment. Elle en boit beaucoup, malgré les remontrances de Jérôme. Sans doute cherche-t-elle à se consoler. Pourtant elle n'a perdu qu'un homme dont elle n'a jamais aperçu le visage ni entendu la voix, et un pays lointain dont elle se souvient à peine et où elle n'a nulle envie de retourner. Moi, je suis en train de perdre un mari qui me délaisse et une patrie qui n'est plus que l'ombre d'elle-même. Laquelle de nous deux est le plus à plaindre ?

Une convention militaire vient d'être signée à Saint-Cloud, d'après laquelle les troupes françaises qui combattent encore (on se demande pourquoi) devront se retirer derrière la Loire, les portes de Paris étant ouvertes aux armées alliées victorieuses. Malgré cette avalanche de nouvelles catastrophiques, Jérôme est plus optimiste que jamais. Il prétend que lorsqu'on a atteint le fond, on ne peut plus que remonter d'un bond à la surface ! A l'instigation de Réaux, la Vénus hottentote a quitté les savants du Muséum et a regagné le logis de son protecteur et présentateur attitré. Elle a même déjà reparu dans un de ses spectacles habituels, rue Saint-Honoré. Mais Jérôme ne me propose plus d'aller la voir dans ses dandinements et ses déhanchements africains. En revanche, il est toujours aussi scrupuleusement assidu aux séances du Muséum. C'est bon signe. Je voudrais croire que l'orage s'éloignera de la France comme il semble s'éloigner de moi.

4

Paris n'est plus français. Tous les uniformes d'Europe se pressent dans les rues. On rencontre à chaque pas des officiers anglais, prussiens ou russes, aux uniformes prestigieux. Ils ont l'air tout farauds d'être là. Mais, dans cette confusion hétéroclite, les Russes sont, peut-être, les plus aimables malgré leur réputation de chapardeurs, de trousseurs de jupons et de soiffards. Ceux qui ont pu approcher le tsar Alexandre Ier racontent qu'il est bel homme et qu'il parle français à la perfection. Deux bons points pour cet hôte de marque dont, cependant, nous nous serions volontiers passés, comme de ce Wellington de malheur. Quarante-huit heures après l'arrivée des régiments étrangers, Louis XVIII s'est réinstallé sans vergogne dans le palais où flottait encore l'ombre désormais funeste de Napoléon. On dit que, le 15 juillet, l'Empereur déchu a été embarqué sur un navire britannique qui doit l'amener dans une petite île perdue au milieu de l'océan Atlantique, au sud de l'équateur, afin qu'il y subisse un exil définitif sous le contrôle des Anglais. Son retour au pouvoir aura duré cent jours à peine. Et voici que des ordonnances royales, promulguées en hâte, excluent de la Chambre des pairs tous ceux qui ont eu la malencontreuse idée d'y siéger pendant cette période transitoire. En outre, on pourchasse de nombreux officiers coupables d'avoir repris du service aux côtés de leur ancien chef, hier encore vénéré par tous. Mais qui peut se vanter de n'avoir pas trahi ses idées ou son voisin au cours de ce laps de temps fatidique ? Alors que le général-comte La Bédoyère, un brave entre les braves, vient d'être condamné à mort et fusillé par ses propres soldats, on a applaudi, à l'Opéra, le roi Louis XVIII et le tsar Alexandre Ier, assis dans la même loge. Douze balles dans la peau pour les uns et accolade fraternelle pour les autres. Il semble que l'idée dominante du gouvernement, dans cette époque sans gloire, soit d'éliminer les esprits forts et d'encourager les hésitants à oublier leurs craintes dans les divertissements les plus anodins. Depuis que Paris est infesté par la présence des troupes de toutes nationalités, les théâtres, les cabarets, les restaurants ne désemplissent pas. Jérôme voit dans cette soif de plaisirs la renaissance du goût de vivre et d'entreprendre chez un peuple profondément marqué par la défaite. Il prétend que le retour de la gaieté est un signe évident de convalescence parmi les individus comme parmi les nations. C'est ainsi que la Vénus hottentote n'a jamais attiré autant de spectateurs friands d'étrangetés plastiques et d'exotisme que depuis la chute de Paris. Tous les officiers des différentes armées d'occupation veulent avoir pris connaissance du phénomène mi-simiesque, mi-humain dont s'enorgueillit la capitale. Fier du succès extraordinaire que connaît Sarah l'Africaine, Jérôme a voulu m'entraîner, une fois de plus, au Café des Mille Colonnes pour admirer sa « pouliche noire », ainsi qu'il la surnomme avec une moquerie affectueuse. Comme Sarah ne fréquente plus depuis près d'un mois les locaux du Muséum d'histoire naturelle, il se demande ce qu'elle est devenue entre les mains du sieur Réaux, qui n'a pas la réputation d'être un homme accommodant ni courtois.

J'accepte cette escapade dans le Paris des joies populaires autant par envie de constater de visu ce qu'est devenue entre-temps la « pouliche noire » de mon mari que par désir de faire plaisir à Jérôme et d'observer ses réactions à la dérobée. Nous choisissons une soirée au début de septembre pour accomplir notre expédition. Le décor du Café des Mille Colonnes n'a pas changé. Mais le public est composé, pour les deux tiers, par des officiers appartenant aux différentes armées d'occupation. Mon regard vole d'un uniforme à l'autre et, bien que je me perde un peu dans le détail de toutes les tenues et de toutes les décorations, je m'amuse à deviner, d'après le physique de chaque individu, de quelle nationalité il relève. Jérôme m'aide de toute sa compétence dans ce petit jeu d'identification mais sa véritable préoccupation est ailleurs. Il a hâte de revoir la Vénus hottentote et elle tarde à paraître sur scène. N'est-elle pas empêchée par quelque malaise de dernière minute ? D'après ce que Jérôme croit savoir, les excès de boisson auxquels elle se livre avec l'approbation de Réaux la gênent souvent dans ses évolutions en public. Il veut aller la voir en coulisse. Je l'en empêche :

– De quoi auras-tu l'air, si tu y vas ? Tu n'es ni son directeur artistique ni quelqu'un de sa famille !

– Non, mais je la connais mieux que personne pour

l'avoir examinée de la tête aux pieds à l'occasion de mon essai sur l'évolution ethnologique et anatomique de l'espèce humaine comparée à celle des singes.

– Eh bien, tiens-t'en à tes conclusions ! dis-je. Oublie Sarah. Ici, tu n'es qu'un spectateur parmi les autres. Et, en plus, tu es accompagné par ton épouse qui mérite, elle aussi, certains égards.

Pendant que je le morigène à la façon d'une mère rappelant à l'ordre un gamin dissipé, quelques clients de l'établissement s'impatientent bruyamment du retard de la Vénus hottentote. Autour de moi, des voix viriles, marquées de tous les accents de l'Europe, réclament à cor et à cri la suite du programme.

Penché sur mon épaule, Jérôme murmure :

– Cet endroit est tellement apprécié par tous les officiers des régiments étrangers qu'il ne devrait plus s'appeler le Café des Mille Colonnes mais le Café des Mille Colonels !

Je n'ai pas le loisir de savourer cette boutade, car, soudain, le brouhaha de la salle s'apaise et, sur l'estrade, s'avance une Sarah vêtue de loques multicolores et harnachée de médailles. Des os sont plantés dans sa tignasse crêpée, en guise d'épingles à cheveux. Elle est hagarde, vacillante, pousse de petits rires nerveux et tape à pleins doigts sur un tambour basque en faisant tinter les grelots du cadre. Puis elle essaie de fredonner une mélopée en langue khoisane. Mais elle chante faux, bafouille, grimace, et manque de tomber en esquissant un pas de danse. Réaux, surgi à temps des coulisses, la rattrape et la maintient en équilibre, tandis que la salle s'esclaffe, vocifère et proteste :

– Assez ! Assez ! C'est ça, la fameuse Vénus hottentote ? Dehors ! On l'a assez vue ! Non ! Qu'elle aille se tortiller ailleurs !

Comme la malheureuse s'obstine à poursuivre son numéro malgré les huées, un officier russe escalade l'estrade. C'est un grand gaillard blond, moustachu, barbu, à la carrure athlétique, sanglé dans un uniforme vert aux épaulettes surchargées de dorures. D'autorité, il saisit la Vénus hottentote par le bras et lui fait signe qu'il veut la reconduire dans les coulisses. Mais Réaux s'oppose à cette expulsion manu militari de sa « diva ». La salle est divisée. Parmi les spectateurs, les uns ricanent, battent des mains et réclament de nouvelles pitreries de la saoularde, les autres s'indignent, sifflent et exigent qu'elle se retire et qu'on passe à l'attraction suivante. La direction garde d'ailleurs en réserve une chanteuse suisse, sachant yodler à la façon des Tyroliens. Invectivé par le public, Réaux tient tête à l'officier russe qui prétend chasser Sarah de la scène.

– Monsieur, lui dit-il fermement, je vous prie de ne pas interrompre le déroulement du programme et de laisser l'artiste aller jusqu'au bout de sa prestation.

– L'artiste ? Mais il n'y a pas d'artiste ici ! s'exclame le Russe dans un français irréprochable et à l'accent rocailleux. Je ne vois sur ces planches qu'une fille que vous avez sans doute ramassée dans la rue et que vous avez enivrée sans scrupules pour qu'on rie à ses dépens ! Votre Vénus hottentote n'est ni une vraie Vénus ni une vraie Hottentote. Vous vous moquez de nous en nous présentant ce minable débris comme une merveille de la nature !

De tous côtés, à présent, on glapit et on s'agite, chacun ayant son opinion sur l'affaire. Cependant, la Vénus hottentote, parfaitement inconsciente de la tempête qu'elle a déclenchée, continue à taper sur son tambour, à faire des grimaces et à cambrer les reins pour mettre en valeur la plate-forme de son postérieur monumental. Subitement, au plus fort du tumulte, je vois Jérôme qui, suffoquant de colère, invective quelques voisins et rugit à l'adresse de l'officier russe :

– Laissez-la ! Je vous l'ordonne. Vous ne voyez pas qu'elle va se trouver mal ?

Et voici qu'il me plante là, traverse la salle en se faufilant entre les tables, monte sur l'estrade et se dresse, fier comme un coq de combat, devant le perturbateur moscovite. Celui-ci, qui n'a pas lâché le bras de la Vénus hottentote, le toise de haut et prononce d'un ton menaçant :

– Vous n'avez rien à faire ici, monsieur. Retournez à votre place !

– Et vous, monsieur, retournez à la vôtre, qui est, si je ne m'abuse, de l'autre côté de la frontière ! réplique Jérôme. N'oubliez pas que vous n'êtes pas chez vous dans ce pays.

– Si j'y suis, ainsi que nombre de mes compatriotes, c'est que nous y avons été obligés, pour mettre fin aux folles entreprises d'un homme, votre fameux Bonaparte, qui a semé la mort et la désolation partout où il s'est aventuré !

Du coup, Jérôme se redresse encore. Je ne l'ai jamais vu ainsi, livide, crispé, irradiant d'une agressivité obtuse. Sa détermination me fait peur. Devrais-je le rejoindre sur la scène pour le calmer ?

– Vos propos sont indignes de la mission que votre tsar vous a confiée, lance Jérôme.

Mais l'officier russe ne bronche pas et se contente de dire :

– Je vous trouve bien arrogant pour le membre d'une nation vaincue.

– Il y a des défaites plus honorables que certaines victoires, rétorque Jérôme. Nous avons peut-être été vaincus, mais nous n'avons pas de leçon à recevoir d'un pays où on pratique encore régulièrement le servage. Notre Vénus hottentote, toute noire et mal dégrossie qu'elle soit, a un sort plus enviable que celui des millions de moujiks attachés à la glèbe et qu'on a le droit de vendre comme du bétail.

L'officier russe semble abasourdi par l'audace de son interlocuteur, fronce les sourcils et gronde :

– Je vous somme de retirer immédiatement ce que vous avez dit car je considère ces propos comme une offense personnelle.

– Considérez-les comme il vous plaira ! Mais je n'ai dit que la vérité. Vous le savez bien, et c'est cela qui vous blesse.

– Qui êtes-vous, monsieur, pour prendre ainsi publiquement la défense de cette méprisable guenon ?

Questionné à bout portant, mon mari ne se démonte pas et décline son identité :

– Jérôme Le Hennin, professeur au Muséum d'histoire naturelle.

Puis il demande à son tour :

– Et vous, monsieur l'officier, me ferez-vous l'honneur de m'indiquer à qui j'ai affaire ?

L'officier russe m'a paru impressionné par les titres de Jérôme. Confronté avec un Français aussi estimable, il bombe le torse, mais son visage se détend dans une expression souriante :

– Colonel Ivan Pavlovitch Zorine, du régiment des grenadiers de la garde impériale. Dois-je vous envoyer mes témoins, demain matin, pour convenir de l'endroit du duel et du choix des armes ou préférez-vous oublier, comme moi, cet incident absurde et sceller notre réconciliation devant une coupe de champagne ?

Mon mari lui sourit et hoche trois fois la tête en signe d'acquiescement. Entre-temps, le colonel Zorine a lâché le bras de la Vénus hottentote qu'il retenait prisonnière. Elle salue la salle d'une profonde révérence, manque de tomber à la renverse et se sauve au milieu des rires, des sifflets et des applaudissements. Réaux disparaît avec elle derrière le rideau. Jérôme et le colonel Zorine se serrent ostensiblement la main. Je respire à pleine poitrine, comme si j'avais échappé de justesse à un accident. Redescendant de scène, Jérôme retourne à ma table avec le visage reposé d'un homme qui vient d'accomplir son devoir dans une circonstance difficile. Il est accompagné de l'officier russe, qui accepte de s'asseoir avec nous. Un serveur apporte la bouteille de champagne que Jérôme a commandée. Nous buvons tous trois au rapprochement de la France et de la Russie, à la libération de tous les peuples opprimés et à l'avenir de la Vénus hottentote, dont mon mari raconte l'histoire à son vis-à-vis avec force détails. En écoutant

Jérôme, je suis fière de son courage, comme si, en prenant le parti de la Vénus hottentote au cours de cette altercation, c'était mon honneur à moi qu'il avait défendu au péril de sa vie.

Après avoir trinqué et bavardé aimablement avec nous, le colonel Zorine est allé rejoindre ses amis officiers, à une autre table.

Restée en tête à tête avec Jérôme, je le félicite à nouveau pour la dignité de sa conduite et regrette simplement, au cours de notre conversation, qu'il se soit donné tant de mal et qu'il ait couru un tel danger pour une cause qui n'en valait pas la peine. Il reconnaît que sa protégée africaine est parvenue au dernier degré de la déchéance depuis qu'elle est retombée au pouvoir de Réaux, mais il refuse de s'en désintéresser avant d'avoir tenté, une dernière fois, de voler à son secours. Sur sa demande, nous allons rendre visite à Sarah dans sa loge, un réduit qu'elle partage avec la concierge de l'établissement, dans l'arrière-salle des Mille Colonnes. Elle est là, sous son attifement de scène, affalée dans un fauteuil, devant sa coiffeuse. Assis dans un coin de la pièce, Réaux la surveille en mastiquant sa chique.

– Vous êtes venus voir notre « étoile », ricane-t-il. Regardez-la bien ! Elle est tellement imbibée que c'est à peine si elle vous reconnaît.

– Y a-t-il longtemps qu'elle est dans cet état ? demande Jérôme.

– Ça fait six semaines environ qu'elle dégringole de jour en jour.

– Pourquoi ne l'empêchez-vous pas de boire puisqu'elle ne supporte pas l'alcool ?

– Quand elle ne boit pas, elle est trop abrutie pour prononcer trois mots d'affilée. Il lui faut une lampée d'eau-de-vie pour redémarrer. Alors, je fais le nécessaire. Mais, si j'insiste sur la quantité, elle déraille de nouveau. Toute l'astuce est là, savoir donner la bonne dose au bon moment. Ni trop, ni trop peu, ni trop tôt, ni trop tard. Croyez-moi, c'est toute une tactique ! Et, si je me trompe, le public, lui, ne se trompe pas. On ne nous passe rien, ni à elle, ni à moi, aux Mille Colonnes. En ce moment, telle que vous la voyez, elle cuve sa ration de la soirée. J'ai peut-être eu la main un peu lourde. Mais, dans deux ou trois heures, elle sera de nouveau très lucide. Je ne vous demande pas d'attendre jusque-là.

C'était une manière discrète de nous mettre à la porte. Mais Jérôme ne veut pas s'avouer vaincu :

– Vous devriez peut-être consulter un médecin...

– J'en ai déjà vu trois. Tous sont d'accord : elle n'est pas malade. Simplement, comme ils disent, elle « décline », faute de pouvoir s'arrêter de biberonner. Il n'y a rien d'autre à faire qu'à la laisser suivre sa pente. Elle a eu ses quelques mois de gloire, ses Cent-Jours, en même temps que ceux de Napoléon, à peu de chose près ! Maintenant, elle est en route, comme lui, vers une île d'où on ne revient pas.

Jérôme semble frappé par cette comparaison entre la brève et brillante période de retour en grâce de Napoléon et le succès à éclipses de la Vénus hottentote. Le parallélisme iconoclaste de ces deux destins si dissemblables et leur déchéance simultanée m'incitent, moi aussi, à la réflexion. Subitement, le bonhomme Réaux, que je tenais jusque-là pour un fourbe et un sadique uniquement préoccupé de s'emplir les poches en exploitant la naïveté d'une créature sans défense, m'apparaît comme une sorte de deus ex machina, de démiurge inspiré, qui se cacherait sous des dehors de maquignon. Je lui trouve maintenant une bonne tête, avec son faciès aplati de bouledogue, tout en replis et en boursouflures, et ses gros yeux saillants qui interrogent les miens. Jérôme balbutie en aparté :

– Je voudrais tout de même faire quelque chose pour elle.

– Alors apportez-lui un bon petit alcool, dit Réaux.

– Je m'en garderai bien ! s'écrie Jérôme, offusqué.

– Je le ferai donc à votre place, et ce sera à moi qu'elle dira merci !

Jérôme fléchit la nuque sans répondre. Il a son compte, il ne lutte plus. Je jette un regard à Sarah, dans la glace. Elle me tire la langue. Posant la main sur l'épaule de mon mari, je lui souffle à l'oreille :

– Je crois que nous n'avons plus rien à faire ici. Allons-nous-en !

Il acquiesce d'un mouvement du menton et nous prenons congé de Réaux, lequel ne fait même pas mine de nous retenir, et de Sarah, qui continue à tirer la langue. Est-ce pour narguer ou pour signifier qu'elle a soif et qu'elle attend sa goulée d'eau-de-vie pour la nuit ?

Quand nous sortons dans la rue, on y allume déjà les premiers becs de gaz. Il s'est mis à pleuvoir. J'ai hâte de retrouver ma maison, mes meubles, mes soucis personnels et d'oublier la Vénus hottentote et Napoléon, qui, tous deux, ont pris le large et ne sont plus dans notre tête que des souvenirs à manier avec prudence.

5

LA SÉRIE noire continue. Bien que la paix ait été signée, que la cour royale se soit installée à Paris et qu'on érige des bustes de Louis XVIII dans les mairies, de tous côtés on traque les bonapartistes ou les ultras et on les jette en prison après un simulacre de procès. Ainsi la responsabilité de Napoléon se perpétue-t-elle au-delà de lui. Non content d'avoir envoyé à la mort des générations entières pleines de vigueur et de confiance, il prolonge son œuvre destructrice en servant de prétexte à l'extermination, après coup, de ceux qui ont eu le tort de lui rester fidèles. A mon avis, ce n'est pas un aigle qui devrait être son emblème, mais un vautour, le prédateur par excellence, amateur de toutes les charognes. Je le dis à Jérôme, et il prétend, comme toujours, que la passion m'entraîne au-delà du raisonnable. Selon lui, les choses ne vont pas si mal. Le roi ouvre facilement sa bourse aux indigents, la duchesse de Berry règne sur tous les cœurs, le commerce reprend, on se promène en famille sur les Champs-Elysées, et les commémorations funèbres, ordonnées de temps à autre par le gouvernement, alternent avec les bals de charité où les femmes font assaut d'élégance. Bonté et fermeté, tels sont, aux dires de Jérôme, les deux principes majeurs des pouvoirs publics, et il s'en félicite pour les riches comme pour les pauvres car, quoi qu'on insinue, ce sont les premiers qui procurent du travail aux seconds. Les nécessiteux sont, du reste, sévèrement éprouvés par le climat, cet hiver. Depuis le mois d'octobre, le froid paralyse la capitale. Dans les quartiers déshérités, la population se terre, affamée et transie, dans ses taudis. Même les fiacres hésitent à sortir dans les rues. La Seine charrie des blocs de glace. Calfeutré bien au chaud dans le palais des Tuileries, le roi ne peut ignorer qu'autour de lui la nation entière grelotte. Jérôme a eu la chance de se procurer des bûches et des fagots pour allumer la cheminée de notre chambre à coucher. Mais il est de plus en plus préoccupé par le sort de la Vénus hottentote, qui n'est guère habituée à une température aussi rigoureuse. Ayant appris que les spectacles du Café des Mille Colonnes venaient d'être interrompus en même temps que ceux de la plupart des théâtres pour cause de gel, Jérôme prévoit le pire et se précipite chez Réaux. C'est bien ce qu'il redoutait ! La Vénus hottentote a pris froid. Réfugiée chez son protecteur, 7, rue de la Cour-des-Fontaines, elle gît sur une paillasse, claque des dents, frissonne et supplie qu'on la ramène chez elle. Mais c'est où, « chez elle » ? Au Café des Mille Colonnes, dont elle a jadis égayé les soirées, ou en Afrique du Sud, dans les environs du Cap, où elle a vu le jour ? Le médecin appelé par Jérôme parle de fluxion de poitrine et prescrit des médicaments qui se révèlent tous inefficaces. La fièvre gagne. La malade tousse, gémit et délire. Un matin de décembre 1815, en se rendant à son chevet, Jérôme apprend qu'elle est morte dans la nuit.

Il est revenu de cette visite funèbre dans un tel état d'accablement que je me suis inquiétée pour la suite de ses travaux avec Cuvier et Geoffroy Saint-Hilaire. Mais il s'est ressaisi en quelques heures, a noté quatre lignes dans son journal et, dès le lendemain, il était de nouveau sur la brèche. Cuvier et lui ont écrit au préfet de police pour qu'il autorise le transport du cadavre depuis le domicile de Réaux jusqu'au laboratoire du Muséum d'histoire naturelle. C'est Cuvier qui se chargera de procéder à l'autopsie, mais il a désigné Jérôme pour l'assister d'un bout à l'autre de l'opération. Cette preuve d'estime de la part du maître chatouille agréablement la vanité de mon mari. Pour un peu, il en oublierait qu'il va démembrer et décortiquer le corps d'une femme qu'il a connue vivante et pour laquelle il a eu une affection que je qualifierais volontiers d'équivoque. Par malchance, la veille du jour prévu pour le transfert de la dépouille mortelle au Muséum, deux événements extraordinaires secouent l'opinion publique. D'une part, c'est le maréchal Ney, le héros de l'épopée napoléonienne, condamné à mort pour trahison, qui refuse qu'on lui bande les yeux et crie « Vive la France ! » en tombant sous les balles du peloton d'exécution. D'autre part, c'est l'ancien directeur des Postes, Antoine La Valette, qui, sur le point d'être fusillé pour usurpation de fonction et tentative d'attentat, s'évade de prison en revêtant les habits de sa femme. Le scandale ébranle tout le pays, on parle de complot et le préfet de police se désintéresse pour le moment de feu la Vénus hottentote pour parer au plus pressé, c'est-à-dire à l'apaisement des passions et à la recherche du fuyard. Heureusement, tout s'arrange et, le 30 décembre 1815 au soir, le précieux cadavre est livré, comme convenu, à ses dépeceurs. Jérôme estime qu'un pareil cadeau de Nouvel an tient du miracle. Une fois de plus, la « pouliche noire » l'a comblé. Ni elle ni lui ne pouvaient espérer une plus spectaculaire sortie de scène !

Bien qu'il s'évertue à me dissimuler sa bizarre satisfaction à la veille de l'autopsie, je devine son impatience. Ce soir-là, en passant à table, il m'a regardée avec une fixité inquisitoriale et a prononcé en détachant chaque mot :

– Tu sais, j'ai vu depuis longtemps que tu avais arraché une page à mon cahier. Pourquoi as-tu fait ça ?

Prise au dépourvu, le cœur affolé et la tête vide, je balbutie :

– Je ne sais plus. J'ai agi sans réfléchir, dans un mouvement de colère contre toi qui me négligeais. C'est stupide ! Je le regrette aujourd'hui...

– Ne regrette rien, réplique-t-il. Ce que j'avais noté là n'avait aucune importance. C'est demain que tout va véritablement commencer.

– Comment peux-tu dire ça, alors que Sarah est morte ?

– C'est justement parce qu'elle est morte qu'elle devient pour nous tous un formidable objet d'expériences ! Autrefois, je l'observais de l'extérieur, je restais à la surface, j'extrapolais, faute de mieux. Maintenant, je vais pouvoir entrer dans le vif du sujet, aller au fond des choses, traquer la vérité à la pointe de mon scalpel.

Jérôme parle avec un tel enthousiasme qu'un frisson

d'horreur me court le long du dos. Je le regarde comme si c'était un étranger qui venait de s'asseoir à ma table.

Cette nuit-là, mon sommeil a été entrecoupé de cauchemars, alors que Jérôme a dormi, comme un enfant repu, jusqu'au matin. Il est parti plus tôt que d'habitude pour le Muséum, avec l'air d'un employé modèle qui sait déjà l'heureuse surprise que ses collègues lui ont réservée sur les lieux de son travail.

Quand il revient à l'heure du déjeuner, je n'ai pas le cœur de lui demander le récit de sa matinée. Mais il me renseigne d'emblée avec une joyeuse volubilité. Emporté par l'élan, il s'extasie sur l'habileté de Cuvier, qui a su prélever avec son scalpel la vulve et l'anus de la Vénus hottentote sans les abîmer, ce qui a permis aux deux chirurgiens macabres d'effectuer immédiatement un moulage en plâtre des parties génitales de la patiente. A leur grande surprise, ils ont constaté également que les os du bassin supportant la charge monstrueuse de l'arrière-train en surplomb, caractéristique de la race bochiman, n'avaient pas subi de déformation apparente au cours des années. En me livrant les détails de cette boucherie scientifique, Jérôme mange d'excellent appétit le repas que je lui ai préparé. Je le regarde découper sa tranche de rôti et je l'imagine exécutant le même geste gourmand sur la chair froide de Sarah. Une brusque envie de vomir me monte aux lèvres, je repousse mon assiette intacte et bois un grand verre d'eau pour apaiser ma répugnance de « profane ». Jérôme, lui, achève de mastiquer sa viande méthodiquement. Il témoigne même, semble-t-il, d'une délectation gourmande d'anthropophage.

J'ai cru en avoir fini avec les comptes rendus cliniques de mon mari, mais, le lendemain, il s'est plu à me raconter, avec la même minutie, le prélèvement du cerveau de Sarah, destiné à être conservé dans un bocal, puis – et ce fut la grande affaire de l'équipe – l'excision du squelette entier, qui, une fois récuré, répertorié, os par os, a permis de réaliser le moulage en plâtre de toute la charpente. Ainsi, les malformations de la Vénus hottentote passeront à la postérité. Au terme de cette série de profanations, Jérôme est aussi radieux que s'il avait obtenu les faveurs d'une femme qui se serait longtemps refusée à lui.

Depuis cette autopsie à épisodes, le regard que je pose sur mon mari a radicalement changé. Si j'ai été flattée jadis de lui inspirer du désir, si j'ai recherché ses caresses, si j'ai péché par coquetterie, je ne peux plus penser à mon corps comme à un objet de séduction permanente. Le grain de ma peau, la douceur pulpeuse de mes lèvres, le tiède renflement de mes seins, le parfum intime de mes aisselles, tout cela que je croyais irrésistible n'est plus pour moi qu'un prétexte à démembrement et à dépiautage. J'étais une femme qui tentait d'oublier, au fil des plaisirs, qu'elle serait, tôt ou tard, un cadavre parmi les autres et, aujourd'hui, je me dis que je suis déjà ce cadavre et que, malgré tous les artifices du maquillage et de la toilette, le regard des savants, qu'il s'agisse de mon mari ou des autres, ne me déshabille plus avec convoitise mais me dissèque et me désosse. En autopsiant la Vénus hottentote, c'est moi que Jérôme débite en morceaux. Et il ne se rend pas compte de sa responsabilité devant ce deuil prémonitoire avant le grand deuil qui l'attend. Comment peut-il continuer à coucher dans le même lit que moi, alors que je ne suis qu'une morte en sursis ? Je voudrais lui dire ce que je ressens, mais les mots restent bloqués dans ma bouche et je continue à soupirer et à pleurer dans le noir. Quand il me voit triste, il s'imagine que je pense à la pauvre Vénus hottentote qui nous a quittés. Je le laisse dans son illusion par dépit et par lassitude.

Hier, Jérôme m'a entraînée de force au Muséum pour que je puisse admirer « son œuvre » : le moulage en plâtre de la Vénus hottentote. Cette monstrueuse statue, coloriée et drapée d'un linge à mi-corps, trône dans une salle ouverte au public avec, à côté, le squelette de Sarah et quelques organes conservés dans des bocaux. La dépouille de cette femme, ainsi que me l'explique Jérôme, ne sera pas inhumée dans un cimetière conventionnel. Elle ne pourrira pas sous terre, comme tout un chacun. Son repos éternel, elle le prendra ici, en pleine lumière, devant les badauds qui défileront en débitant des âneries à la vue de son anatomie reconstituée et de ses ossements garantis authentiques. Doit-elle ce traitement de faveur aux nombreux services qu'elle a rendus, de son vivant, et qu'elle rend, après sa mort, à la sacro-sainte science ?

Je suis revenue de cette visite étrangement éclairée sur moi-même, sur Sarah et sur Jérôme. La Vénus hottentote que je viens de voir n'est pas la mienne. La vraie Sarah est partie, à l'instar de Napoléon. Elle continue de vivre, comme lui, quelque part, du côté de l'équateur. Cette absence, à laquelle je m'habitue progressivement, plonge au contraire mon mari dans un désarroi absolu. Tout à coup, il ne sait plus à quoi employer ses loisirs. Il cherche en vain à distraire son esprit, à occuper ses mains. Il rôde, telle une âme en peine, à travers notre appartement. On dirait qu'il vient de perdre une grosse somme au jeu, ou qu'on l'a mis à la porte du Muséum. Je suis, bien entendu, prête à le plaindre et à lui prodiguer les meilleurs conseils. Or, voici que, peu à peu, il change de comportement à mon égard. Ce n'est d'abord pour moi qu'un vague sentiment de renouveau. Mais, de jour en jour, cette impression d'allégement, de libération, se précise. Il me semble que, certains soirs, en bavardant avec moi, en me contemplant, en me respirant, il découvre qu'il a une femme. La Vénus hottentote, tapie derrière son dos, serait-elle sur le point de lâcher prise ? Je devine cette espèce de désenvoûtement à cent détails qui me réjouissent. Ainsi ne me parlet-il plus jamais d'elle et n'écrit-il plus rien dans son journal. A plusieurs reprises, il m'a complimentée sur ma robe, sur ma coiffure. Je commence à croire que mon charme banalement européen n'a plus à redouter la concurrence des monstruosités exotiques. Depuis longtemps, Jérôme évitait de m'embrasser sur la bouche et se contentait d'effleurer de ses lèvres mes joues ou mon front dans les moments de tendresse. J'avais pris l'habitude de ces relations fraternelles et m'en contentais faute de mieux. Mais, hier soir, en rentrant du Muséum, il m'a serrée dans ses bras et m'a donné un baiser si sensuel et si profond que j'en suis encore bouleversée. Tout est revenu en moi pêle-mêle, la fougue impudente du passé, l'envie de me dévouer à un homme et d'être habitée par lui. Par extraordinaire, j'ai refait connaissance, cette nuit-là, avec la chaleur d'un corps dont j'avais été longtemps sevrée. Ce corps c'était le sien, mais le mien aussi, qui tous deux reprenaient vie. Nos enlacements, tour à tour violents et délicats, m'ont épuisée de bonheur. Depuis, j'attends, avec une impatience de néophyte, l'occasion de réitérer cette communion qui m'a révélée à moi-même bien sûr, en même temps qu'elle me révélait Jérôme sous un nouveau jour. Elle s'est répétée assez souvent ces temps-ci pour que je sois rassurée sur l'avenir de notre couple. Dans cet éclairage d'allégresse paisible et égoïste, les événements extérieurs, quelle que soit leur importance, se parent pour moi des couleurs de l'amour. Même le vote, au mois de mai 1816, de la loi abolissant le divorce m'a semblé une bonne chose. Je me sens si étroitement liée à mon mari que je ne conçois pas l'utilité d'offrir à un ménage la possibilité de se séparer sous quelque prétexte que ce soit.

Chose curieuse, c'est au lendemain de la proclamation de cette fameuse loi interdisant la dislocation des couples unis par le mariage qu'il m'est venu un pressentiment exceptionnel dont notre médecin de famille n'a pas tardé à me confirmer la véracité.

Un feu d'artifice éclate dans ma tête. Je refuse encore de me rendre à l'évidence. Mais c'est un fait indéniable : je suis enceinte de deux mois, et, si tout va bien, mon enfant verra le jour à la fin de novembre 1816. Accoucher après huit ans de mariage stérile, cela tient du prodige. Même le docteur Berthier, qui suit ma grossesse, est d'accord sur ce point. Quant à Jérôme, il rayonne d'orgueil, d'assurance et de gratitude. En le voyant si heureux de sa paternité, je ne puis m'empêcher de penser aux aléas de cette passion d'arrière-saison qui nous a saisis l'un et l'autre et dont le fruit mûrit dans mes entrailles. Ne s'agirait-il pas là d'une sorte de « réparation » voulue par la Vénus hottentote, d'un cadeau posthume qu'elle me ferait pour s'excuser de m'avoir jadis volé mon mari ? Une fois de plus, elle intervient dans ma vie. Mais aujourd'hui, c'est pour le bon motif. Et je dois l'en remercier d'une façon ou d'une autre. Si mes réflexions m'inclinent volontiers à une interprétation surnaturelle des événements, la pensée de mon mari ne s'écarte jamais de la réalité. Au vrai, les savants sont d'incorrigibles chevaucheurs de projets, mais ces projets ont toujours trait à quelque chose de palpable, de mesurable. Dans l'attente de la naissance providentielle qui lui est promise, Jérôme a enfourché une nouvelle doctrine pseudo-scientifique qui l'excite. Il se demande, le plus sérieusement du monde, si les caractères morphologiques d'un fœtus ne sont pas déterminés, avant même sa naissance, par le comportement et les préoccupations de ses parents. Autrement dit, n'y aurait-il pas une sorte de mimétisme entre les fantasmes du géniteur ou de la génitrice et l'apparence physique de l'enfant ? Ne faudrait-il pas chercher ce qui, dans le milieu ambiant, influe mystérieusement sur l'anatomie en cours d'évolution de l'embryon lové dans le ventre de sa mère ? Tandis que Jérôme développe devant moi cette thèse stupéfiante, je me dis que si, par malheur, mon bébé voit le jour avec une peau olivâtre et quatre poils crêpés sur le crâne, mon mari sera comblé parce qu'il interprétera ce phénomène comme une confirmation éclatante de sa théorie du « mimétisme intra-utérin », ainsi qu'il l'appelle déjà. Je le laisse divaguer puisque ça l'amuse et je l'invite même à coller son oreille contre mon ventre pour qu'il puisse épier les premiers mouvements du bébé. J'imagine qu'il s'efforce de distinguer si son fils ou sa fille s'exerce déjà à vagir en khoisan. Nous n'avons pas encore choisi le prénom du futur nouveau-né puisque non seulement nous ne savons pas quel sera son sexe, mais que, en outre, selon Jérôme, nous ne pourrons le baptiser sans tenir compte de son apparence physique.

J'en suis au sixième mois de ma grossesse et, impressionnée par les spéculations intellectuelles de Jérôme, je ne sais toujours pas si l'enfant que je porte en moi sera à l'image de sa mère, de son père ou de la Vénus hottentote. En désespoir de cause, moi qui ne suis ni pratiquante ni même croyante, je me suis rendue dans une église du quartier. Prosternée devant l'image de la Sainte Vierge, je l'ai suppliée de me défendre à la fois contre le sortilège de l'Afrique noire et contre les élucubrations insensées de mon mari.

J'ai interrompu ce journal parce que les événements se précipitent. Mon Dieu, donnez-moi la force, la sagesse, de mettre au monde un enfant pareil à tous les autres !

Il est né sans la moindre complication, il y a trois jours, exactement le 11 novembre 1816, à trois heures du matin.

C'est un beau garçon, blond et rose, parfaitement consti-
tué. Toutes mes amies trouvent qu'il ressemble à son père.
J'en suis ravie. Jérôme l'est aussi sans réserve. Il a insisté
pour que nous donnions à notre fils le prénom de Georges,
en l'honneur de Georges Cuvier, qui a si habilement pra-
tiqué l'autopsie et le moulage de la Vénus hottentote.
Pourquoi pas, après tout ? Mais, quarante-huit heures
après, Jérôme m'a annoncé, tout penaud, que son autre
maître en biologie et en ethnologie, Etienne Geoffroy
Saint-Hilaire, s'était quelque peu vexé de n'avoir pas été
choisi comme parrain de préférence à Georges Cuvier.
Pour corriger cette bévue, nous avons décidé de prénom-
mer notre fils Georges-Etienne. Cette solution a contenté
tout le monde. Le baptême a eu lieu, en grande pompe,
le mois suivant, dans l'église même où j'avais jadis imploré
la Sainte Vierge. Un grand nombre de savants, attachés au
Muséum d'histoire naturelle, assistaient à la cérémonie.
Jérôme, en père admirable, bombait le torse. Je le soupçonnais néanmoins d'être quelque peu déçu par l'échec de
sa théorie extravagante du « mimétisme intra-utérin ».
Heureusement, il a un tel besoin de se passionner pour
des constructions idéologiques fumeuses qu'il oriente déjà
ses recherches vers d'autres horizons. Il s'intéresse maintenant, m'a-t-il dit, à la « hiérarchisation sociale » dans le
règne animal, en particulier chez les abeilles, les criquets
et les fourmis. Il paraît que c'est là un domaine plein
d'enseignements et imparfaitement analysé jusqu'à ce jour.
Je le pousse à persévérer dans cette étude indispensable et
inoffensive. Plus il s'y consacrera et plus j'aurai l'esprit libre
pour m'occuper de mon petit Georges-Etienne. A mesure

que j'avance dans la connaissance des milieux scientifiques, je découvre mieux le caractère enfantin des plus grands savants. Pour eux, la recherche est un jeu comparable au cache-tampon. Chaque jour, il faut trouver quelque chose d'inédit. Et quand on a mis la main dessus, on invente d'autres problèmes à résoudre. Jérôme est, comme eux tous, à l'affût d'une découverte qui demain le décevra. Au fond, je ne voudrais pas qu'il devînt tout à fait raisonnable. Il a ses rêves. J'ai les miens. Et c'est très bien ainsi. De temps à autre, nous avons de grandes conversations. Je lui parle de notre petit Georges-Etienne sur lequel il n'y a pas grand-chose à dire puisqu'il est adorable et qu'il se développe normalement, cependant que mon mari me parle de ses abeilles et de ses fourmis dont, selon lui, l'organisation sociale pourrait servir d'exemple aux humains. Je le laisse pérorer, imaginer, préconiser, puisque telle est sa marotte. Mais je ne suis jamais convaincue par ses arguments. Il souhaite résoudre les derniers mystères de la nature alors que, à mon sens, la nature doit rester mystérieuse pour survivre dans sa plénitude. Il prétend que chaque avancée de la science enrichit notre savoir et je m'obstine à croire qu'elle le rétrécit en multipliant des révélations dont nul ne se soucie. Au vrai, l'acharnement de Jérôme et de ses confrères qui veulent tout mettre à plat et tout éclairer me rappelle l'erreur de ces entrepreneurs de déboisement qui abattent des forêts entières, pour le profit, au risque de voir la région s'étioler et dépérir faute d'un feuillage protecteur. J'estime de même que la santé d'un couple comme le nôtre est due principalement au fait que nous avons toujours su respecter entre nous la part de l'inexplicable.

En amour comme en sylviculture, vive les frondaisons qui tamisent la rude lumière du jour !

Je reprends mon journal après l'avoir négligé quelques mois sans le moindre remords. Je me demande même pourquoi je continue alors que personne ne m'y oblige. Si tout va bien chez nous, tout va mal dans la rue. Les messages paternels de Louis XVIII à la population ne suffisent pas à calmer les esprits. Les bonapartistes impénitents conspirent en vue de l'avènement de Napoléon II, les royalistes accusent le gouvernement de mollesse et d'impéritie, les révolutionnaires attardés se déchaînent en donnant la main aux ultras. Ce bouillonnement de la marmite politique ne me dit rien qui vaille. Certes, je ne me préoccupe pas de mon propre sort au milieu de la tourmente qui se prépare, ni du sort de Jérôme que son statut de savant placera toujours au-dessus de la mêlée. Mais je pense à l'avenir de mon petit Georges-Etienne qui grandit trop vite à mon gré. Dans quelle France va-t-il faire ses premiers pas ? Je n'ose y penser. Je vais bientôt préparer son cinquième anniversaire. Et voici que j'apprends le décès de Napoléon, survenu le 5 mai 1821, à Sainte-Hélène. L'Empereur n'aura donc survécu que cinq ans à sa seconde abdication. Il y a également cinq ans que la Vénus hottentote est morte. Pourquoi ce rapprochement absurde dans mon esprit entre ces deux événements sans commune mesure ? La disparition de l'Empereur soulage les ultras et désespère les demi-soldes et les fidèles du superbe exilé. Le gouvernement interdit toute manifestation et feint d'ignorer le deuil d'une bonne partie de ses sujets. Jérôme, comme d'habitude, donne raison à la sagesse des autorités qui veulent éviter tout esclandre. Et je finis par accepter cette attitude prudente qui n'est guère dans mon tempérament. Mais je suis mère maintenant. Je dois, comme toutes les mères, veiller à la tranquillité et au bien-être de mon fils. Que m'importe la couleur des opinions de nos dirigeants ? Tout ce que je leur demande, c'est d'épargner de trop grandes secousses à notre famille. Ma politique désormais passera par la chambre d'enfant. Le soir tombe, il faut déjà allumer les bougies. Jérôme ne va pas tarder à rentrer du Muséum. Et rien n'est prêt pour notre dîner. Georges-Etienne a faim. Je l'entends qui pleurniche dans son petit lit.

J'arrête là mon journal. Sans doute n'y reviendrai-je jamais. Pourtant, si je n'ai plus rien à dire, j'ai encore beaucoup à faire. Et parmi toutes ces obligations, la plus urgente et la plus banale se résume en un seul mot : vivre ! Est-ce plus difficile que d'écrire ?

Dernières informations
sur la Vénus hottentote

Voici près de deux siècles que la Vénus hottentote a déchaîné les passions des milieux scientifiques et la curiosité morbide des amateurs de monstruosités. Mais son aventure ne s'achève pas avec la disparition des savants qui l'ont observée puis disséquée. Pendant de longues années, les foules défilèrent au Muséum d'histoire naturelle devant le moulage de son corps difforme, flanqué de son squelette et de ses organes conservés dans des bocaux. Puis, en 1974, par décision administrative, les restes de la malheureuse furent transférés au musée de l'Homme, dans une des salles du laboratoire d'anthropologie, où on les exposa derechef aux regards indiscrets des visiteurs. Ce fut en 1981 que les premières protestations s'élevèrent, çà et là, orchestrées par Elisabeth de Fontenay qui dénonçait, dans cette exhibition, « un attentat funéraire » contre une femme de race noire. L'affaire rebondit en 1994, avec l'arrivée au pouvoir, en Afrique du Sud, de Nelson Mandela. Ardent défenseur de la dignité de son peuple, il prit une part active à la campagne de ceux qui exigeaient la restitution par la France des restes de Sarah Baartman afin qu'ils fussent inhumés solennellement dans son pays natal. Or, cette solution souleva, à Paris, de nombreuses réserves. Certains craignaient que, en rendant cette relique, on ne créât un précédent judiciaire, dont d'autres Etats étrangers pourraient se prévaloir pour réclamer telle ou telle œuvre d'art qui aurait été prélevée chez eux au cours des siècles. Durant des années, les marchandages se poursuivirent pour décider laquelle des deux puissances rivales qui se disputaient les souvenirs de la malheureuse Sarah avait des droits imprescriptibles sur les débris de son corps.

Enfin, le 6 mars 2002, après d'interminables palabres, le Parlement français a voté une loi autorisant le retour de la Vénus hottentote sur sa terre d'origine. Au mois de mai de la même année, ce fut chose faite. Rapatriée en grande pompe au Cap, la Vénus hottentote y bénéficia de funérailles quasi officielles. Bien que plusieurs tribus s'arrogent l'honneur de la compter parmi leurs membres, elle est devenue pour tous l'héroïne nationale de l'Afrique du Sud. En allant s'incliner sur sa tombe, ses concitoyennes rendront désormais hommage à celle qui, issue des derniers rangs de la hiérarchie sociale, a su tirer parti de sa servitude et de sa disgrâce pour accéder à la plus étrange des notoriétés.

Peines de vie, peine de mort

Tout romancier est, je crois, un bateleur qui s'ignore. Emporté par l'élan, il jongle avec des personnages et des objets aussi différents que des billes d'agate bien réelles et des bulles de savon. C'est ainsi que dans ce portrait de certains membres de la lignée des bourreaux Sanson, je me suis laissé aller à une sorte de vérité mensongère à propos de quelques figures notoirement authentiques du passé. Mais chaque fois, en respectant la chronologie et les circonstances de leur passage sur terre, je me suis efforcé de réchauffer et d'humaniser ces protagonistes exceptionnels, ankylosés par une longue station entre les pages des dictionnaires. Malgré moi, j'ai ressuscité leurs aventures avec la liberté d'esprit et l'irrévérence d'un incorrigible conteur d'histoires.

H. T.

1

M'Y habituerai-je jamais ? Ce matin encore, en me promenant dans la rue au bras de mon mari, j'ai croisé une femme qui habite en face de chez nous, rue Neuve-Saint-Jean. En voyant Henri, elle a rentré la tête dans les épaules et a esquissé un signe de croix, comme si elle venait de rencontrer le diable. Nous avons beau, Henri et moi, vivre avec discrétion et dignité, je sens bien que nos voisins ne lui pardonnent pas son métier d'exécuteur public de la ville de Paris. J'avoue que, moi-même, j'ai éprouvé jadis quelque crainte à unir mon existence à celle de cet homme marqué au sceau de la mort. Ma famille, les Damidot, était aisée, profondément religieuse et très éloignée de ce milieu où se côtoient des délinquants, des magistrats et des justiciers. Mais, constatant mon penchant pour ce soupirant, beau garçon, aimable, cultivé, attentionné, dont le seul tort était de s'appeler Henri Sanson et d'avoir succédé à son père dans la charge officielle de bourreau, ils ne cherchèrent nullement à me dissuader. Je ne regrette pas, aujourd'hui encore, d'avoir suivi les inclinations de mon cœur malgré les réticences de ma raison.

D'ailleurs, Henri a été également capitaine de la garde nationale durant la Révolution et sa passion pour les arts, la musique, la lecture, sa foi en Dieu et surtout son amour pour moi en font, à mes yeux, un époux idéal. Nous avons eu quatre enfants, deux filles (Agnès et Solange) et deux fils, dont le cadet, Antoine, sait à peine marcher et dont l'aîné, Henri Clément, âgé aujourd'hui de quatre ans, suivra sans doute l'exemple de son père. Cela me rassure et me chagrine à la fois. Rien ne me préparait, me semble-t-il, à cet éternel examen de conscience. J'ai aujourd'hui vingt-huit ans et Henri en a trente-sept. Mère de famille comblée, épouse d'un homme aux activités étranges, je suis loin de la petite Marie Louise Damidot qui, autrefois, rêvait de fiançailles légendaires avec un prince de l'élégance et de la pensée. Et pourtant, dans mes brefs moments de lucidité, je me dis que ce n'est pas la profession de l'homme aimé qui importe, mais la façon dont il l'exerce et le sentiment dont il l'entoure. C'est pour essayer de voir clair en moi et, peut-être, de me justifier, que je me décide, ce 5 avril 1803, à noter au vol l'alternance de joie et d'appréhension qui s'empare de moi dès que mes mains ne sont pas occupées. Les émoluments d'Henri nous permettent d'être bien logés et d'avoir une domesticité suffisante. D'ailleurs, ce sont les aides du bourreau qui, à la maison, se chargent des menus travaux du ménage en plus de l'entretien de la guillotine. Ils sont tous aussi prévenants que des invités de la meilleure société.

Pour ma part, je n'ai jamais voulu assister à une exécution capitale. Je sais seulement par ouï-dire que, au moment fatal, une fois l'échafaud dressé sur le lieu du supplice, mon mari fait un signe, que les aides lient les mains du condamné, lui coupent les cheveux, le poussent sur la bascule et que le plus expérimenté d'entre eux détache, sur le pilier, la tringle qui retient le couperet suspendu. Aussitôt, c'est le choc, et la tête tombe dans le panier. Il appartient à Henri de ramasser ce tronçon sanglant et de le présenter au peuple qui délire de contentement et d'horreur. Avant l'adoption de la guillotine, en 1789, le bourreau décapitait à la hache. C'était, selon mon beau-père Charles Henri, un procédé à la fois plus viril et plus hasardeux. Il exigeait du coup d'œil et de la dextérité. Maintenant, l'automatisme a remplacé le savoir-faire. Je soupçonne Charles Henri de le regretter un peu. Mais Henri, lui, est imperméable à ce genre de nostalgie. Le geste de la décollation mécanique, mon Henri l'a déjà fait, comme aide, quand son père Charles Henri Sanson était le grand maître de la guillotine. Les plus beaux noms de l'histoire de France sont passés entre les mains des deux hommes : le roi Louis XVI, Marie-Antoinette, Charlotte Corday, la liste est interminable et hétéroclite. La Terreur se nourrissait de la terreur. Quelques sans-culottes égarés voyaient des ennemis jusque dans leurs propres rangs. Heureusement pour Henri et pour son père, ce massacre méthodique se termina à la chute de Robespierre, lequel, ayant lassé jusqu'à ses partisans par ses excès de zèle révolutionnaire, tenta de se suicider avant d'être livré à la guillotine dont il avait été si longtemps le plus généreux pourvoyeur.

L'hémorragie de la France s'est considérablement ralentie après cette énorme saignée. Depuis deux mois, mon Henri ne s'occupe plus que d'affaires secondaires, telles que les expositions au pilori des voleurs ou l'application du fouet pour de menus délits. Sous le Directoire, puis sous le Consulat et avec l'arrivée au pouvoir du général Bonaparte, les gouvernements successifs ont tenu à apaiser les angoisses de la population, tout en veillant à sa moralité. Victorieuse sur ses frontières, pacifique et digne à l'intérieur, la France m'apparaissait enfin comme éclairée par l'aube de la convalescence. Je commençais à respirer en pensant que mon mari n'était qu'un fonctionnaire parmi les autres, à la disposition de l'Etat.

Or, au moment où je me croyais à l'abri des anciennes violences légales, j'appris, voici deux ans, l'arrestation du conspirateur royaliste Georges Cadoudal, cet ennemi acharné du Premier consul. Jugé à Paris et condamné à la peine de mort, il avait refusé le conseil de son avocat qui lui suggérait de demander sa grâce. Ce fut avec un serrement de cœur que j'accueillis l'annonce, par mon mari, que l'exécution de Cadoudal et de ses onze complices aurait lieu le 25 juin 1804.

Quatre mois auparavant, le duc d'Enghien, arrière-petit-fils du grand Condé, ami des principaux réfugiés en Angleterre, était rentré en France, et, disait-on, de nombreux monarchistes songeaient à le rejoindre. Il n'en fallut pas davantage pour le faire saisir par les gendarmes. Après un bref interrogatoire par le conseil de guerre, il fut impitoyablement fusillé. Peu après, c'était Pichegru qui se suicidait dans sa prison. Certes, de telles disparitions étaient sans rapport avec le métier d'Henri, mais elles constituaient comme les préliminaires du grand spectacle prévu, en place de Grève, quelques jours plus tard, et dont mon mari devait être l'ordonnateur. Bien entendu, je refusai d'assister, dans la foule, à ce massacre collectif. D'ailleurs, Henri ne chercha pas à me convaincre, mais il me promit de me raconter les faits avec précision si je le souhaitais.

Ce matin-là, il me parut plus pâle et plus soucieux que d'habitude. Il avait revêtu son habit noir de cérémonie, enfilé une culotte courte avec des bas chinés et chaussé des souliers à boucle. Une fine épée à poignée pendait à sa ceinture. Je le trouvais superbe avec sa carrure de géant et son élégance aristocratique. N'était-il pas injuste qu'un si bel homme fît une besogne si déplaisante ? Après s'être restauré, il partit avec ses quatre aides habituels. Ils avaient déjà monté les bois de justice la veille, à l'endroit convenu. Mais ils voulaient procéder à une ultime inspection de la guillotine pour s'assurer qu'elle fonctionnerait bien, le moment venu. Je savais que l'exécution des douze condamnés aurait lieu à onze heures et demie précises et que mon Henri devait aller les chercher à la Conciergerie où ils étaient enfermés et les faire monter dans les trois charrettes qui les conduiraient au supplice.

Restée seule à la maison, alors qu'il vaquait, loin de moi, à ses aménagements funèbres, je m'agenouillai devant le crucifix qui orne notre chambre. Je priai autant pour les douze coupables qui allaient rendre l'âme que pour mon mari qui était chargé de les mettre à mort. Je me rappelle que, selon certains contemporains du père de mon Henri, Charles Henri Sanson, après avoir décapité Louis XVI, avait été saisi d'un tel tourment qu'il avait déposé un baiser sur le couperet tragique. Il avait en outre pris des dispositions pour faire dire une messe expiatoire en l'église

Saint-Laurent tous les 21 janvier et légué une certaine somme d'argent à son fils pour qu'il continuât ce pieux devoir de contrition. Je suis personnellement témoin du soin méticuleux avec lequel mon Henri obéit aux vœux de son père, si âgé et si fatigué maintenant.

Mon beau-père et ma belle-mère se sont retirés à la campagne dans leur propriété de Brie-Comte-Robert. De là, ils suivent les événements à distance, ce qui amortit les chocs. Je voudrais bien parfois être à leur place et ne pas attendre, le cœur battant d'anxiété, le retour de mon mari. Je ne sais d'ailleurs comment analyser mon malaise. Lorsqu'il est « là-bas », l'image de la machine infernale me hante jour et nuit. Certains l'ont baptisée, par plaisanterie, « La Louison » ou bien « La Louisette », à cause du nom du docteur Antoine Louis qui a mis au point et perfectionné l'invention du docteur Guillotin. Mais ce surnom espiègle me semble injurieux autant pour l'engin de sinistre réputation que pour les victimes.

Parti aux premières heures du jour, mon Henri ne rentra à la maison, avec ses aides, qu'au début de l'après-midi. Blême et le regard lointain, il voulut aussitôt se laver les mains et passer à table. J'avais préparé du gigot aux fèves, son plat préféré. Il en dévora quelques bouchées, but un peu de vin mais avec une expression de lassitude et de dégoût. Je profitai de cette diversion pour l'interroger. Au vrai, j'étais impatiente de connaître tous les détails de l'affaire. Cette curiosité m'étonna. Avais-je autant de cruauté que toutes les mégères qui se pressaient d'habitude autour de l'échafaud ? Malgré moi, j'insistai :

– Alors, raconte...

Il ne se fit pas prier et me décrivit, sans fausse émotion, la cohue hurlante qui avait accueilli les trois charrettes à leur arrivée place de Grève, l'échafaud protégé par un triple rang de dragons et de gendarmes, et le brusque silence qui avait succédé aux clameurs de haine lorsque Georges Cadoudal, qui avait demandé à mourir le premier, s'était incliné devant un prêtre et avait gravi d'un pas ferme les marches de l'estrade. Il y avait un « défi altier sur son visage », précisa Henri.

– Et puis ? demandai-je.

– J'ai accompli le geste nécessaire, dit-il d'une voix sourde et comme à regret. Le couperet est tombé. Avant d'engager son cou dans la lunette, Cadoudal m'avait demandé de montrer sa tête à ses compagnons afin de les encourager à ne pas lui survivre.

– Et tu l'as fait ?

– Bien sûr !

– De quelle façon ?

– Comme d'habitude, j'ai pris la tête dans le panier et je l'ai présentée, en la tenant par les cheveux, au peuple qui grondait, tremblait, vociférait...

– Ensuite...

– J'ai opéré en série, le plus rapidement possible. Pierre Cadoudal a succédé à Georges, puis ce fut au tour de Picot et de tous les autres. A chaque tête qui tombait, un long bourdonnement populaire s'élevait de la place. Les deux premières charrettes étaient déjà vides. Huit des condamnés avaient péri sous le fer ruisselant de sang. J'avais peur que le tranchant ne se fût émoussé. Mes aides procédèrent à une rapide toilette de l'instrument pendant qu'on faisait attendre, dans la troisième charrette, l'ultime fournée. Ils étaient quatre, Delville, Coster de Saint-Victor, Mercier et Louis Ducorps. Le travail reprit aussitôt. La tête du conjuré Delville venait de tomber et ses derniers compagnons étaient au bas de l'échelle, lorsque les dénommés Mercier et Louis Ducorps demandèrent à faire des « révélations ». Le cas avait été prévu par la loi. Impossible de refuser, et cependant j'étais furieux car je devinais un subterfuge pour gagner du temps. Je ne me trompais pas : les prétendues révélations n'étaient qu'une manœuvre de la famille de Coster de Saint-Victor qui espérait obtenir la grâce in extremis. Mais Coster de Saint-Victor a été parfait. Au lieu de renchérir sur les vœux de ses partisans, il a déclaré : « Messieurs, le soleil commence à m'incommoder beaucoup. Finissons-en, je vous en prie. » Il s'est avancé sur l'échafaud en écartant ceux qui cherchaient à le retenir et s'est jeté lui-même sous le couteau qui avait abattu ses onze compagnons. Au contact du fer sur son cou, il a encore eu la force de crier : « Vive le Roi ! »

– Et, cette fois aussi, tu as montré la tête à la foule ?

– Non, cette fois, au lieu de tomber dans le panier, la tête a rebondi sur le pavé où un de mes aides l'a ramassée. Alors seulement j'ai pu la présenter au peuple. Comme c'est la règle !

Je répétai derrière lui, consternée : « Comme c'est la règle ! » Puis je demandai avec une feinte indifférence :

– Quel âge avait-il, ce Coster de Saint-Victor ?

– Je ne sais pas au juste. Mais il était jeune et avait fière allure. Après la décapitation, j'ai même entendu des femmes qui disaient, au bas de l'échafaud : « Dommage, un si bel homme ! » J'ai calculé que l'ensemble des douze exécutions avait duré vingt-sept minutes !

Tandis qu'il parlait, je regardais ses mains qui, même lavées, récurées, me paraissaient soudain répugnantes. J'avais beau me répéter qu'il n'avait rien à se reprocher puisqu'il n'avait tué ni par intérêt ni par vengeance, mais pour obéir à la loi, il y avait sur lui comme une odeur de mort. Le sang qu'il avait si largement répandu n'allait-il pas le rendre insensible au malheur d'autrui ? Ne risquait-il pas de s'endurcir et de se séparer du monde sous l'effet de ce devoir d'extermination ? Tout à coup, il me regarda droit dans les yeux et me dit :

– J'ai l'impression que mon récit t'a beaucoup intéressée ?

– Intéressée et horrifiée ! dis-je.

– Au fond, tu aimes bien m'entendre raconter les péripéties d'une exécution capitale, mais tu refuses toujours d'y assister.

– C'est exact !

– N'y a-t-il pas un peu d'hypocrisie là-dedans ?

– Nullement !

– Cela me rappelle le raisonnement des gens de bien qui méprisent les bourreaux, mais sont ravis que quelqu'un soit chargé de châtier tel ou tel malfrat à leur place. Sois sûre, ma chérie, que ce métier auquel la dynastie des Sanson se dévoue depuis un siècle et demi, de génération en génération, aucun d'entre nous ne l'a accepté de gaieté de cœur. Pour moi aussi, plus encore que pour mon père, ce macabre sacerdoce est de tradition et n'entame en rien l'affection ou la pitié que j'éprouve pour mes semblables.

Je l'écoutai avec ravissement. Une fois de plus, il m'avait convaincue. Mais, le soir, en le rejoignant dans notre lit, je dus me forcer pour subir les caresses de ses mains qui essayaient d'éveiller mon désir alors qu'elles venaient de donner la mort. Notre étreinte me procura, je l'avoue, un plaisir morbide où se mêlaient la volupté de l'acte et la vision hallucinante des douze têtes brandies par mon mari comme autant de trophées.

2

LE LENDEMAIN, Henri tint encore à me rassurer en m'affirmant que le « guillotinage » en série ne se renouvellerait pas, car, le mois dernier, en recevant du Sénat le titre d'empereur, Napoléon Bonaparte avait clairement exprimé son désir de tolérance, de concorde et de sécurité pour tous ses sujets. Comme pour inciter le peuple à oublier les affres des années précédentes, les fêtes publiques se multipliaient à Paris, les théâtres ne désemplissaient pas, on nommait des maréchaux, on distribuait des Légions d'honneur aux fidèles du régime, on redécouvrait l'importance de la mode, aux spectacles, aux bals et même dans la rue, les femmes de toute condition rivalisaient d'élégance, le mot d'ordre, en politique comme en société, était de plaire. Au milieu de cette tempête d'hommages et de divertissements, j'avais l'impression de respirer l'air salubre d'une patrie enfin retrouvée. Ce soir-là, mon Henri, qui, sous des dehors un peu rugueux, est un passionné de musique, m'offrit d'aller avec lui à l'Opéra-Comique entendre Mlle Aubin dans *Le Concert interrompu*. Après le baisser de rideau et les derniers applaudissements, il se déclara enchanté ; moi, j'avais été plutôt déçue, mais je n'ai pas l'oreille fine et ces flots de notes et de paroles me fatiguent un peu.

Les jours suivants furent si calmes que j'en oubliai le métier de mon mari et la présence de la guillotine dans notre hangar. Seules les allées et venues des aides me rappelaient parfois notre étrange vérité. Quant à Henri, comme il est très adroit de ses mains, il occupait ses loisirs à faire de la petite menuiserie et à confectionner des tisanes médicinales selon les recettes de sa grand-mère. Il lisait aussi volontiers les livres qui traînaient dans la maison. Il lui arrivait même d'écrire, pour s'amuser, de courtes poésies assez drôles et je l'encourageais à persévérer dans cette voie, car tout ce qui pouvait l'éloigner de son triste métier me semblait bénéfique. D'ailleurs, il envoyait parfois ses productions à *L'Almanach des Muses*, mais il ne les signait pas Henri Sanson et avait choisi un pseudonyme à la fois impénétrable et transparent : Henri Besançon. On aurait dit qu'il cherchait, par son goût de l'art et son dévouement aux miséreux, à racheter l'épouvantable réprobation dont il pouvait être l'objet parmi les non-initiés. Je l'ai souvent vu sortir subrepticement de la maison et offrir des quignons de pain à des mendiants du quartier. Par ailleurs, il surveille avec intransigeance l'éducation de nos quatre enfants. Nos repas de famille sont une cérémonie toujours empreinte de bonne humeur et de décence. Dîner à une heure, goûter à cinq, souper à huit. Après m'avoir complimentée sur la qualité des plats, Henri propose invariablement une partie de piquet. On parie avec des haricots secs. Il n'est pas rare que quelques-uns des aides se joignent à nos divertissements. Ce rituel est à la fois inoffensif et engourdissant pour une âme inquiète comme la mienne. Mais le remède n'est pas si simple ! Ainsi, en regardant les cartes réunies dans mes doigts, je crois voir, à leur place, des rois, des reines et des valets décapités. Une gêne absurde gâche alors mon amusement. Mais ce n'est qu'une ombre et nul ne s'aperçoit que mon regard s'est momentanément assombri.

Ce matin, en cherchant dans le tiroir du bureau d'Henri *L'Almanach des Muses* qu'il venait de recevoir, je suis tombée sur un médaillon. Machinalement, je fis jouer le fermoir : le médaillon contenait une mèche de cheveux châtain clair, ondulés et soyeux, sans autre indication. Intriguée, j'attendis qu'Henri fût de retour de la Conciergerie où il va régulièrement rendre visite au greffe et lui demandai à qui appartenaient ces précieux vestiges capillaires. Il se troubla, soupira et finit par murmurer :

– C'est Charlotte Corday qui me les a donnés, en souvenir, quand je l'ai préparée, la veille de son exécution.

J'avais oublié qu'il avait aidé son père à décapiter cette femme qu'on disait séduisante et qui avait assassiné Marat. En un éclair, je compris que le souvenir de la belle meurtrière était encore enfoui dans sa mémoire à l'endroit des plus merveilleux remords, et j'enviai ce cadavre d'avoir, peut-être, sur mon mari, plus d'ascendant qu'une simple vivante comme moi. Je rendis le médaillon à Henri et lui demandai négligemment :

– Tu y tiens tant que ça ?

– Oui !

Et il ajouta :

– Il y a des gestes, des regards dont il est difficile de se détacher, même après des années...

A cet instant, je me rappelai inopinément une courte poésie qu'il avait envoyée à *L'Almanach des Muses* :

> *Celle que j'aime éperdument*
> *N'a plus de tête, et cependant*
> *C'est vers son cœur que je m'élance*
> *Quand le monde entier fait silence.*

Les vers étaient médiocres et je m'étais demandé, à l'époque, si cet hommage rimé s'adressait à moi ou à quelque inconnue. Tout s'éclairait soudain. Il s'agissait de Charlotte Corday. Sans oser le dire, il traînait ce fantôme derrière lui comme un reproche funèbre et exaltant. Je m'interdis de lui en reparler, par dignité féminine, mais, cette nuit-là, j'attendis qu'il fût endormi pour m'allonger auprès de lui. Il me semblait que j'étais de trop, qu'il couchait avec une autre, mais que je n'avais pas le droit d'en être jalouse, car ni lui ni moi ne pouvions rien contre cette trahison d'outre-tombe.

3

PEUT-ÊTRE, si je n'avais pas eu d'enfants, aurais-je mieux accepté, par amour, par raison, la tragique situation de mon mari, contraint de tuer pour nous faire vivre. Mais l'avenir de ma frêle progéniture m'inquiète. Que vont-ils devenir avec un nom si lourd à porter ? C'est l'aîné de nos fils, Henri Clément, qui est le principal sujet de mes alarmes. Il est blond et délicat, avec une extrême douceur dans le regard et dans l'attitude. En grandissant, il s'est révélé tout ensemble précoce, tendre et rêveur. Autrefois, je l'emmenais souvent en promenade aux Tuileries et, à ma grande surprise, il évitait de jouer avec les enfants qui se poursuivaient et s'égosillaient comme des sauvages. Malgré leurs appels et leurs provocations, il préférait rester à mes côtés, me tenant par la main et me priant de lui raconter des histoires. Bien entendu, il ignorait tout du métier de son père. Nous lui avions interdit l'entrée du hangar où, dans la pénombre, luisait le couperet de la guillotine. Je souffrais aussi pour mon mari que son inaction rendait morose. Au fond, il supportait mal son inutilité, son oisiveté nouvelles. Je songeais, à part moi, qu'il était comme un médecin délaissé par sa clientèle et qui constate avec dépit qu'il n'y a plus aucun patient dans la salle d'attente, jadis pleine à craquer. Il connut néanmoins un retour de fierté lorsqu'il fut appelé, le 28 juin 1805, à exécuter le sieur Bellanger, dit « l'Aveugle du bonheur », coupable de tricheries dans la distribution de faux billets de loterie et de tentatives répétées de meurtre. Au retour de l'échafaud, Henri me parut à la fois ragaillardi et honteux de l'être.

L'occasion de se distinguer se présenta encore à lui l'année suivante, car il dut s'occuper, le 6 janvier 1806, de mettre à mort Herbault et Descourtil, dit Saint-Léger, pour tentative d'homicide et de vol sur la dame Gauthier, âgée de soixante-dix ans. Quelques mois plus tard, le 24 juin, il eut le sinistre honneur de guillotiner le dénommé Louchener, employé dans une fabrique de papier peint, qui avait noyé son petit enfant dans la Seine. Après avoir réglé, sur la place de Grève, le sort du misérable infanticide, Henri me dit :

– Pour la première fois de mon existence, je n'ai pas eu envie de prier pour le repos de l'âme du bonhomme dont je venais de trancher le cou. Qu'y a-t-il de plus inexpiable que l'assassinat d'un enfant ?

Je l'approuvai avec une ardeur d'autant plus véhémente que l'instinct maternel me soutenait dans cette révolte. Puis je réfléchis gravement aux lendemains qui attendaient nos chers petits, porteurs d'un nom injustement discrédité. J'avais envie de leur demander pardon de les avoir mis au monde, ou, du moins, d'avoir épousé un homme qui, pour certains, était un épouvantail.

Quand Henri Clément eut atteint l'âge de sept ans, je

m'adressai au curé de l'église Saint-Laurent pour qu'il me recommandât un précepteur. Au vrai, cette église était pour nous tous un lieu de confession et de réconfort, car c'était là que, chaque 21 janvier, Henri, fidèle à sa promesse, faisait dire la messe pour l'anniversaire de la mort du roi. Cependant, cette fois, le curé nous ayant conseillé de placer notre fils dans n'importe quel bon collège de Paris, nous jugeâmes plus sage de renoncer pour Henri Clément à la promiscuité et à la curiosité de mauvais aloi qui règnent d'habitude dans les établissements scolaires et décidâmes de le garder à la maison en chargeant un précepteur de l'instruire et de l'éduquer à domicile. Notre choix s'arrêta sur l'abbé Massé, vieillard paisible et discret. C'était un ancien chartreux qui, ayant refusé de prêter serment, avait dû se cacher sous la Terreur et, l'orage passé, avait refait surface, sans plus administrer aucune paroisse dans la capitale. Mais les épreuves qu'il avait subies avaient renforcé sa foi et approfondi sa philosophie de l'existence. Il ressemblait à un troglodyte dont la caverne eût été une bibliothèque et la langue maternelle le latin. La pipe au bec et le corps enveloppé d'une vieille soutane usée par les lavages successifs, il ne s'étonnait de rien et ne posait jamais de questions embarrassantes. Logé, nourri et modestement rétribué par mes soins, le saint homme, bourru, jovial et empestant le tabac, accepta d'emblée de se fondre dans la tribu des Sanson. Il y rejoignit sans surprise les « aides » de mon mari dont, bien entendu, Henri et moi lui avions dissimulé les véritables occupations. Du reste, l'abbé Massé avait toujours l'esprit ailleurs. Il s'adapta sans effort aux habitudes de la maison et prit son jeune élève en affection, et je dirais même en estime. A son contact, Henri Clément se montra aussi avide d'apprendre les mathématiques que de lire l'*Iliade* ou une page de Sophocle. Quant à moi, plus je constatais les progrès de mon fils dans les études et plus j'appréhendais « le moment de vérité » qui ne pouvait être retardé indéfiniment. Ne sachant trop comment aborder ce sujet délicat, j'espérais, à part moi, que l'abbé Massé s'en chargerait. Chaque jour, le prêtre et son élève allaient se promener aux environs de Paris et l'enseignement se poursuivait en plein air. Ils rentraient fourbus et contents l'un de l'autre. J'étais si heureuse de cette bonne entente que je ne voyais pas défiler les semaines.

Tout « ronronnait » dans ma maison et dans ma vie. Henri Clément allait avoir onze ans. En France, Napoléon était à son apogée. L'Europe semblait fascinée par son énergie et son audace politique. Entièrement dévouée à son chef, l'armée volait de victoire en victoire. Le peuple en était si fier que, dans le tourbillon des fêtes, on n'osait plus pleurer les morts. D'ailleurs, l'Empereur s'était rendu doublement inattaquable ce jour de décembre 1804 où il s'était fait couronner par le pape. Eblouie par l'ascension vertigineuse de Napoléon, je me demandais naïvement pourquoi le Saint-Père accordait sa bénédiction et son appui à un personnage qui avait envoyé tant de gens se faire massacrer hors des frontières. Comment se faisait-il qu'on célébrât un homme de guerre assis sur une montagne de cadavres et qu'on méprisât le bourreau qui n'avait supprimé que quelques criminels sur ordre des tribunaux ? Je me promis d'en parler franchement à l'abbé Massé. Mais le pauvre homme n'était plus en état de soutenir la moindre discussion. Epuisé par je ne sais quelle maladie, due peut-être à l'excès de tabac, il s'éteignit un soir, veillé par moi, par mon mari et par les aides.

Cette fin, si normale et si grise, quand je la compare au sacrifice ostensible des victimes de la guillotine, m'incite à revenir sur la signification de la mort pour mon mari. Il a toujours prétendu que, pour la plupart des condamnés, le choc du couperet était une délivrance, une évasion, bref un cadeau du Ciel. Mais comment peut-on parler de « cadeau » en l'occurrence, quand on ne sait au juste ce qu'on donne ? Au moment de recevoir l'offrande finale, nul n'est au courant de ce qu'elle représente. Du « paquet de lumière éternelle » qu'on nous octroie, nous ne connaissons que l'emballage et les rubans décoratifs. Ce qu'il y a à l'intérieur, c'est la « surprise » promise aux vieux enfants que nous sommes. Nous nous tenons devant la guillotine comme des bambins devant l'arbre de Noël entouré de présents mystérieux auxquels il est interdit de toucher avant l'heure. Mon mari les distribue sans avoir la moindre notion de leur contenu. Est-ce un au-delà de félicité ineffable, ou une douce léthargie, ou un paradis puéril, ou un enfer aux flammes dévorantes, ou un purgatoire d'ennui qu'il réserve à ceux qui confient leur tête à son couperet ? Personne n'est sûr de rien dès qu'il franchit la ligne d'ombre. Même les âmes novices hésitent à se laisser convaincre, sur ce point, par les Saintes Ecritures. Quant à mon mari, je suis persuadée que, pour continuer à faire correctement sa besogne, il se défend de chercher vers quel horizon ou vers quel néant il envoie ses victimes.

La mort de l'abbé Massé affecta profondément Henri

Clément qui est d'un tempérament sensible. Pour ne pas interrompre brutalement ses études, nous décidâmes, mon mari et moi, de partir pour Brunoy, où nous avons maintenant une propriété de campagne, et de le placer dans une maison d'éducation à proximité. Afin de lui éviter toute allusion déplaisante au métier de son père, nous ne l'inscrivîmes pas sous le patronyme lourd à porter de Sanson mais sous le nom d'emprunt de Longval. Puis, nouveau changement ! Comme nous devions revenir dans la capitale à cause du travail, même intermittent, d'Henri, nous confiâmes notre fils, en qualité d'externe surveillé, au pensionnat Michel, rue du Faubourg-Saint-Denis, à Paris.

Cette troisième expérience pédagogique me parut enfin rassurante. Henri Clément acceptait par jeu de s'appeler Longval pour tous ses condisciples et prenait plaisir à gambader et à étudier avec eux. Il songeait à devenir écrivain « comme son père » qui, disait-il, avait une si jolie plume quand il troussait une petite poésie pour *L'Almanach des Muses*. Je lui achetai un dictionnaire de rimes afin de le stimuler. Sa vie était réglée à la minute près. Il se rendait quotidiennement, vers sept heures du matin, à l'institution, déjeunait au réfectoire, engloutissait pêle-mêle des équations, des faits historiques et des vers latins, bâclait ses devoirs à l'étude et regagnait la maison à six heures de l'après-midi, heureux d'avoir bien travaillé et d'être entouré de joyeux copains de son âge. Or, avant-hier, il est rentré chez nous accompagné d'un de ses camarades, un certain Touchard. Il ne m'avait pas prévenue de cette visite. C'était la première fois qu'il prenait une telle initiative. Néanmoins, quand il me présenta son condisciple, je lui souris aimablement et l'interrogeai, d'un ton plaisant, sur la vie des externes dans l'établissement. Tout autre fut la réaction de mon mari. En apercevant le jeune intrus, il eut un haut-le-corps, son visage se durcit et un soupçon insidieux assombrit son regard. Après avoir salué froidement le garçon décontenancé, il quitta la pièce et referma bruyamment la porte derrière lui. Découragé par cet accueil glacial, le pauvre Touchard balbutia quelques mots d'excuse et s'en alla sans demander son reste. Après notre souper qui fut inhabituellement guindé et silencieux, j'attendis d'avoir couché notre fils et retournai auprès de mon mari pour l'interroger sur les motifs de son attitude vis-à-vis d'un gamin inconnu et d'aspect plutôt sympathique. Il me répondit avec la fermeté et la sévérité d'un procureur :

– Nous n'avons pas le droit, étant donné la situation, de laisser n'importe qui s'introduire dans notre intimité et se mêler de nos affaires.

– Mais il s'agit d'un gamin...

– Ils sont souvent plus dangereux que les adultes ! Ils fourrent leur nez partout. Ils se renseignent en grappillant. Nous ne serons jamais trop vigilants quand il s'agira d'écarter de nous les malveillants et les bavards.

– Henri Clément ne peut pas comprendre. Tu as pratiquement chassé son camarade. Il t'en voudra... Il nous en voudra !

– J'aime mieux la réprobation momentanée de mon fils qu'un scandale parmi tous les élèves de sa classe et parmi le corps enseignant si on découvre le pot aux roses.

– Bref, tu souhaites que ton fils vive sous une cloche ?

– Je souhaite que mon fils grandisse à l'abri des racontars qui empoisonnent notre vie à tous deux.

Nous en restâmes là. Le lendemain soir, en rentrant de l'école, Henri Clément avait un air de chien battu. Pressé de questions, il m'avoua que, après la rebuffade de la veille, Touchard avait dressé contre lui toute la « bande » et que, à la récréation, personne ne voulait plus ni jouer avec lui ni même lui parler. Je fis mine de plaisanter ces fâcheries garçonnières et l'assurai que, dans vingt-quatre heures, personne, parmi ses copains, n'y penserait plus. Or je me trompais, et Henri Clément m'en apporta les preuves, jour après jour. Quoi qu'il fît pour rentrer en grâce auprès de ses camarades, leur malveillance persistait et tournait à la brimade systématique. Durant une semaine, il eut à subir cet ostracisme qu'il jugeait incompréhensible. Et puis, hier, je l'ai vu arriver pâle, échevelé, les yeux rouges et le menton tremblant. Le seuil à peine franchi, il s'est jeté dans mes bras en suffoquant, mais sans qu'une larme ne coulât sur ses joues. Je le berçai longtemps en silence, pendant qu'il respirait par saccades contre ma poitrine. Quand il se fut un peu calmé, je l'interrogeai :

– Que s'est-il passé, mon chéri ? Dis-moi tout.

Entre-temps, mon mari était entré dans la pièce, mais il se tenait à l'écart, comme s'il eût davantage compté sur ma douceur que sur son autorité pour apaiser notre fils. Après une longue pause, Henri Clément reprit sa respiration et balbutia :

– C'est Touchard ! Tout à l'heure, pendant l'étude, j'étais assis à côté de lui et je lui ai demandé pourquoi tous les copains me fuyaient depuis quelques jours et s'il en voulait à mon père qui l'avait si mal reçu. Alors il a pris un papier et y a grossièrement dessiné une guillotine avec, au-dessous, ces quelques mots en latin : *Tuus pater carnifex*.

– Ce qui veut dire ? murmurai-je.

– Ça veut dire : ton père est le bourreau, répliqua-t-il en détachant chaque mot avec une violence douloureuse.

Assommée, l'esprit en déroute, j'hésitai à répondre.

– Du coup, j'ai tout compris, Maman ! s'écria Henri Clément. L'absence d'amis autour de la famille, le regard hargneux des gens dans notre rue, le nom de Longval dont vous m'avez affublé avant mon entrée à l'école…

Incapable de continuer ce mensonge charitable et absurde, je baissai la tête et soupirai :

– C'est vrai, mon chéri. Ton père est l'exécuteur des hautes œuvres de la ville de Paris. Mais ce redoutable honneur appartient à notre famille depuis un siècle et demi et nul ne peut y échapper. Ton grand-père, ton arrière-grand-père, tous les Sanson à dater de 1688…

Mon mari sortit de l'ombre et vint à ma rescousse. Mettant une main sur l'épaule d'Henri Clément, il proféra simplement :

– Ta mère et moi attendions pour te le dire que tu sois en âge de comprendre la gravité et l'austérité des devoirs qui incombent à la dynastie des Sanson. Cette obligation est à la fois une distinction et une calamité. Il est impossible à un Sanson de gagner sa vie autrement que ne l'ont fait ses ancêtres. J'espère que tu seras de taille à supporter ce fardeau et que tu nous combleras de bonheur et d'honneur par ta conduite.

– En coupant la tête à beaucoup de pauvres bougres ? glapit Henri Clément à travers ses larmes.

– En servant la loi des hommes telle que Dieu l'a voulue ! rétorqua mon mari.

Et il proposa d'aller chercher son confesseur, le nouveau curé de l'église Saint-Laurent, pour convaincre son fils.

Je mis son absence à profit pour tenter de familiariser Henri Clément avec cette idée de « guichetier de la mort » qui l'épouvantait. Passant en revue tous les métiers attachés au sort de l'espèce humaine, je lui fis observer que les entrepreneurs et les ordonnateurs de pompes funèbres étaient, eux aussi, tributaires, pour le succès de leur commerce, du nombre de défunts qui leur étaient confiés. Certes, ils n'avaient pas contribué personnellement à la disparition de leurs clients. Mais ils étaient obligés de se féliciter si on leur commandait de plus en plus de cercueils. Il s'agissait, là encore, d'une exploitation du chagrin d'autrui, et pourtant, nul ne songeait à dénigrer cette profession qui s'exerçait au grand jour.

– Au fond, dis-je à Henri Clément, si des imbéciles montrent ton père du doigt, c'est parce qu'il est seul à assumer cette activité terrible mais nécessaire. S'il n'était pas le seul, s'il y avait autant de bourreaux que d'entrepreneurs ou d'ordonnateurs de pompes funèbres, nous ne serions pas inquiétés...

Tout en parlant, j'essayais de me réconcilier moi-même avec l'idée que la mort fût notre seul gagne-pain. En réalité, ces décollations successives sous le couperet me hantent. Je suis nourrie de cadavres. J'en éprouve le froid dans mes veines. Il me faut parfois un grand effort de volonté pour garder le front haut et le sourire aux lèvres, alors que les victimes de mon mari s'acharnent à m'attirer vers un monde d'où l'on ne revient plus.

J'avoue qu'après cette conversation avec mon fils, qui n'avait rien réglé et m'avait fortement troublée, je fus heureuse du retour de mon mari. Il était accompagné de l'abbé Marcelin, le nouveau curé de l'église Saint-Laurent. Ce prêtre, que je ne connaissais pas, me surprit par sa jeunesse, sa robustesse et son air à la fois autoritaire et cordial. En l'apercevant, Henri Clément, que mes propos avaient mis sur ses gardes au lieu de l'assagir, s'écria :

– Je suis au courant de tout, mon père ! Que me voulez-vous ?

– Je veux que vous obéissiez à vos parents, répondit le prêtre. Ils savent mieux que vous ce qui vous convient...

– Je me refuse à tuer, je veux écrire...

– L'un n'empêche pas l'autre. Regardez votre père. Il taquine la Muse...

– Quand la guillotine lui en laisse le temps !

– Elle vous laissera tout le temps voulu puisque Sa Majesté l'empereur, dans sa grande sagesse, a pratiquement aboli la peine capitale !

Buté, farouche, Henri Clément écoutait le discours lénifiant du prêtre sans acquiescer ni protester d'un mot. Las de s'adresser à un sourd, le prêtre finit par me dire :

– Il n'est pas encore prêt... Laissons faire le temps. Vous verrez, tout finira par s'arranger, un jour ou l'autre...

Et, en effet, contrairement à mon attente, quand l'abbé Marcelin se fut retiré, il me sembla que mon fils était ébranlé dans ses convictions. Le soir, il questionna mon mari sur les avantages et les inconvénients de son inaction forcée après des années de pratique. Il se montra même curieux de la façon dont on montait l'échafaud. En tout cas, je trouvai son comportement parfaitement raisonnable. Avions-nous gagné la partie ? Evitant de nous réjouir trop vite, nous décidâmes de soustraire Henri Clément à l'influence pernicieuse de ses camarades, de le retirer du pensionnat Michel et de l'emmener avec nous à la campagne où il pourrait continuer ses études sous l'égide d'un précepteur du coin.

4

CE NOUVEAU séjour à Brunoy fut en effet une cure de repos pour moi, une initiation au jardinage intensif pour mon mari et un prétexte à toutes sortes de distractions pour Henri Clément et pour mes autres enfants, qui partageaient leur temps entre la lecture, les promenades et les études, en vérité fort inégales, sous l'autorité d'un ancien instituteur, chenu et bégayant, plus préoccupé d'élever des abeilles dans des ruches de sa conception que d'instruire une marmaille dont la gentillesse cachait une totale indifférence envers tout ce qu'on s'évertuait à lui apprendre. Dans ce décor agreste, et à l'ombre de ce vieil apiculteur négligent et philosophe, Henri Clément, l'aîné du petit groupe, semblait avoir oublié comme par enchantement ses cauchemars des jours précédents. Je m'en réjouissais en silence lorsque, au mois de juin 1807, mon mari fut rappelé d'urgence à Paris pour procéder à l'exécution d'un certain Raymond et d'une fille Limousin, assassins d'un M. Duplessis.

A cette nouvelle, le visage de mon mari s'illumina. Il dut même se mordre les lèvres pour ne pas sourire. Sans

doute se disait-il : « Les affaires reprennent ! » Mais il eut
la décence de ne pas laisser éclater devant nous son atroce
jubilation. D'ailleurs, à quoi bon le cacher, j'étais moi-
même heureuse pour lui qu'il eût retrouvé du travail. Alors
que je le félicitais en pensée, puisqu'il eût été malséant de
le faire de vive voix, il se tourna vers son fils et lui dit d'un
air évasif :

– Au fond, je serais content si, malgré ta répugnance, tu
venais me retrouver, un de ces jours, sur l'échafaud, pour
me voir à l'œuvre !

Cette suggestion tomba dans le vide. Henri Clément se
retrancha, une fois de plus, dans un silence prudent. Manifestement, il hésitait entre la tentation d'assister à ce spectacle atroce et la crainte d'en revenir indigné contre son
père. Quant à mes trois autres enfants, ils se désintéres-
saient totalement de tout ce qui ne faisait pas partie de
leur monde puéril et protégé. Ayant rapidement bouclé
son bagage, mon Henri partit seul, par la diligence ordinaire, pour Paris, la ville de sang.

En me retrouvant face à face avec Henri Clément, je me
demandai d'abord par quel biais aborder la question qui
me torturait. L'insistance de mon mari, appelant notre fils
à le rejoindre devant la guillotine, m'embarrassait à double
titre. N'allais-je pas choquer Henri Clément en lui conseil-
lant, mal à propos, d'obéir au désir de son père et, dans
le cas contraire, ne vexerais-je pas mon Henri en défendant
à notre enfant, qui venait d'avoir huit ans, de se mêler à
la foule haineuse des Parisiens, un jour d'exécution capitale ? Or, ce fut Henri Clément qui, sans même solliciter
mon avis, décida, le lendemain, de se rendre place de Grève

où son père allait « officier » en public. Je me résignai à contrecœur, aidai le gamin à boucler son mince bagage et le mis en voiture, avec le sentiment de me séparer de lui pour toujours.

Durant près d'une semaine, je fus sans nouvelles de mes deux hommes. Puis mon fils reparut, fatigué, mais visiblement satisfait. Il venait d'assister, pour la première fois, à un « superbe guillotinage », selon son expression. Il me décrivit avec admiration le travail précis de son père et des aides qui l'entouraient. Je fus à la fois soulagée et honteuse de constater que la tradition des Sanson se transmettait aussi naturellement d'une génération à l'autre. Comment ce garçon, dont j'avais si souvent apprécié la douceur, la sensibilité quasi féminine, la finesse de jugement, pouvait-il témoigner soudain une telle connivence avec l'affreux métier qui nourrissait notre famille ? Devant ce jeune visage, dont l'expression trahissait déjà une hérédité inexorable, je me dis que ni l'évolution des mœurs ou des régimes, ni les guerres, ni aucun cataclysme ne sauraient changer durablement le cœur d'un homme. Napoléon pouvait triompher à Eylau, à Friedland, filer le parfait amour avec Joséphine à la Malmaison, distribuer des aigles à ses troupes victorieuses, faire chanter le Te Deum à Notre-Dame-de-Paris pour célébrer l'entrée des Français à Vienne, proclamer officiellement son divorce avec la même Joséphine qu'il cajolait hier et son prochain mariage avec Marie-Louise d'Autriche, se réjouir de la naissance du roi de Rome, affronter à lui seul toute l'Europe, conquérir Moscou, perdre la moitié de son armée dans la retraite de Russie, aucun de ces événements ne prévalait,

dans mon esprit, sur la révélation stupéfiante du changement d'attitude de mon fils devant la profession de son
père. Tenue à l'écart de leurs conciliabules, je devinais
que Henri Clément, le doux rêveur, était prêt à rejoindre
son implacable géniteur sur la plate-forme de la guillotine, comme ses ancêtres le lui ordonnaient par-delà le
tombeau.

5

JE RETOURNE à mon cahier parce que l'actualité politique
me talonne. Comment pourrais-je ne pas noter
qu'après un an de relégation à l'île d'Elbe, Napoléon s'en
est évadé, au nez et à la barbe de ses geôliers, qu'il a
débarqué sur la côte française et que ses anciens soldats
l'ont accueilli, de ville en ville, comme un sauveur ? Alors
que, quelques mois auparavant, vaincu par la coalition des
Russes, des Allemands, des Autrichiens, il abdiquait à Fontainebleau et se résignait à l'exil, le voici qui marchait sur
Paris. On l'y attendait d'une heure à l'autre, tandis que
Louis XVIII décampait lamentablement. Au milieu de
cette cascade ininterrompue de faits historiques, Henri
Clément avait été de nouveau pressenti par son père pour
assister à l'exécution d'un nommé Dautun, ancien lieute-
nant, mis à pied par les Bourbons sous la Restauration, qui
avait profité de la désorganisation de la police pour tuer
et dévaliser deux honnêtes citoyens. Le verdict avait été
exemplaire : exposition au pilori et guillotine. Incontestablement, mon fils avait pris goût à ce genre d'attractions
macabres. Cette fois, ce fut lui qui exigea de participer

personnellement à la mise à mort. Son père était déjà sur place, prêt à officier. Selon ce que j'ai su depuis, Henri Clément arriva à Paris le 20 mars, le jour même où Napoléon entrait triomphalement dans sa capitale retrouvée. Autour de moi, à la campagne, on espérait que, pour fêter l'événement, l'Empereur accorderait sa grâce à l'ex-lieutenant félon. Mais, au retour de mon mari et de mon fils, j'appris que, malgré les remords de l'intéressé et ses promesses de dévouement sans faille à l'Empire, il avait péri, à l'heure dite, sous le couperet. Ni l'un ni l'autre de mes deux hommes n'en paraissait affecté. Pendant le souper, Henri Clément me surprit même en s'extasiant sur l'ingéniosité du mécanisme de la guillotine qui permettait une décollation rapide et sans accroc. Âgé maintenant de seize ans à peine, il participait pour la deuxième fois à une mise à mort. Je compris, avec consternation, que ce ne serait probablement pas la dernière.

6

MA VIE va plus vite que ma tête. J'ai omis de noter dans ce cahier que mon fils cadet, Antoine, est parti pour Vienne (en Autriche) où il a trouvé un emploi de précepteur-éducateur dans une famille fort honorable et richissime. Dans une des rares lettres qu'il m'a écrites, il me dit qu'il compte « faire sa pelote » à l'étranger et peut-être s'y marier. Mes deux filles, Agnès et Solange, ont épousé, le même jour, deux frères qui tiennent une épicerie en gros, à Toulon. Elles ne sont pas encore enceintes et elles se désolent de ce retard. Moi, ces histoires de bisbilles conjugales, de coucheries légitimes dans l'attente fiévreuse d'une belle et bonne grossesse, me laissent indifférente. D'ailleurs, ni Agnès ni Solange ne sont de grandes épistolières, ce qui m'évite de leur répondre par des banalités. Quand je descends au plus profond de moi-même, je dois reconnaître qu'Henri Clément est mon seul souci et – oserai-je le dire – ma seule famille. Ces jours-ci, j'ai rejoint mon mari à Brunoy. J'y serais idéalement heureuse si mon fils ne me manquait à ce point. Même la présence constante de mon mari ne suffit pas à contrebalancer l'absence d'Henri Clément. Celui-ci a laissé en moi un vide que seule une mère peut comprendre. Ma pensée vole à toute heure vers lui, en dépit de la distance qui nous sépare. Je sais par ses lettres, trop brèves, qu'il s'occupe comme il peut à Paris. En fait, je crois qu'il tourne en rond autour de la guillotine et attend avec impatience l'ordre officiel de s'en servir. Rien n'est contagieux comme l'obsession de la mort et le goût du sang. Par chance, la vue quotidienne de mon jardin, de mon potager, m'aide parfois à oublier ces horreurs. La campagne m'incite à être en paix avec elle et avec moi. Si l'homme est sensible aux faits politiques, militaires ou accidentels au milieu des cités, la nature, dans sa superbe indifférence, restitue à chaque événement, à chaque individu, sa valeur intrinsèque. J'ai l'impression qu'aux yeux de l'Eternel, la vie, les amours, les souffrances, les espoirs de ses créatures sont moins importants que le vol d'un papillon, de fleur en fleur, la chute d'une branche dans la forêt, l'accouplement de deux grenouilles au bord de l'étang ou l'écrasement d'un ver de terre sous le talon d'un promeneur. La luxuriance des plantes et l'affairement des bestioles, en me soustrayant à la folie du monde, m'enseignent provisoirement que l'essentiel est ailleurs.

Tandis que je rêve ainsi, m'activant aux humbles tâches de la terre et de la maison, les années passent avec une rapidité vertigineuse, les guerres se succèdent, les gouvernements changent de couleur et de tactique. Mais je n'ai pas la prétention de commenter dans ces pages l'histoire de mon pays. Celle de ma famille est la seule qui compte pour moi, puisque c'est la seule sur laquelle je puisse avoir quelque influence. Séparée de mon fils qui ne conçoit plus de vivre en dehors de Paris, je reçois, de temps en temps, des lettres de lui. La plupart m'étonnent par l'étrangeté de ses doléances. Dans la dernière, il avait l'air de regretter le temps où la guillotine ne chômait pas. Heureusement, le fouet se donnait encore aux malandrins et on continuait d'exposer, de temps à autre, en place de Grève, les femmes de mauvaise vie avant de les conduire à la prison. Bizarrement, mon fils estime que ces châtiments du pilori et du fouet sont plus cruels que celui de la guillotine. J'aurais aimé en parler avec mon mari, mais le bel Henri Sanson a beaucoup baissé en prenant de l'âge. Quand je pense au colosse vaillant et tendre à la fois qu'il était voici quelques années, j'ai peine à le reconnaître dans le pâle débris que je veille avec patience et amour. Est-ce une chance ou une malédiction que de résister comme moi, vaille que vaille, à l'usure des jours, alors que le compagnon de toute votre existence est sur le point de succomber ? Affaibli, désorienté, Henri est incapable de soutenir une conversation sérieuse. On dirait même qu'il a perdu la notion du temps. C'est ainsi qu'il a accepté avec indifférence tous les changements qui ont secoué la nation depuis Waterloo, jusqu'à l'arrivée des troupes alliées en France, la réinstallation de Louis XVIII, l'avènement de Charles X, la révolution des Trois Glorieuses. Peu de semaines auparavant, les gazettes avaient annoncé la condamnation à mort de Pierre Auguste Bellan, charcutier de la rue Saint-Jacques, qui avait assassiné sa femme l'année précédente. En lisant la nouvelle, mon Henri a eu un sourire et a murmuré :

– Voilà enfin un travail digne de notre fils. Je suis content pour lui !

Puis il est retombé dans son hébétude et son égarement quotidiens. Je contemplai avec tendresse, désolation et respect, le grand septuagénaire, couché dans son lit, avec son bonnet de coton blanc sur la tête et son regard flottant. Il semblait chercher dans le vide quelque fantôme prestigieux. Etait-ce Marie-Antoinette, Charlotte Corday ou Lucile Desmoulins qui lui parlait à l'oreille ? Je le laissai avec son passé et, selon mon habitude, allai donner des instructions à notre unique servante. Quand je revins dans la chambre, Henri se plaignit de nouvelles douleurs d'estomac. Je retournai à la cuisine pour lui préparer une infusion de thym. Mais je ne savais plus où j'avais rangé le flacon contenant les herbes aromatiques. Je perdis cinq longues minutes à le chercher. En me voyant revenir avec la tasse de tisane parfumée, mon Henri s'écria :

– Ce n'est pas comme ça que j'aurais voulu mourir !

– Et comment donc ?

– Sur la guillotine. Il n'y a que ça de sûr, que ça de vrai ! La guillotine ! La guillotine !

Il délirait. J'envoyai ma soubrette quérir le docteur Bonnemain. A l'arrivée du médecin, mon mari ne respirait plus. C'était le 18 août 1840. Il a été enterré le surlendemain, à côté de son père, dans le caveau familial des Sanson, au cimetière Montmartre.

7

JE ne sais plus pourquoi je continue à écrire mes pensées dans ce cahier. Ma vie n'a plus de sens. La solitude où je me débats est insupportable. Et l'avenir se résume pour moi en un unique souhait : disparaître à mon tour, au plus tôt, et avec le moins de souffrance possible. Moi aussi, tout à coup, je rêve de la guillotine. Mais pas pour les autres, pour moi-même !

Mon cher Henri Clément a pris avec dignité la terrible succession de son père. Les mauvaises langues, qui clabaudent autour de nous, à la campagne encore plus qu'à Paris, m'ont appris que, tout en servant, de temps à autre, la guillotine, il menait dans la capitale une vie dissolue et fréquentait des milieux équivoques, au désespoir de sa jeune femme. Au fait, emportée par mon récit, j'ai oublié de noter au passage qu'il a épousé, à dix-huit ans, sur un coup de tête, une charmante péronnelle, Virginie Emilie Lefébure, qui n'a que vingt mois de plus que lui. Je ne me suis pas opposée à cette alliance. Comment interdire quoi que ce soit à celui dont, dès son plus jeune âge, la profession est de donner la mort ? La vraie mère du bourreau, celle à qui il doit respect et obéissance, c'est la guillotine. Ce qui m'a surprise, à l'époque, c'est que, tout en sachant à quoi elle s'engageait, Virginie ait dit « oui » et que ses parents n'aient pas jugé utile de la mettre en garde. Sans doute ont-ils estimé que la sécurité de l'emploi d'un exécuteur des hautes œuvres était une garantie suffisante pour que leur fille endossât le nom détestable de Mme Sanson. D'ailleurs, le couple s'est d'abord révélé uni, heureux et prolifique.

De son mariage avec Virginie, Henri Clément a eu deux filles, coup sur coup. Elles sont, paraît-il, jolies et fort bien élevées, mais je ne les vois jamais. Même Henri Clément ne vient plus me rendre visite. Sans doute sa jeune femme le lui défend-elle, par crainte que je n'exerce sur lui une influence pernicieuse. Quelle sottise ! Pour elle, je suis une pestiférée et elle croit que mon opinion a insidieusement déteint sur mon fils ! J'en ai d'abord grandement souffert. Et puis, j'ai pris l'habitude d'être délaissée. J'estime qu'il est souvent préférable d'imaginer la vie des êtres qui vous sont chers plutôt que s'y trouver mêlé.

A l'instant précis où, écrivant ces lignes, je me félicite d'être parvenue à la sagesse des veuves solitaires qui remâchent leurs souvenirs pour tromper leur faim, j'éprouve le besoin viscéral de revoir mon fils, de le toucher, de le respirer, de me rapprocher de sa famille qui me demeure étrangère. Comment ai-je pu vivre si longtemps en ignorant de quelle façon il vivait, lui, entre sa femme et ses enfants ? Je suppose Henri Clément accablé de travail et hésitant à confier ses soucis professionnels à Virginie. J'ai calculé que, comme aide de son père, puis comme bourreau officiel, il a à son actif plus de cent têtes coupées en vingt-cinq ans. Je peux donc raisonnablement le croire parti pour une carrière aussi bien remplie que celle de feu mon mari.

Cependant, il m'arrive de déplorer son inaction actuelle. Il me semble qu'après avoir été « quelqu'un », il est en train de devenir « n'importe qui ». J'ai beau lire les journaux de la première à la dernière page, pas une condamnation à la peine capitale ! Les tribunaux sont atteints d'une indulgence maladive. Leurs jugements ne frappent que le menu fretin de la délinquance. Dans la liste, très brève, des « patients » d'Henri Clément, je ne relève que des noms de meurtriers secondaires, tels ceux de Ducros, de Darmès, de Meunier... Quand je compare cette énumération dérisoire au magnifique palmarès de mon mari, je suis forcée de reconnaître qu'Henri Clément n'a pas été aussi bien servi que son père dans la distribution. Certes, je me réjouis, en tant que chrétienne, de savoir que mon fils ne guillotine plus personne depuis quelque temps. Mais je ne voudrais pas qu'il fût durablement privé d'un métier qu'il a fini par adopter, pour lequel il a de grandes aptitudes et qu'on profitât de cet arrêt pour lui supprimer son traitement de huit mille francs par an. J'aurais, dans ce cas, le sentiment d'une ingratitude de l'Etat à son égard et à l'égard de tous les Sanson qui l'ont précédé. Je n'ose lui en parler dans mes lettres, mais je souffre de plus en plus qu'il n'ait pas quelque criminel d'envergure à se mettre sous la dent, je veux dire sous le couperet.

Alors que je m'indignais de le savoir ainsi tenu à l'écart des grandes décapitations nationales, un événement aux répercussions imprévisibles me rendit un peu d'espoir : l'attentat de Pierre Lecomte contre Louis-Philippe ! Les gazettes racontaient que le coupable, membre de la Légion d'honneur et garde général de la forêt de Fontainebleau, avait profité d'un jour où le roi et sa famille arrivaient au château en voiture découverte pour tirer deux coups de fusil sur le souverain. Ayant manqué son but, il avait quitté son abri en courant et n'avait été arrêté qu'après une longue chasse à l'homme à travers le parc. L'affaire était si importante que les journaux en suivaient scrupuleusement toutes les étapes. La Chambre des pairs, érigée en cour de justice, examina pendant cinq jours la responsabilité du régicide. Trente-deux jurés votèrent pour la peine capitale. Seul le fameux poète Victor Hugo, qui avait été nommé pair l'année précédente, se distingua de ses confrères en rappelant qu'il était, par principe, hostile à toute sanction « irréparable ». Encore une absurdité de ce personnage orgueilleux, qui ne veut pas se contenter d'écrire des vers et de les vendre, mais prétend, à tout bout de champ, éveiller la conscience de ses contemporains. Malgré cette intervention incongrue, le verdict a été sans faiblesse ; j'en fus heureuse pour Henri Clément. Enfin, une tête digne de lui !

L'exécution devait avoir lieu le 8 juin 1846. Henri Clément craignit un moment d'être privé de cette chance professionnelle parce qu'il était poursuivi pour dettes et menacé d'être enfermé à Clichy. Je savais qu'il avait, au cours de son existence dissolue à Paris, vendu les titres de rentes souscrites par son père, qu'il se ruinait en achats de tableaux, de bibelots, de livres, que, non content de versifier, il jouait gros jeu dans des tripots et que des dizaines de créanciers étaient pendus à ses basques, mais je ne voulais pas croire que le désordre de ses finances personnelles fût de nature à lui interdire d'exercer son métier de bourreau. Aussi fus-je soulagée d'apprendre que, malgré toutes sortes de réserves administratives, ce fut lui qui, le 8 juin 1846, à l'aube, accueillit Pierre Lecomte sur la plate-forme de la guillotine. Néanmoins, dans la même lettre, Henri Clément me révéla que, durant toute la manœuvre de l'exécution capitale, un recors, dépêché par la police, observa ses gestes. Le même agent municipal le surveilla pendant qu'il démontait les bois de justice et l'accompagna à distance alors qu'il transportait, dans un fourgon, le corps décapité au cimetière de Clamart. Puis, ayant ramené Henri Clément à son domicile « pour qu'il se rafraîchît et se changeât », ledit recors en repartit avec lui vers la prison de Clichy. Mon pauvre bourreau y fut écroué incontinent pour dettes !

J'ajoute qu'il n'y resta pas longtemps. Une brillante idée lui était venue en pénétrant dans sa cellule. Au vrai, malgré les apparences, il n'était pas aussi démuni qu'il le croyait, puisqu'il abritait, dans son hangar, un engin redoutable et inestimable. Cette guillotine étant sa propriété personnelle, il pouvait en disposer à sa guise. Pourquoi, dans ces conditions, ne pas l'engager moyennant une forte somme au plus exigeant de ses créanciers ? Deux semaines plus tard, j'appris que c'était chose faite, que la dette était payée et qu'Henri Clément était sorti de prison.

Néanmoins cette combinaison me paraissait suspecte. Tout en me réjouissant de la remise en liberté de mon fils, je me demandais ce qui se passerait s'il recevait un ordre d'exécution capitale, alors que la guillotine était entre les mains d'un autre. L'inévitable se produisit plus rapidement que je ne le craignais : au début de mars 1847, je reçus une lettre affolée d'Henri Clément m'annonçant qu'il était « requis » pour le 18 du même mois et qu'il allait se décarcasser pour éviter la « catastrophe ». Il comptait sur l'aide spirituelle et pécuniaire de l'ancien procureur, M. Hébert, devenu garde des Sceaux, avec qui il entretenait des relations amicales, car tous deux étaient des amateurs d'art et des bibliophiles. Je les soupçonnais en outre de participer à de joyeuses frasques dans des milieux peu fréquentables. Certains chuchotaient même, autour de moi, que ce M. Hébert, tout honorable qu'il fût en apparence, avait des « mœurs spéciales ». Sans savoir au juste ce que signifiait cette formule, j'en déduisis que mon fils aussi était peut-être de ces hommes singuliers qui ne bornent pas leur plaisir à la fréquentation des femmes. Pourtant, Henri Clément était marié, père de famille. Y avait-il là une garantie suffisante de moralité ? Perdue dans ce réseau de conjectures, je n'osai questionner mon garçon sur un problème aussi délicat. Chaque enfant est un mystère inextricable pour ses parents. Le mien n'échappait pas à la règle. J'étais à la merci de l'homme que j'avais enfanté. Evoquant ses plus jeunes années, je me rappelais son aversion pour les jeux brutaux, pour les musiques guerrières, la délicatesse de ses gestes, le plaisir qu'il prenait à se blottir sur mes genoux et à assembler les laines multicolores dont je me servais pour mes travaux de tapisserie. Tout cela était certes assez différent des goûts qu'on attribue d'habitude au sexe masculin. Comment un être aussi raffiné pouvait-il être à son aise dans le métier de bourreau ?

Quoi qu'il en fût, et sans que j'eusse cherché à me renseigner davantage sur les rapports d'Henri Clément avec M. Hébert, j'appris avec soulagement par mon fils que « tout était arrangé » et que je pouvais, désormais, « dormir tranquille ». En effet, le 18 mars 1847, ce fut Henri Clément qui actionna la guillotine, récupérée en hâte, et fit tomber le couperet sur le cou du condamné que la justice lui avait remis.

En lisant cette information dans le journal, je fus amplement rassurée. Tout, me semblait-il, était rentré dans l'ordre. Or, subitement, ce furent la désillusion et l'appréhension les plus vives qui me tirèrent de ma béatitude. Hier j'ai vu arriver mon fils à Brunoy, en chaise de poste. Il ne m'avait pas prévenue de sa visite. J'étais en train de me laver les cheveux. De saisissement, j'ai renversé la cruche d'eau chaude sur le carrelage. Il m'a aidée à essuyer la flaque. J'avais honte des mèches humides qui pendaient sur mes joues et de mon vilain peignoir de bain, percé aux coudes. Mais, quand je me suis redressée et que j'ai jeté les yeux sur Henri Clément, une tout autre inquiétude m'a envahie. Il avait la figure d'un condamné à mort. Pâle, titubant, la mâchoire décrochée, il s'abattit à mes genoux et me tendit, sans un mot, une lettre frappée du sceau du ministère de la Justice. Je lus le document, daté du 18 mars 1847. C'était une révocation en bonne et due forme, sans explication, de l'exécuteur des hautes œuvres et sentences de justice, le sieur Henri Clément Sanson. Mon fils hoquetait de chagrin et de colère.

– Ils vont te chercher un successeur ? dis-je.

– Oui, murmura-t-il, c'est affreux !

Tandis qu'il se désolait, une joie irrépressible me gonfla la poitrine. Sans réfléchir plus avant, je m'écriai :

– Au contraire, mon fils. Bénissons ce grand jour ! Il fallait bien que cette horrible malédiction se terminât. Tu es le dernier de la lignée des bourreaux. Par chance, tu n'as eu que des filles : des donneuses de vie, pas des donneurs de mort.

Alors, il m'annonça que, non seulement il avait perdu son emploi, mais qu'il ne s'entendait plus avec sa femme, qu'elle avait décidé de le quitter en gardant les filles et que la procédure était déjà engagée. Comme je m'étonnais de tous ces bouleversements dans sa vie, il ajouta amèrement :

– Je crois que, si tu veux bien de moi, je vais venir m'installer pour quelque temps à Brunoy. Après, je verrai plus clair. J'ai fait fausse route en acceptant d'être bourreau, en me mariant et en devenant père de famille. Nous allons y remédier, à nous deux, n'est-ce pas ?

A ces mots, ce fut comme une renaissance éblouissante en moi de l'instinct maternel longtemps dévoyé. J'oubliai toutes réserves, mon seul désir était maintenant de consoler celui qui, après avoir connu l'exceptionnel privilège de guillotiner ses semblables, se retrouvait dans la peau d'un homme comme les autres.

Aujourd'hui, c'est la crainte de n'être pas à la hauteur de cette mission toute féminine qui m'assaille. Je n'ai jamais autant regretté d'avoir soixante et onze ans et de n'être plus assez alerte pour suivre les aventures de ce grand fils revenu tardivement dans mes jupes.

Table

DU MÊME AUTEUR

Romans

FAUX JOUR, Plon
LE VIVIER, Plon
GRANDEUR NATURE, Plon
L'ARAIGNE, prix Goncourt 1938, Plon
LA MORT SAISIT LE VIF, Plon
LE SIGNE DU TAUREAU, Plon
LA TÊTE SUR LES ÉPAULES, Plon
UNE EXTRÊME AMITIÉ, La Table Ronde
LA NEIGE EN DEUIL, Flammarion
LA PIERRE, LA FEUILLE ET LES CISEAUX, Flammarion
ANNE PRADAILLE, Flammarion
GRIMBOSQ, Flammarion
LE FRONT DANS LES NUAGES, Flammarion
LE PRISONNIER N° 1, Flammarion
LE PAIN DE L'ÉTRANGER, Flammarion
LA DÉRISION, Flammarion
MARIE KARPOVNA, Flammarion
LE BRUIT SOLITAIRE DU CŒUR, Flammarion
TOUTE MA VIE SERA MENSONGE, Flammarion
LA GOUVERNANTE FRANÇAISE, Flammarion
LA FEMME DE DAVID, Flammarion
ALIOCHA, Flammarion
YOURI, Flammarion
LE CHANT DES INSENSÉS, Flammarion
LE MARCHAND DES MASQUES, Flammarion
LE DÉFI D'OLGA, Flammarion
VOTRE TRÈS HUMBLE ET TRÈS OBÉISSANT SERVITEUR, Flammarion
L'AFFAIRE CRÉMONNIÈRE, Flammarion
LE FILS DU SATRAPE, Grasset
NAMOUNA OU LA CHALEUR ANIMALE, Grasset

BALZAC, Flammarion
RASPOUTINE, Flammarion
JULIETTE DROUET, Flammarion
TERRIBLES TSARINES, Grasset
LES TURBULENCES D'UNE GRANDE FAMILLE, Grasset
NICOLAS Ier, Perrin
MARINA TSVETAEVA, L'ÉTERNELLE INSURGÉE, Grasset
L'ÉTAGE DES BOUFFONS, Grasset
PAUL Ier, LE TSAR MAL AIMÉ, Grasset

Essais

LA CASE DE L'ONCLE SAM, La Table Ronde
DE GRATTE-CIEL EN COCOTIER, Plon
SAINTE RUSSIE, Réflexions et souvenirs, Grasset
LES PONTS DE PARIS, illustré d'aquarelles, Flammarion
NAISSANCE D'UNE DAUPHINE, Gallimard
LA VIE QUOTIDIENNE EN RUSSIE AU TEMPS DU DERNIER TSAR, Hachette

Théâtre

LES VIVANTS, André Bonne

À propos d'Henri Troyat...

UN SI LONG CHEMIN, conversations avec Maurice Chavardès, Stock

La composition de cet ouvrage
a été réalisée par I.G.S. Charente Photogravure,
à l'Isle-d'Espagnac,
l'impression et le brochage ont été effectués
sur presse Cameron dans les ateliers
de **Bussière Camedan Imprimeries**
à Saint-Amand-Montrond (Cher),
pour le compte des Éditions Albin Michel.

Achevé d'imprimer en mai 2003.
N° d'édition : 21741. N° d'impression : 032391/4.
Dépôt légal : juin 2003.
Imprimé en France

Henri Troyat

L'éternel contretemps

Il arrive parfois qu'un écrivain éprouve, au fil des années, le besoin de se renouveler, de se divertir à ses propres dépens, de s'octroyer des vacances. C'est à ce désir d'évasion qu'obéit Henri Troyat en réunissant, dans un recueil original, ces sept nouvelles inédites, aussi extravagantes les unes que les autres. Laissant libre cours à son imagination, il galope dans les directions les plus saugrenues et démontre au passage que, à toutes les époques et en toute circonstance, les hommes ont été soumis à la loi d'un éternel contretemps. En vérité, le plus clair de leur vie, ils le jouent inconsciemment à qui perd gagne. Plongé dans cet univers de joyeuse fantasmagorie, le lecteur découvre que certains rires méritent réflexion et que certaines réflexions prêtent à rire.

9 782226 138804

60 7269 8
ISBN 2-226-13880-3

19,90 € TTC